ET VIVA LA VIDA !

De la même autrice, aux éditions Charleston :

Sous le ciel d'Eagle Bay, poche, 2024
D'un commun accord, poche, 2023
Cherche jeune femme avisée, poche, 2023
Les perce-neige s'éveillent sous les flocons, poche, 2023
Les tortues ne fêtent pas Noël sous la neige, poche, 2022
M'asseoir cinq minutes avec toi, poche, 2022
Les étoiles brillent plus fort en hiver, Prix Babelio du roman d'amour, poche, 2021

76, boulevard Pasteur
75015 Paris – France
www.editionscharleston.fr

ISBN : 978-2-38529-081-8

Maquette : Patrick Leleux PAO
Correction : Maxime Gillio

Charleston s'engage pour une fabrication écoresponsable ! Amoureux des livres, nous sommes soucieux de l'impact de notre passion et choisissons nos imprimeurs avec la plus grande attention pour que nos ouvrages soient imprimés sur du papier issu de forêts gérées durablement.

Pour suivre notre actualité, rejoignez-nous sur Facebook (Éditions.Charleston), sur Twitter (@LillyCharleston)
et sur Instagram (@editionscharleston) !

Sophie Jomain

ET VIVA LA VIDA !

Roman

CHARLESTON

À toutes les Fran et Marnie.

Il y avait un cadre photo sur la commode de la chambre, un selfie pris depuis le canapé du salon. Ils souriaient. Elle le prit et le rangea dans le tiroir, tout était fini entre eux.

Quatre ans et il ne restait rien.

Elle se retrouvait à la croisée des chemins, plus démunie que jamais.

Elle avait été « l'autre », celle avec qui les bons moments ne duraient jamais plus de quelques heures. Une parenthèse. Un chuchotement. Une illusion. « L'autre », que la société condamnait et à qui on aurait volontiers jeté des cailloux au lieu de la consoler. « L'autre » qu'il fallait cacher. « L'autre » qu'il venait de jeter comme on jette un mouchoir en papier.

Ç'aurait pu être une si belle journée, mais la vie en avait décidé autrement.

Elle avait perdu.

Elle regarda son réveil, il était 3 heures du matin. Elle lissa sa robe froissée, chaussa ses escarpins bleus et s'allongea sur le lit. Elle remit de l'ordre dans ses cheveux et veilla à garder les jambes bien droites, serrées l'une contre l'autre.

Les yeux fixés sur le plafond d'un blanc immaculé, elle croisa les mains sur son ventre et respira. Lentement. Profondément.

Faire le vide et s'apaiser.

Elle compta les secondes, les minutes, puis elle ferma les paupières, incapable de résister.

Sur la table de nuit, une bouteille de vodka et un tube de somnifères.

Vides.

CHAPITRE 1

J'EN SUIS SÛRE, je vais crever.

Le mois de juin n'a pas commencé que je suis déjà en surchauffe.

Les pavés de la rue piétonne d'Amiens se prennent pour des plaques de cuisson. Le pauvre bichon devant moi semble littéralement marcher sur des braises, et la vieille dame qui le promène en laisse n'a pas l'air de se rendre compte de son calvaire. Je suis dégoulinante et pressée, mais je vais prendre le temps de l'alerter. J'arrive à sa hauteur en souriant, je ne voudrais pas l'effrayer.

— Bonjour, madame. Excusez-moi, mais votre chien semble mal supporter la chaleur du sol. Vous devriez le prendre dans vos bras, les pavés pourraient lui brûler les coussinets.

Elle me regarde avec surprise, baisse les yeux sur son compagnon à quatre pattes, et finit par le soulever pour l'inspecter.

— Oh, mais vous avez raison ! Il fait si chaud depuis une semaine… On n'a jamais vu un printemps aussi étouffant ! Mon pauvre Titi, on va rentrer à la maison et je vais te mettre les papattes dans l'eau fraîche. Merci, mademoiselle.

Les mauvaises langues affirment qu'il ne fait jamais beau dans les Hauts-de-France, je ris jaune. C'est de pire en pire chaque année et ça ne va pas s'arranger.

Je n'aurais pas dû mettre une robe, j'ai les cuisses qui collent.

Ce n'est pas pour autant que je vais me départir de mon sourire. Je souhaite une belle journée à la dame, et accélère le pas.

Ma psy va me couper la tête, j'arrive systématiquement en retard à nos rendez-vous. Une réunion qui s'est éternisée, un coup de fil de dernière minute, une erreur dans mon agenda… Cette fois, une bouteille de champagne que je devais acheter en urgence pour ce soir. En bonne psychothérapeute, elle prétend que c'est un processus d'évitement inconscient. Elle a sûrement raison, mais qu'importe, ce soir, je m'installerai dans un tout autre divan, avec mon homme, je ne fuirai pas et ce sera mille fois plus agréable.

Eh oui, Eliott et moi fêtons nos sept ans de relation. Pas tout à fait une vie entière, mais la meilleure des vies qui passe à la vitesse de l'éclair. On s'est rencontrés dans un café du quartier Saint-Leu, il était avec des amis, moi avec une ancienne collègue de travail. Ils nous ont accostées et il m'a fait craquer. J'ai ri aux éclats à ses vannes, j'ai fondu devant son sourire, on a échangé nos numéros de téléphone et on ne s'est presque plus jamais quittés.

Eliott ce n'était pas un coup de foudre, c'était une évidence.

J'aimais déjà ma vie avant de le rencontrer, mais avec lui, elle est encore plus belle. Je suis sociable, j'aime les gens, j'ai une chouette famille, un super job et des amis de longue date, mais c'est avec Eliott que je préfère être. Lui et moi, on se complète, on a un petit côté ours, et on se suffit à nous-mêmes. Rien que de penser à lui, je souris comme une cruche en pleine rue, en l'imaginant faire ses yeux de merlan frit. Les gens qui passent doivent me trouver un drôle d'air.

Je m'arrête au passage piéton. Un filet de transpiration me coule entre les seins, cette chaleur est insupportable, il va falloir que le mercure se calme un peu.

— Salut, jolie brune ! me lance un quadra en passant à côté de moi.

J'écarquille les yeux, articule un merci incertain, et trace sans trop réfléchir à la raison pour laquelle un homme peut dire à une femme dégoulinante de sueur qu'elle est jolie.

Je suis littéralement liquéfiée lorsque j'arrive dans la salle d'attente d'Hélène Rubins, mais soulagée. Le panneau « En consultation » toujours accroché à la porte du cabinet signifie que le patient avant moi n'est pas encore sorti. Je m'installe, fouille dans mon sac et en sors un mouchoir en papier pour m'essuyer le front. Un ventilateur sur pied tourne à plein régime, insuffisant pour rafraîchir l'air. J'ai l'impression que je vais suffoquer.

Je ferme un instant les yeux pour me ressaisir, et quand je les rouvre, mon regard est attiré par le magazine ouvert sur la table basse. « Je m'aime donc je suis. » Un titre racoleur, et une phrase qui sonne comme une formule magique. Idéal pour un cabinet de psychothérapie spécialisé dans le recouvrement de l'estime de soi, mais franchement pas réaliste.

Je suis Marnie Cendret, trente-cinq ans, un mètre soixante, quatre-vingt-neuf kilos et un IMC en obésité modérée, et je ne m'aime pas.

Je ne m'aime pas et ça remonte à très très très loin. Je ne m'aime pas et je suis ma pire ennemie. Je ne m'aime pas et c'est la raison pour laquelle je suis ici. Combo gagnant !

La porte du cabinet s'ouvre sur Hélène Rubins.

— Au revoir, monsieur Cordier, je vous dis à dans quinze jours.

L'homme, d'une cinquantaine d'années, hoche la tête d'un air bourru et disparaît sans me prêter attention. Il n'a pas dû apprécier sa séance. Puis Hélène tourne vers moi un visage lumineux, comme toujours.

— Bonjour, Marnie, me salue-t-elle, vous êtes encore en retard.

Je me lève et me recoiffe d'un air distrait.

— Ah non, techniquement, cette fois, c'est vous. Bonjour !

Elle me sourit et me fait signe d'entrer dans son bureau.

— Asseyez-vous, je vous en prie.

J'abandonne mes emplettes sur le parquet, m'installe sur le fauteuil en rotin garni d'une épaisse assise, et essaie de trouver une position dans laquelle je serai la plus à l'aise. Comprendre : celle où on ne verra pas trop mes bourrelets. Je me tiens bien droite, rentre le ventre, croise les jambes, les décroise, et décide finalement de poser mon sac à main sur mes cuisses pour le serrer contre moi.

Hélène m'observe. Je l'observe aussi. La cinquantaine, un corps svelte, des cheveux blonds colorés et bouclés trahis par des sourcils plus foncés, une peau hâlée été comme hiver et d'immenses yeux marron expressifs. Les mains posées sur les accoudoirs, ses longues jambes croisées et moulées dans un jean slim trois quarts, ses escarpins dévoilant de fines chevilles et sa chemise blanche ouverte sur un décolleté absolument parfait, elle semble tellement bien dans sa peau... Ça m'énerve les gens comme ça, parce que je les envie.

— Vous fêtez quelque chose ? demande-t-elle en remarquant la bouteille de champagne dans son sac en papier.

— Nos sept ans de relation avec mon compagnon.

— Félicitations !

— Merci.

Un court silence s'impose avant qu'Hélène ne reprenne la parole.

— Comment allez-vous, Marnie ?

— Je vais bien, enfin, je crois.

— Vous n'en êtes pas sûre ?

Je me passe une main dans les cheveux, ils sont poisseux de transpiration. Et elle qui est fraîche comme une rose... Il n'y a pas de justice dans ce monde, pff.

— Si, si ! Il fait beau, je m'occupe d'un projet professionnel épanouissant, on vient de réserver nos vacances dans le Sud-Ouest de la France, on est en week-end demain soir...

— Mais ? continue-t-elle à ma place.

— J'ai l'intérieur des cuisses tout irrité.

J'ai dit ça comme ça, de la manière la plus neutre possible, j'énonce juste un fait. Hélène ne tique pas, elle sait.

— Où en êtes-vous dans votre perte de poids ?

Je ne peux pas m'empêcher une moue grimaçante.

— Si vous me posez la question, c'est que vous avez la réponse rien qu'à me regarder. J'en suis au même point qu'il y a un mois, je n'ai pas perdu un gramme.

— Vous savez pourquoi ?

— Parce que j'ai lâché en cours de route, parce que j'en ai marre de tout le temps faire attention, parce qu'avec cette chaleur mon corps s'est pris pour une réserve d'eau, parce que je trouve injuste que des gens comme vous puissent avaler tout ce qu'ils souhaitent sans grossir, et que des gens comme moi se privent pour ne finalement jamais atteindre leur idéal.

Je suis amère, elle reste flegmatique. Je m'en veux presque, parce que je ne connais rien d'elle.

— Quel est votre idéal ?

— Dix, quinze kilos de moins, un souffle régulier, des jeans qui ne me boudinent pas et des cuisses qui arrêtent de surchauffer chaque fois que je décide de mettre une robe sans crème, sans collants ni legging. Une vie normale, quoi.

— Vous vous sentiriez mieux dans votre peau ?

Je baisse les yeux, je déteste toujours autant ces conversations.

— Physiquement oui, moralement... je n'ai pas de certitudes.

— Vous pouvez développer ?

— J'ai été bien moins forte en étant plus jeune, et je ne m'aimais pas davantage.

— C'est ce qui vous empêche d'atteindre votre objectif ? La crainte que ça ne suffise pas ?

Elle me prend au dépourvu. Arg... mais pourquoi est-ce que je m'inflige tout ça ?

— Je ne sais pas... Sans doute, admets-je.

Hélène me sourit.

— Vous êtes venue me voir la première fois parce que vous pensiez que quelque chose au fond de vous vous empêchait de lâcher prise et vous obligeait à « manger » vos émotions, et que celles-ci vous emprisonnaient. Votre analyse est sans doute très correcte, mais je vois peut-être autre chose d'aussi bloquant. Souhaitez-vous que je vous en parle ?

Je confirme, je regrette d'être venue. Aujourd'hui je n'ai vraiment pas envie d'entendre de grandes explications. Pourtant, je hoche la tête.

— Vos croyances limitantes sont un frein.

Je hausse les sourcils. Soixante euros la consultation pour une lapalissade ? Ce n'est vraiment pas ma journée.

— Prenons l'exemple de la façon dont vous vous tenez là, en ce moment, continue-t-elle, de ce sac que vous serrez contre vous. Vous êtes convaincue que sans lui, vous n'allez pas donner une bonne image de vous-même. Est-ce que je me trompe ?

Je dois bien avouer que… non. Je secoue la tête.

— C'est louable, mais ce que je vois moi, c'est un morceau de cuir qui vous limite dans votre attitude naturelle et qui vous donne une posture nettement plus visible que le ventre que vous essayez de cacher. Pardon d'être directe, mais vous n'avez que trente-cinq ans et vous vous tenez comme une petite vieille qui a peur qu'on lui vole ses sous.

J'écarquille les yeux. Ben merde alors…

Je pose aussitôt mon sac par terre et croise les bras contre moi, faute de mieux. Hélène sourit.

— Marnie, nous sommes assises sur un fauteuil identique. Essayez de prendre la même position que moi.

— Que vous ?

— Tout à fait.

Je la regarde, Hélène a les jambes croisées, d'un bras, elle prend appui sur l'extrémité d'un des accoudoirs de telle façon qu'on a l'impression que tout son corps est penché sur le côté, permettant à ses mains de se rejoindre le plus naturellement du monde.

— Allez-y.

J'obtempère.

— Alors, comment vous sentez-vous ? C'est confortable ?

— Euh… oui.

Soudain, elle sort son téléphone portable de derrière son dos et prend une photo de moi. Clac !

— Mais… qu'est-ce que vous faites ?

Elle me tend l'appareil.

— Regardez-vous et supprimez la photo, je n'en fais pas collection. Que voyez-vous ?

Déconcertée, je m'observe et vois où elle a voulu en venir. J'ai une position particulièrement naturelle. On a même l'impression que je suis très à l'aise. On ne voit pas mon ventre, un de mes bras le cache. Bon, ça va, j'ai pigé…

— Épatant, non ? s'amuse-t-elle. Certaines croyances nous cloisonnent plus qu'elles ne nous libèrent du regard des autres, j'en suis convaincue. Il existe d'autres pistes de travail de ce type que nous pourrons explorer, si vous le souhaitez. Car n'oubliez pas que votre véritable cheval de bataille est avant tout le regard que vous portez sur vous-même. Celui des autres en découle.

Hélène se lève pour aller fouiller dans le tiroir de son bureau, et en ressort une carte de visite qu'elle me tend avant de se rasseoir.

Rondes et solidaires, une association de femmes. Inutile de lui demander à quoi elle sert, c'est écrit dessus comme le Port-Salut.

— Nous avons encore bien du chemin à parcourir ensemble, Marnie, et je serai là tant que vous le souhaiterez. Toutefois, il me semble que rencontrer des femmes qui ont les mêmes préoccupations que vous vous apportera une aide supplémentaire.

Hébétée, je regarde une nouvelle fois la carte.

— Je ne suis pas sûre d'avoir envie de me confier à d'autres personnes.

Hélène me regarde intensément.

— On a toutes nos secrets et nous n'avons nullement besoin d'en parler à la Terre entière pour régler nos problèmes. Allez-y sans crainte, personne ne vous posera de questions.

— D'accord… je vais y réfléchir.

— C'est déjà un début ! Bien, y a-t-il autre chose dont vous aimeriez me parler ?

CHAPITRE 2

— C'EST MOI !

Eliott et moi habitons un appartement tout proche de la cathédrale. Il y a toujours plein de touristes, mais je ne déménagerais pour rien au monde. Ici, tout est ancien, en pierre et brique apparentes, avec d'épais parquets en chêne et des moulures aux plafonds. On s'est donné du mal à rénover notre nid d'amour, alors on l'aime… d'amour !

— Je suis dans la cuisine.

Une délicieuse odeur de tajine s'invite dans mes narines.

— Ça sent bon.

Eliott est un cuisinier hors pair, je ne me souviens pas avoir un jour détesté un plat qu'il aurait préparé, et quand, comme aujourd'hui, il porte mon tablier à cœurs roses, j'ai juste envie de lui coller une main aux fesses.

Il est beau, mon homme. Un visage angélique et un regard ténébreux que j'ai toujours trouvé paradoxal.

La première fois qu'il a posé les yeux sur moi, j'ai cru qu'il allait me manger, mais Eliott, c'est de la poésie à l'état pur. Il a pris son temps, me rendant complètement dingue avec ses taches de rousseur et ses épais cheveux blond-roux coupés court sur la nuque. Plus il prend de l'âge et plus il est craquant. Sexy, sportif et affolant, il n'a jamais eu conscience de son attraction sur les gens. En fait, le savoir ne l'intéresse pas et c'est ce qui le rend encore plus charismatique. Il est ce qu'il est, les autres, il s'en fout.

Contrairement à moi...

— Tu as passé une bonne journée ? lui demandé-je en l'embrassant. Regarde, j'ai acheté du champagne.

— Oui, super et toi ? Mets-le au congèle, il refroidira plus vite. Comment c'était ton rendez-vous chez la psy ?

Rhétorique ou pure honnêteté ? Car il faut savoir que de nous deux, Eliott est celui qui aime le moins parler. Ça ne lui viendrait jamais à l'idée d'aller voir un thérapeute. Donc si je suis honnête et que je lui dis que j'ai l'impression de ne pas avancer, j'ai peur qu'il réussisse à me convaincre de ne plus y aller. Vu mon état d'esprit du moment, il m'en faudrait peu...

Je soupire, de toute façon, je n'ai jamais réussi à lui cacher la vérité.

— Bien, mais je n'ai pas encore le déclic.

— Pour le moment.

Je le regarde en haussant un sourcil.

— Tu ne me dis pas que je n'ai pas besoin d'y aller ?

— Non, parce que je crois au contraire que ça te fait du bien de parler à quelqu'un.

Alors là !

— Tu penses vraiment ce que tu dis ?

— Évidemment. Que tu ne t'aimes pas à ce point, ça me dépasse et je ne sais jamais quoi dire pour te rassurer. Un professionnel saura te faire réfléchir à la question mieux que moi. Mais moi, tout ce que je peux affirmer, c'est que tu es plus appétissante qu'un pain au chocolat.

Et il les aime vraiment, c'est dire !

— Tu es gentil.

— Non, juste honnête. Tiens, goûte.

Il me tend une cuillère en bois nappée d'une sauce orangée. Orgasme culinaire…

— C'est délicieux.

— Poulet, abricots secs et amandes.

— Divin ! Oh, elles ont l'air bonnes ces petites patates, tu as dû bien galérer à les éplucher… le raillé-je en désignant le saladier rempli de semoule.

Il lève les yeux au ciel, ferme le plat à tajine qu'il dépose dans le four et s'essuie les mains sur son tablier.

— Je nous ai servi un verre de vin dans le salon en attendant que le champagne soit frais. Tu as besoin de te changer ?

Je baisse les yeux sur ma robe, je suis encore toute transpirante.

— Oui, je prends une douche et je te rejoins.

Il y a deux salles de bains dans l'appartement, une qui donne sur notre chambre – la mienne –, avec une immense baignoire à remous, et une vasque surplombée d'un miroir entouré d'ampoules, et une autre avec une douche, une machine à laver et un sèche-linge – celle d'Eliott. Il l'a fait aménager dans la buanderie parce qu'il ne voulait pas me réveiller le matin. C'est un lève-très-très-tôt, et moi, une marmotte qui ne s'ignore pas du tout.

C'est amusant d'y penser, mais nous sommes de parfaits contraires sur bien des points. J'ai les cheveux bruns, il est roux. Il est grand, je suis petite. J'ai les yeux marron, les siens sont d'un bleu troublant. Il est mince, je suis ronde. Il est zen, je suis impatiente. Il chante faux, je chante juste. Il est économe, je suis dépensière, etc. Des différences, on en a des centaines, et ce sont elles qui font que notre couple fonctionne aussi bien et dure depuis sept ans.

Eliott, c'est ma béquille. Sans lui, je sais marcher, mais avec lui, je peux courir, je tombe et il me relève. Avec Eliott, j'ai le droit d'être qui je suis et de vivre chaque émotion qui me traverse. Je peux rire, pleurer, crier ou exagérer sans qu'il ne me juge jamais. Je lui dis souvent qu'il est la meilleure partie de nous deux, ça le fait sourire, Eliott est beaucoup trop simple pour s'enorgueillir des compliments que je lui fais.

Je me déshabille et prends une douche bien méritée. La clim est en panne au bureau, il faudra attendre des semaines avant qu'on la répare. La plupart de mes collègues ont l'air de très bien supporter la chaleur et se contentent d'une fenêtre à peine ouverte, moi non. Depuis que j'ai atteint un certain poids, j'ai les chevilles qui enflent, les jambes comme des poteaux et la respiration haletante, mais je crois que ce qui me mine le plus, c'est d'essayer de faire tout ce que je peux pour le cacher.

En résumé, je porte des robes longues et doublées pour qu'on ne voie pas à travers, j'évite les manches courtes et je m'étouffe sous des fringues pas adaptées aux grosses chaleurs. Mes kilos en trop conditionnent ma vie de toutes les façons possibles et l'empoisonnent. C'est un fait. Je ne crois pas qu'il se passe un jour sans que je fasse référence à mon poids ou à ma silhouette, en me moquant de moi-même parfois. Ça a le don d'énerver Eliott. Si seulement je pouvais me voir à travers ses yeux…

Je prends une très longue douche presque froide. Dieu que ça fait du bien ! Je me masse les jambes avec le jet, je réactive ma circulation avec le gant exfoliant, je lave mes cheveux qui ne vont pas manquer de boucler quand je les laisserai sécher, et lorsque je sors de la salle de bains, le corps et la tête enrubannés dans des serviettes-éponges, je découvre un paquet-cadeau posé sur le lit. C'est un sac de chez La fée maraboutée. Je grimace. C'était mon magasin de fringues préféré lorsque j'étais moins ronde, j'y trouvais tout ce que j'aimais. Je n'y vais plus depuis longtemps, ils ne vont pas plus loin que le 44, souvent épuisé avant même que j'y mette les pieds.

C'est la loi du marketing, plus les marques font des fringues pour minces, plus elles ont l'impression d'avoir la classe. Les rondes ? Elles n'ont qu'à être moins grosses, c'est tout. Ou s'habiller sur Internet.

J'ouvre le sac et y découvre une robe Régence bleu de Prusse. En soulevant la mousseline, je repère la doublure qui ne laissera rien voir de mes rondeurs. Eliott me connaît bien… Le tissu est couvert de minuscules fleurs brodées de toutes les couleurs, la forme est évasée et aérienne, suffisamment large pour moi. Inutile de mentir, elle est magnifique, mais il y a un hic, et sans même l'avoir essayée, je sais que je ne la porterai pas. Les manches, courtes et gondolées, arrivent à peine sous l'épaule et sont presque transparentes. Elles ne cacheront rien de mes gros bras tout mous. Je ne pourrai jamais sortir comme ça et un gilet me grossirait encore plus. Misère…

Allez, je ne suis pas ingrate, je vais la mettre, juste ce soir, c'est ce qu'Eliott attend.

Je l'enfile et la laisse glisser sur ma peau, surprise que pas un instant elle ne reste coincée quelque part entre les aisselles et le dos. OK, elle me va, mais je suis moche quand même.

Je me regarde dans le miroir et lui tire la langue car, si pendant des années je l'ai trouvé amincissant, il ne parvient plus à mentir du tout. Bourreau !

Sèche-cheveux à l'arrache, chignon, gloss, fard à joues et je vais retrouver Eliott.

Il a tiré les rideaux, on est dans la pénombre, il a dressé la table, mis de la musique et allumé des bougies. C'est dans ce genre de lumière tamisée que je me sens la plus à mon avantage, Eliott le sait, il ne m'a presque jamais vue nue au grand jour. Il pense toujours à tout. À moi surtout,

Mon homme a l'air heureux, et quand il se tourne vers moi, je sais qu'en dépit de ce que je pense de moi, il aime vraiment beaucoup ce qu'il voit. Je pourrais même parier un billet que ma robe ne va pas faire long feu.

— Merci, elle est très belle, lui dis-je en souriant, mais je n'ai même pas de cadeau pour toi…

— Bien sûr que si, tu as acheté une bouteille de champagne. Les bulles, il n'y a que ça de vrai.

Je sens que je suis encore en train de me tortiller. Un classique. Je suis pleine de doutes.

— Ça va ? me demande Eliott.

Je lisse les pans de ma robe, je crois que j'ai les joues un peu rouges.

— Est-ce que je suis jolie ?

Une souris n'aurait pas couiné moins fort.

Eliott bloque et, je ne sais pas, j'ai l'impression que ce que j'ai dit l'enflamme. Il s'approche sans me quitter des yeux, et me dépose un baiser dans le cou avant de frôler mon oreille du bout des lèvres.

— Plus que ça…

Je ris, comme chaque fois qu'il me dit ce genre de chose. Sur le moment, j'ai envie d'y croire.

Il me picore un peu plus, me montre tout son intérêt, et… ma robe ne fait pas long feu.

J'aurais dû parier.

CHAPITRE 3

— Marnie, vous penserez à boucler le dossier Villeroy avant de partir ? Nous devons absolument envoyer le bon à tirer avant demain matin 10 heures.

Je regarde ma montre : 19 heures. Je devrais être partie depuis quinze minutes… Depuis deux heures, même, si je considère qu'on est vendredi.

Je réponds à ma responsable depuis la cloison de mon open space.

— Je suis dessus !

On n'est plus que toutes les deux, tout le monde a quitté le navire.

— OK ! Je rentre en call, si vous avez besoin de moi, envoyez-moi un mail.

Il y a un blanc, puis je l'entends marcher pour me rejoindre.

— Vous aurez terminé, n'est-ce pas ? s'assure-t-elle en apparaissant derrière la cloison.

Ana Puyssegard est la fondatrice de Causeries, et si l'agence est ce qu'elle est aujourd'hui, c'est grâce à elle. À bientôt soixante ans, elle est toujours aussi sportive qu'à trente ans, grande et élancée, elle porte des cheveux blancs et courts, et montre une énergie qui m'essouffle, rien qu'à la regarder. Ana donne l'impression d'être capable de gravir n'importe quelle montagne dans n'importe quelle circonstance.

On est cinq salariés ici, Janine, la secrétaire, Sandrine, à la compta, Bernie, notre graphiste et seul homme de l'équipe, Marjorie la rédactrice parisienne en télétravail, et moi – plus une stagiaire de temps en temps –, et ensemble, on s'est souvent demandé quel genre d'enfance avait eu Ana pour être aussi battante et revancharde, elle n'accepte jamais aucune défaite. C'est résolument le moteur de la boîte, mais un moteur parfois très fatigant, et intransigeant.

— Oui, oui, ça ira.

— L'erreur n'est pas permise, Marnie, me rappelle-t-elle.

— Je sais, ne vous inquiétez pas.

Ça fait trois ans que je suis cheffe de projet marketing chez Causeries, une agence de com plutôt réputée dans le milieu des cosmétiques.

Quant à Villeroy, c'est *le* client à ne pas planter, leurs exigences sont dantesques. Je bosse depuis six mois sur leur prochaine campagne de pub PLV pour une crème miracle à l'acide hyaluronique. Rien que ça…

— J'ai confiance en vous, conclut Ana avant de tourner les talons.

L'art et la manière de mettre la pression dans la plus grande douceur… Ana est une femme d'affaires redoutable, mais humaine, il faut juste veiller à ne pas se faire bouffer.

Je m'adosse contre ma chaise, regarde l'heure une nouvelle fois et soupire.

Une quinzaine d'épreuves numériques à vérifier, un rendez-vous que je ne peux pas manquer sous peine de me faire tuer par Eliott, tant pis, je vais faire ce que je déteste : rapporter du boulot à la maison, pas le choix.

Je ferme mon PC, le range dans sa sacoche et rassemble mes affaires avant de mettre de l'ordre sur ma table. Je jouis d'un espace assez grand, le seul de tout l'open space situé à un angle, entre deux baies vitrées du vingt-quatrième étage de la tour Perret. Ana et Sandrine – le dragon jamais content qui s'occupe de payer les factures, les notes de frais et nos salaires –, ont toutes les deux un bureau indépendant avec cloisons vitrées. Je ne leur envie pas. D'où je suis, je vois toute la ville juste en me retournant, comme je peux voir à l'instant, en me penchant un peu, Ana qui, porte grande ouverte, me regarde tout en parlant à son interlocuteur. Elle a compris que je partais.

Elle me fait un geste interrogatif de la main, je lui réponds par un pouce en l'air qui semble dire que tout est OK. Rien de plus faux, alors je me dépêche de sortir avant qu'elle n'essaie de me rattraper. Je suis horriblement à la bourre.

En début de semaine, parce que le soir de notre anniversaire, je lui ai dit que mes séances de psy n'avançaient pas, Eliott est allé sur le site Internet de l'association Rondes et solidaires dont m'a parlé Hélène Rubins, et là, il a vu qu'aujourd'hui, il y aurait deux conférences dispensées par des coachs en *body positive.* Estime de soi et reconquête de son corps.

Youpi.

Je ne sais même pas comment il a fait pour me convaincre d'y aller. Enfin si, bien sûr que je sais, il m'a harcelée toute la semaine jusqu'à ce que je dise oui, convaincu que rencontrer des filles dans ma situation était ce qu'il me fallait. Mais malgré toute la confiance qu'il met en sa persuasion et en ma propension à écouter ses conseils, il a quand même tenu à m'accompagner, de peur que je change d'avis. Pas moyen d'y échapper.

J'arrive devant les locaux de Rondes et solidaires, à 19 h 30 passées, la température extérieure est à peine descendue.

— J'ai cru que tu ne viendrais pas ! s'exclame Eliott en regardant sa montre. Ça a commencé depuis une bonne demi-heure.

— Oh, quel dommage, je suis sûre qu'on a raté le meilleur…

— « On » ? Ah non, ma poule, tu y vas toute seule.

— Quoi ? Tu rigoles ?

— Pas du tout, il n'y a que des femmes là-dedans, je doute qu'elles apprécieraient la présence d'un homme.

— Pff… Je suis vraiment obligée d'y aller ?

— Oui, et dépêche-toi, tu es déjà en retard, je t'attends au Rainbow.

— Ah ouais ? Tu vas boire une bière pendant que je me coltine les conférences ?

— C'est pour ton bien et j'ai soif. À tout à l'heure !

Je le regarde partir, sidérée. Il m'a bien eue.

J'entre. C'est en fait un local partagé par plusieurs entités. Une dame à l'accueil est encore là, elle lève le nez de son ordinateur et me fait signe d'avancer jusqu'au bout du couloir.

Il reste une dizaine de places au fond, juste devant la porte, je m'y installe le plus discrètement possible.

Autour de nous, un public exclusivement féminin et en surpoids. Eliott avait raison, il aurait fait tache. Sur la scène, entcurée de trois femmes assises sur un fauteuil, la conférencière capte de façon incroyable l'attention de son auditoire.

— Votre corps est un vaisseau naviguant sur le fleuve de la vie, préservez-le, dit-elle. Et j'ajouterais qu'aussi imparfait soit-il, respectez-le, aimez-le et vous verrez les changements s'opérer.

Oh, par pitié… C'est exactement le genre de connerie que je n'ai pas envie d'entendre.

— Ça va être comme ça tout le long ? demande une femme devant moi, qui, manifestement, accompagne la personne à côté d'elle.

— On vient juste d'arriver, attends la suite, lui répond celle-ci.

Je souris et me concentre sur la coach que mon père aurait à coup sûr traitée d'oratrice en peau de lapin.

Pendant qu'elle débite ses phrases tout droit sorties du guide de positivité corporelle pour les nuls, je regarde autour de moi. Il n'y a pas de clim, tout le monde est écrasé par la chaleur, transpire, secoue des éventails et boit des petites gorgées d'eau dans des gourdes métalliques. Je les détaille, toutes ces femmes auxquelles je ne parviens pas à m'identifier et à qui je dois pourtant ressembler. Certaines sont cachées derrière des vêtements si larges qu'on pourrait croire que le tissu les a avalées. D'autres, au contraire, portent des robes moulantes ou courtes et assument pleinement leurs rondeurs, et puis il y a celles qui, comme moi, ne savent pas comment s'asseoir sur leur chaise avec une moitié de fesse qui dépasse, qui crèvent de chaud mais qui ont mis des manches plus ou moins longues, et qui s'accrochent à leur sac à main pour camoufler leur ventre.

Je ne parviens peut-être pas à m'identifier, mais je reconnais par cœur le comportement relativement universel des femmes en surpoids… J'ai un nœud dans la gorge.

— Aimez-vous ! scande la modératrice pleine d'emphase. Traitez votre corps comme s'il appartenait à quelqu'un que vous chérissez, et n'oubliez pas que vous êtes radieuses, belles et lumineuses. Célébrez-vous et étalez-vous !

— Tu as compris ce qu'a dit la dame, mon chou ? chuchote la femme de devant à sa compagne, tu peux prendre toute la place dans le lit !

Sa compagne se marre, je lève les yeux au ciel.

— J'ai toujours été grosse et pendant longtemps, j'ai cru que ma vie n'en valait pas la peine, commence à témoigner l'une des filles sur l'estrade. J'avais envie de me suicider.

Tout, mais pas ça… Je ne vais pas pouvoir supporter.

Et elle continue.

— Je ne m'aimais pas, j'avais l'impression de déborder de partout, quand je me couchais, m'asseyais, quand je me retrouvais au milieu des gens…

Je ferme les yeux lorsque je sens les larmes monter. Ça vient d'un coup, impossible de les retenir. Je me lève avant que ce ne soient les grandes eaux, et sors de la salle pour aller aux toilettes.

Je m'isole dans une cabine, m'assois sur la cuvette, et craque complètement. Ma présence ici m'est insupportable, et la réponse à mon animosité évidente : me retrouver avec des femmes qui vivent les mêmes problèmes que moi m'inclut dans un groupe dont je refuse de faire partie. Celui des gens qui ne sont pas dans la norme, qu'on regarde, qu'on plaint, qu'on méprise. Celui des gros. Ce que je suis.

Hélène avait tort, mettre les pieds ici ne me fait pas me sentir moins seule, ça rend encore plus légitime mon sentiment d'être un vilain petit canard.

Ma salopette sur les chevilles, les joues mouillées de larmes, j'essaie de faire tourner le rouleau de papier dans son dévidoir pour en trouver le bout et n'y parviens pas. Exaspérée, je mets un grand coup dans le boîtier.

— Merde, merde, merde !

Et je me remets à pleurer, d'humiliation, de chaud, de rage d'en être à un point de ma vie où je suis obligée de venir dans ce genre d'endroit. Puis soudain, quelqu'un fait glisser un paquet de mouchoirs en papier dans ma cabine qui s'arrête pile devant moi.

— Ne vous en faites pas, ça m'arrive tout le temps, dit une voix féminine de l'autre côté de la cloison. Je ne sais pas qui a inventé ce système, mais je n'ai jamais rien trouvé d'aussi pourri en la matière.

Je laisse échapper un hoquet de surprise. Lorsque je suis entrée dans les toilettes, j'étais persuadée d'être seule.

— Merci...

— Vous pourriez me refaire passer le paquet quand vous aurez terminé ? Chez moi aussi le dérouleur déraille.

— Oh... je... oui, bien sûr.

Je prends un mouchoir et obtempère.

Je sèche mes larmes et sors de la cabine en même temps que ma sauveuse.

Il s'agit d'une femme qui doit avoir à peu près mon âge, blonde, à la forte corpulence, aux cheveux longs et bouclés et au sourire étincelant. Une vraie beauté. Et ce n'est pas juste son visage qui me fait dire ça, de son regard mutin à la manière dont elle s'habille, tout en elle est éclatant. Elle a du ventre, bien plus que moi, une poitrine opulente, des cuisses imposantes, mais elle a osé un pantalon taille haute en toile beige qui souligne ses hanches, et un tee-shirt doré en lin transparent ne cachant rien de son soutien-gorge en dentelle. Rouge à lèvres couleur framboise, bracelets tibétains autour des poignets, lourdes créoles aux oreilles, sautoir fantaisie lui tombant sur le ventre et creusant un peu plus la ligne entre ses seins, elle est magnifique. Même si nous étions cent personnes dans les toilettes, je ne verrais qu'elle.

— Ça va aller ? me demande-t-elle.

Aussi gênée par la situation que parce que je l'ai dévisagée, je lisse les pans de ma salopette qui n'a absolument rien du chic de ses vêtements. Je me sens d'une fadeur absolue face à elle. Les Village People avaient plus la classe que moi.

— Je… oui, merci.

J'ai les yeux rouges, ça n'a pas pu lui échapper, mais elle a la décence de ne pas insister.

— Je ne vous ai encore jamais vue. Première fois ici ? demande-t-elle en allant se laver les mains.

Je l'imite.

— Euh… oui. On m'a fortement encouragée à venir.

Elle sourit.

— Mais vous n'êtes pas là de gaîté de cœur.

C'est moins une question qu'une affirmation.

— Non, j'avoue. Le *body positive*, l'autocompassion et tout ce qu'on peut mettre derrière ces mots est…

— Chiant à mourir ? Inaccessible ?

Je lâche un petit rire.

— Oui, c'est ça !

— On en est toutes là. Je m'appelle Fran, dit-elle en me tendant la main. Et vous ?

— Marnie.

— Enchantée, Marnie. Vous êtes venue avec votre conjoint, n'est-ce pas ? Je vous ai vus devant la porte tout à l'heure.

— Il m'a juste accompagnée.

— D'accord. Si jamais il vous reste encore un peu de patience, je donne la prochaine conférence. Vous pourriez apprécier.

Je blanchis tout net.

— Oh, vous faites partie de l'association ? Je suis confuse.

— Ne soyez pas désolée, on est du même avis, vous et moi, et même que nous sommes loin d'être les seules.

Très gênée, je me passe une main dans les cheveux.

— D'accord, alors à tout à l'heure.

— À tout de suite !

Fran me fait un signe de la main et je disparais en grimaçant.

J'en rate pas une...

La fille que j'ai rencontrée dans les toilettes entre dans la salle et monte aussitôt sur scène. Elle prend le micro et se présente.

— Bonjour à toutes, je suis Fran Buissonnier, certaines d'entre vous me connaissent déjà. Je vais prendre un chemin un peu différent de la communication précédente, mais nous arriverons aux mêmes conclusions. Vous êtes bien installées ?

— Oui ! scande le public.

— Très bien, on peut commencer.

Debout sur l'estrade, cette fille dégage une aura exceptionnelle. Enfin, ce n'est pas l'avis de tout le monde, la femme devant moi a complètement décroché, elle regarde son téléphone.

— Un corps est comme les deux faces d'une même médaille. Il est beau pour les uns, laid pour les autres. Un jour vous l'aimez et un jour vous le méprisez. C'est un équilibre plutôt sain en réalité. Je crois sincèrement que la neutralité corporelle est un bien meilleur concept que la positivité corporelle qui, elle, vous oblige à vous aimer même les jours où vous ne pouvez pas vous voir en peinture. Vos sentiments, quels qu'ils soient, sont tous aussi valables les uns que les autres. Je suis obèse et je vous parle de ce que je sais : pour apprendre à s'apprécier, il faut savoir se détester.

Ça y est, elle a capté l'attention de tout le monde, la mienne en premier lieu.

— Tout d'abord, il me semble qu'il est temps de se défaire de cette pression de la beauté et de l'apparence. Je suis convaincue que la clé est là, pas ailleurs. Mesdames, les réseaux sociaux, les magazines, les concours de beauté sont bien évidemment responsables de cette situation, oui... mais vous l'êtes tout autant, vous toutes ici présentes, car en idéalisant la beauté, vous nourrissez la société qui vous maltraite. La vie se moque pas mal qu'on soit beau ou laid, la vie veut être vécue, ni plus ni moins.

Fran Buissonnier vient à peine de terminer sa conférence que tout son auditoire se regroupe autour d'elle pour la féliciter, lui parler, lui dire combien ses mots ont provoqué un écho en chacune. Et alors que je n'aurais pas parié là-dessus, moi aussi, j'ai adhéré à tout ce que cette femme a dit. Je n'ai même jamais rien entendu d'aussi juste et déculpabilisant.

J'aimerais bien lui parler un peu, moi aussi, mais je meurs de chaud, je suis littéralement en sueur. Je n'ai qu'une hâte, rentrer chez nous et prendre une bonne douche. Je quitte la salle, sors des locaux, il fait encore plus chaud dehors.

— Marnie, attendez ! me crie la voix de Fran.

Je me retourne, elle arrive devant moi tout essoufflée.

— Vous partez, mais je voulais vous demander ce que vous en avez pensé.

Je lui souris.

— C'était très intéressant et j'aime votre façon de présenter les choses.

— De dire que la beauté ne compte que pour soi ?

— Moi je trouve qu'elle compte aussi dans le regard des autres, je préfère que mon compagnon me trouve jolie, même s'il ne me le dit pas assez à mon goût, ajouté-je en riant.

Fran a un drôle de regard.

— Mais il vous le dit quand même un peu.

— C'est vrai. En tout cas, j'ai aimé entendre que toutes nos émotions sont bonnes à prendre, les bonnes comme les mauvaises. S'aimer et accepter de ne pas s'aimer pour créer un équilibre.

Fran a l'air ravie.

— Je suis contente que ça vous ait plu. Je ne veux pas vous retenir plus longtemps, merci d'être venue, Marnie.

— C'était un plaisir. Bonne soirée.

Elle me sourit et retourne dans les locaux de l'association.

Je rejoins Eliott dans le café où il m'attend, il a réussi à se coller devant un match de foot sur une chaîne du câble.

— Déjà là ? dit-il en me taquinant. C'est passé trop vite. C'était bien ?

— Eh bien oui, j'avoue.

— Ma femme est aussi changeante que le temps…

Je hausse un sourcil.

— Ta femme ?

— Un jour !

J'ai la bouche grande ouverte, Eliott éclate de rire.

— Allez, ma carpe chérie, suis ton lapin, je t'emmène dîner.

Une carpe et un lapin.

Je souris niaisement.

Il n'y a quand même jamais rien eu de plus parfait.

— ¡Paquita, a comer[1]!

La petite fille de six ans lissa les longs cheveux blonds de sa Barbie et la déposa avec délicatesse sur son lit. C'était sa plus belle poupée. Quand elle serait grande, elle porterait les mêmes robes qu'elle, et les mêmes chaussures, et elle aurait les mêmes cheveux.

— Je vais manger, et je reviens m'occuper de toi. Tu bouges pas !

Le mannequin au regard statique et au sourire figé semblait lui dire qu'elle avait hâte de la retrouver. Paquita lui fit un bisou sur le nez et descendit dans la cuisine. Elle prit place à table et coinça le bout d'une serviette à carreaux dans le col de son tee-shirt pour ne pas se tacher.

Ce jour-là, sa mère avait préparé des arepas. Elle les faisait toujours frire et tout le monde en aurait plein les doigts. Paquita, elle, les adorait, c'était peut-être bien son plat préféré.

— ¡Toma, come! Y no dejes nada en el plato[2]! *lui dit sa mère en posant dans son assiette un généreux petit pain au maïs d'où débordait de la viande effilochée en sauce mélangée de haricots noirs.*

Il y en avait aussi au fromage et au jambon.

1. Paquita, viens manger !
2. Mange, et ne laisse rien dans ton assiette !

Dix ans que Rosa et Luis Contreras vivaient en France, et même s'ils aimaient profondément leur pays d'adoption, la nostalgie du Venezuela ne les avait jamais quittés. Parler espagnol et cuisiner les plats du Bolívar contribuaient à les faire se sentir moins loin de chez eux.

C'est ainsi que la petite Paquita jonglait avec les deux langues, elle les comprenait autant l'une que l'autre, même si parfois ses parents se mélangeaient un peu les pinceaux.

Maria, la sœur aînée de Paquita, la regarda ouvrir grand la bouche pour mordre dans son arepa, et fut incapable de ne pas grimacer. Il était presque deux fois plus gros qu'elle et dégoulinait dans son assiette.

— Vous êtes obligés de la nourrir autant ? Ce n'est pas un cochon !

Maria était née au Venezuela, mais les plats typiques que servait sa mère l'écœuraient presque tout le temps. Elle trouvait ça trop riche et servi en trop grande quantité. Elle avait parfois l'impression que ses parents étaient dotés de deux estomacs tant ils mangeaient. Maria avait seize ans et n'avait jamais eu à se battre pour être fine, c'était dans sa nature, mais elle avait conscience que si ses parents n'étaient ni gros ni minces, sa petite sœur, elle, se situait déjà bien au-dessus des courbes de poids.

— ¡Come tu ensalada y déjala en paz[1]! *gronda Luis pour la faire taire.*

Maria leva les yeux au ciel et Paquita sourit à son père.

Elle se fichait bien de toutes leurs histoires de nourriture, les arepas de sa mère étaient les meilleurs du monde, et elle allait en reprendre un !

Au fromage et au jambon, cette fois.

1. Mange ta salade et laisse-la tranquille !

CHAPITRE 4

J'Y AI PASSÉ UNE BONNE PARTIE de mon week-end, mais j'ai rendu le dossier Villeroy ce lundi matin. Ana peut souffler, les PLV seront imprimées dans les temps et nous n'aurons à verser aucune pénalité de retard.

Pour autant, c'est toujours l'effervescence. On boucle à peine un projet qu'un autre est sur le feu, tout aussi urgent que le précédent. Ma boss est au téléphone depuis 8 heures ce matin et a déjà dû faire au moins dix mille pas rien qu'en parcourant en long et en large son bureau. J'admire son énergie. Avec cette manie qu'ont les boîtes de travailler à flux tendu, on a intérêt à avoir la santé. Moi, c'est le café qui me sauve.

Je me dirige vers la machine et me fais couler un expresso. Je vais en avoir besoin pour contacter mon prochain client et pas des moindres : Giulia Venetta. Derrière ce nom se cache Sergio Piazzi, le PDG d'une chaîne de parfumeries née en Italie qui faisait partie du top 5 des plus gros points de vente en France. Leur future campagne de communication pour l'été prochain, c'est à moi qu'on l'a confiée, parce qu'il paraît que je suis posée, à l'écoute et très patiente. Mouais… Il va quand même me falloir du courage car, aussi occupé soit-il, M. Piazzi traite en personne et contrôle tout d'une main de fer, de l'idée de génie à sa réalisation. Je crois que c'est la personne la plus inflexible que j'ai côtoyée depuis que je bosse chez Causeries, aucune marge de manœuvre n'est jamais possible avec lui, ce gars a une montre suisse hors de prix à la place du cœur. Tic-tac, tic-tac.

Je retourne m'asseoir derrière ma table, fais tourner mon siège face à la baie vitrée et, tout en pianotant sur les touches de mon téléphone, j'observe les quelques nuages dans le ciel qui seront insuffisants pour faire pleuvoir. Hélas.

Ça décroche. Allez, en route pour la fosse aux lions !

— Mademoiselle Cendret, j'étais déjà en train d'attendre.

Notre rendez-vous téléphonique était à 10 heures, il est 10 h 01, je me fais violence pour ne pas montrer mon agacement.

— Bonjour, monsieur Piazzi, je suis toute à vous.

— Très bien, alors ne perdons pas de temps. Je n'aime pas votre idée.

Aucune chance que j'aie mal compris, le français de Sergio Piazzi est impeccable et à peine teinté d'accent. Ça commence bien.

Les clientes d'une parfumerie n'ont pas toutes été conçues dans le même moule alors, pour sa campagne de communication, j'ai aussi proposé des femmes avec des rondeurs. De toute évidence, Sergio Piazzi ne changera pas ses standards.

— Je vous écoute.

— Je sais que la mode est à l'inclusion et à toutes ces conneries wokistes qui enflamment la société, mais une grosse ne fait pas et ne fera jamais rêver.

Divine remarque, j'en reste bouche bée. Sergio Piazzi a eu l'occasion de me voir plusieurs fois et sait donc parfaitement à quoi je ressemble. Son manque de délicatesse à mon égard mériterait que je l'envoie purement et simplement sur les roses, mais à la place, parce que je suis avant tout une professionnelle, je conserve le ton le plus neutre possible.

— Très bien, c'est noté.

— Le gras est peut-être à la mode, mais le gras rebute.

Je serre les dents.

— Je pense avoir saisi l'idée, monsieur Piazzi.

— Prenons des femmes de couleur à la place, noires, jaunes, rouges, ce que vous voulez, mais minces !

— Noires, jaunes, rouges ? fais-je semblant de ne pas avoir saisi. Vous voulez dire, de différentes origines ?

— Races, ethnies, origines, ne tournons pas autour du pot, vous avez très bien compris. Soyez innovante, mais restez dans l'élégance. Nos clientes ont besoin de rêver, pas de s'identifier. Un gros est tout sauf agréable à regarder, quoi qu'on en dise. J'attends un nouveau projet la semaine prochaine.

Et il raccroche.

Cet homme est détestable, raciste et grossophobe. Alors qu'est-ce que j'attends pour lui dire d'aller se faire voir ? Pour aller trouver ma cheffe et lui annoncer que ce sera sans moi ? Le sens des responsabilités ? La lâcheté ? La peur de perdre un job que j'adore et qui me permet de vivre ? Sans doute tout à la fois et je crois que je me méprise vraiment pour ça.

— Alors, ce rendez-vous téléphonique avec Piazzi ? Il valide ?

Je lève des yeux désolés sur Ana. Un dossier dans les mains, elle semble déjà connaître la réponse.

— Non…

— C'était bien essayé, mais je m'en doutais. Il n'est pas décidé à bousculer leur image parfaite.

Je fronce les sourcils, piquée au vif.

— Leur image parfaite ? Qu'est-ce que des femmes rondes pourraient bien donner comme image imparfaite ?

Elle se reprend tout de suite, comprenant que le sujet est un peu sensible.

— Marnie, ne vous méprenez pas, je suis de votre côté, bien plus que vous ne le croyez. Je dis juste que Giulia Venetta n'est certes pas une marque de luxe, mais que Sergio Piazzi n'est absolument pas prêt à en montrer un visage plus populaire et représentatif.

— Comme beaucoup…

— Hélas, mais les choses évoluent, nous le constatons.

Pas assez vite à mon goût. Si on représentait davantage un peu tout le monde lors de campagnes de pub, il y aurait moins de complexes, de stigmatisations et de dissonances entre la réalité et ce que montrent les magazines. Mais à quoi bon râler ? Le monde ne changera pas de sitôt.

— Je compte toujours sur vous ce soir pour le vernissage de Javiere Cortés ?

C'est l'artiste espagnol qui a réalisé les derniers visuels graphiques pour une série de cartes postales touristiques amiénoises, je l'avais complètement oublié…

— Oui, bien sûr, je serai là.

— C'est parfait ! J'ai un rendez-vous extérieur d'ici trente minutes, je suis joignable sur mon portable si besoin.

Je hoche la tête.

— C'est noté.

Ana me sourit et tourne les talons.

Je soupire et ressors mon portable pour envoyer un message à Eliott.

Ce soir, je rentrerai tard.

Le vernissage est présenté au Carré noir, dans le complexe culturel du Safran. Tandis qu'Ana s'est engagée dans une conversation interminable avec l'artiste espagnol et qu'elle enchaîne les verres de champagne, je me retrouve à jouer les mondaines avec une centaine de personnes, à picorer des petits-fours, entourée d'œuvres d'art modernes et bariolées.

Contrairement à Ana qui a pris le temps de rentrer chez elle pour se changer, je porte toujours la même tenue que celle avec laquelle je suis venue au bureau, et le moins qu'on puisse dire, c'est qu'au milieu de toutes ces robes moulantes et échancrées, je fais un peu tache. J'ai remis la salopette en lin que je portais vendredi, elle est toute froissée par cette longue journée, tandis que mes jolies sandales dorées me saucissonnent les orteils tant mes pieds sont gonflés. Mais je reste vaillamment debout, faisant semblant d'être absorbée par une étrange toile de 2 × 1 mètres qu'on jurerait sortie d'une école maternelle.

— Fascinant, n'est-ce pas ?

Bref moment de stupéfaction quand je me retourne et fais face à Fran Buissonnier. Je me demande comment je m'y suis prise pour ne pas la remarquer plus tôt tant sa tenue est exceptionnelle. Jamais je n'ai vu une femme porter aussi bien ses kilos en trop. Elle s'est enveloppée dans une longue robe évasée et fendue, d'un vert émeraude saisissant, aux manches bouffantes et resserrées aux poignets, au décolleté discrètement arrondi et à la taille cintrée, mettant en valeur sa poitrine généreuse. Elle a remonté ses cheveux en un chignon strict, ne porte aucun autre bijou si ce n'est une lourde paire de boucles d'oreilles dorées, et a osé des spartiates à talons que je ne pourrais jamais espérer enfiler. Cette femme force mon admiration.

— Je vous sens perplexe, dit-elle, amusée

— Oh, je… pardon. Pas du tout, je vous trouve ravissante.

Ce qui la fait éclater de rire.

— Je parlais de la toile, mais merci !

Je me sens un peu bête. Quelques jours plus tôt, Fran expliquait qu'idéaliser la beauté creusait un fossé plutôt que de le combler. Bien joué, l'artiste…

— Je ne m'attendais pas à vous trouver ici. Vous êtes coach et travaillez dans le milieu de l'art ? demandé-je pour centrer son attention sur autre chose que mes boulettes.

— En quelque sorte. Je suis décoratrice d'intérieur, muséologue à mes heures et j'ai conçu la présentation des œuvres permanentes du complexe. Quant à être coach, c'est un bien grand mot. Disons que j'ai suivi assez de thérapies sur l'estime de soi pour aider les âmes en détresse et leur parler de mon expérience. Qu'en pensez-vous ? dit-elle en embrassant la salle des yeux.

Des murs blancs, des peintures espacées, des vases biscornus en terre cuite posés par endroits, tout est très épuré, seules les œuvres de l'artiste dénotent.

— C'est efficace.

— À l'image des futurs acheteurs, en réalité. Ces gens-là aiment l'espace.

— Et les gribouillages d'enfants… ne puis-je m'empêcher de dire.

Elle se remet à rire.

— Et vous, que faites-vous ici ?

— Invitation de la ville, je travaille pour une agence de com.

Je plisse les yeux, Ana arrive vers nous d'un pas chaloupé qui ne trompe pas sur son état.

— Ouhhh, c'était passionnant de discuter avec l'artiste, mais je crois que j'ai un peu abusé du champagne... Oh, pardon ! s'interrompt-elle avec un gloussement perçant en remarquant Fran. Ana Puyssegard, je dirige l'agence Causeries !

— Fran Buissonnier, j'ai mis en scène l'exposition.

Ana lui serre la main avec une énergie stupéfiante.

— Félicitations, c'est très joli, très très joli... Marnie, j'ai la tête qui tourne un peu. Ça vous ennuierait de me commander un taxi ? Vous n'avez qu'à en prendre un de votre côté et me faire une note.

— Oui, bien sûr, allez vous asseoir, je m'en occupe.

Je fouille dans mon sac et en ressors mon téléphone. Ce n'est pas la première fois que je me retrouve dans cette situation. Dans ce genre de soirée, Ana se laisse très souvent aller et décompresse. Le résultat ne joue pas toujours en sa faveur, mais jamais je ne me permettrais une remarque à ce sujet. Je me contente de faire en sorte qu'elle rentre chez elle sans encombre. En général, le lendemain, elle se sent un peu conne, ne fait référence à rien, et apporte des croissants pour tout le monde. Je lui dois quelques kilos.

Je passe un coup de fil, le taxi sera là dans une dizaine de minutes.

— On va l'attendre dehors, vous voulez bien ?

— Oh oui, souffle Ana, j'ai des bouffées de chaleur ! La ménopause est une horreur, croyez-moi. Elle est arrivée tard, mais elle me le fait payer !

— Je vous accompagne, me propose Fran tandis que je glisse un bras sous celui d'Ana.

Je récupère les affaires de ma cheffe et les miennes aux vestiaires, et quand on passe devant les toilettes, celle-ci me lâche subitement.

— Je vais faire pipi !

Fran semble amusée.

— C'est votre responsable ?

Ma gêne est palpable.

— Oui...

— Ne vous inquiétez pas, ça arrive même à des gens bien. On a parfois besoin de lâcher prise.

— Je ne la juge pas.

— Non, c'est mon jugement que vous craignez.

Comment peut-on avoir autant de discernement ?

Puis soudain, on entend un cri strident qui provient des toilettes. J'accours et trouve Ana les quatre fers en l'air devant les lavabos. L'un de ses escarpins gît un peu plus loin sur le sol.

— Hé ! Ça va ?

— Il y avait de l'eau par terre et j'ai glissé, chef ! trouve-t-elle le moyen de plaisanter en essayant de se relever.

— Vous ne vous êtes pas fait mal ?

— Non, mais je n'ai pas eu le temps de faire pipi.

— Allez-y, le taxi n'est pas encore là.

— Non... je préfère rentrer, je me suis suffisamment donnée en spectacle comme ça.

On dirait que sa chute lui a remis les idées en place.

— Ne vous en faites pas, personne ne vous a vue.

— Que ferais-je sans vous ? dit-elle en soupirant.

Et venant d'elle, c'est un véritable compliment.

Le taxi est en train d'arriver lorsque nous sortons du bâtiment. Je l'aide à y monter et m'assure que le chauffeur a bien noté son adresse. Quand il démarre, je me sens à mon tour épuisée.

— Longue journée ? devine Fran.

— Très. Je vais rentrer moi aussi.

— Vous vous êtes commandé un taxi ?

— Non, mais j'habite en centre-ville, à peine vingt-cinq minutes à pied, ça ne me fera pas de mal de marcher.

Fran me sourit.

— J'habite juste derrière le quartier Saint-Leu, je peux vous déposer, c'est sur mon chemin.

— Vous ne souhaitez pas rester plus longtemps ?

— Je vais vous faire une confidence : je trouve ce genre de soirée chiante à mourir. Je devais un petit service à l'organisateur, mais je n'ai pas signé pour rester jusqu'à point d'heure. Je récupère mes affaires et vous rejoins. Ne partez pas, hein ?

Je lève les mains devant moi, plus amusée qu'autre chose.

— Promis !

Eliott va bien rire quand je lui raconterai que j'ai croisé la fille de l'asso et qu'elle m'a déposée à la maison. Il n'est pas le genre de personne à croire au hasard, il me dira que rien ne se passe pour rien. Peut-être aura-t-il raison, peut-être pas, toujours est-il que ma première impression reste prégnante : elle a vraiment l'air très sympa.

— Je suis là ! dit-elle en revenant un peu essoufflée de s'être dépêchée. Je suis garée juste ici.

Du doigt, elle désigne une New Beetle jaune décapotable. Il y a dix ans, je fantasmais littéralement sur ces voitures, incapable de m'en offrir une. Elles ne sont plus fabriquées et mes goûts ont changé, mais quand même, je la trouve géniale.

Fran n'est pas seulement large, elle est aussi très grande, et pour être à l'aise derrière le volant, elle doit presque entièrement reculer son siège. Elle respire fort, comme si le moindre mouvement un peu poussé lui était difficile, même attacher sa ceinture semble être une épreuve. Je n'en suis pas là, j'ai l'impression d'avoir plus d'amplitude, mais je compatis. Combien de fois me suis-je surprise à perdre mon souffle juste en faisant mes lacets ?

Comme elle est un peu serrée dans sa robe, elle remonte les pans à mi-cuisse, se moquant bien que je voie sa cellulite et les plis de sa peau. Je suis un peu interloquée, jamais je n'oserais faire ça en présence de quelqu'un que je connais à peine. En réalité, même avec Eliott, je veille à ne pas avoir une position qui ne me met pas à mon avantage, mais Fran semble s'en moquer à un point… Cette femme m'effraie et m'épate à la fois, je crois.

Elle se tourne vers moi en souriant.

— On pourrait peut-être se dire tu ? propose-t-elle en démarrant.

— Avec plaisir !

— *Good !* Ton adresse ?

— J'habite la rue du Cloître de la Barce.

Fran siffle d'admiration.

— Pas dégueu !

— On s'est endettés sur au moins deux cents ans pour avoir cet appart.

J'exagère à peine. Il n'est pas très grand et nous a coûté un bras, mais quand on l'a visité, on est tombés amoureux tous les deux et on a tout fait pour l'avoir. On s'était dit que la chambre d'amis pourrait devenir celle d'un enfant. Un jour, peut-être. Ou pas.

À cette heure, il n'y a aucune circulation, on arrive très vite. Fran se gare juste en bas de chez moi et me sourit.

— Te voici arrivée. On s'échange nos numéros et on se rappelle pour prendre un verre ?

— Oui, avec plaisir.

On s'envoie mutuellement un SMS, puis j'ouvre la portière.

— Merci pour la course et… à bientôt !

— Je me réjouis d'avance, bonne nuit.

Je quitte sa voiture et lui fais un signe de la main.

Vingt-trois heures, hâte de retrouver mon lit.

CHAPITRE 5

Bingo, Ana a apporté des croissants. Et pas n'importe lesquels, ceux qui ont remporté le dernier prix des meilleures viennoiseries des Hauts-de-France. Elle avait une sale tête, plus que toutes les fois où elle avait un peu bu la veille, et j'ai fini par comprendre que, elle et son mari, ce n'était pas la joie. On l'a entendue hurler au téléphone. Mes trois collègues ont fait l'autruche, certains se sont même mis des écouteurs dans les oreilles. Moi, tout ce que je sais, c'est qu'à l'issue de son coup de fil, quand je suis allée frapper à sa porte, Ana avait les yeux tout rouges. Elle avait pleuré. Ça ne lui était encore jamais arrivé ici.

On a tous terminé notre journée sans la croiser, elle n'est même pas sortie de son bureau pour aller aux toilettes. Je lui ai laissé un mail avant de partir : « Si vous avez besoin de quoi que ce soit, appelez-moi. »

Sur le chemin pour rentrer chez moi, je m'arrête à la boulangerie pour acheter du pain. Je suis à l'intérieur quand je reçois un appel d'Ana.

— Allô ?

C'est une voix pleine de sanglots qui me répond.

— Il m'a quittée. Il m'a quittée pour une fille de vingt-cinq ans de moins que lui. Il pourrait être son père ! Elle est plus disponible, il a dit ! Plus disponible, vous vous rendez compte ? J'ai donné ma vie à nous construire un avenir confortable et il me quitte pour une écervelée qui se fout de bâtir quoi que ce soit. Tout ce qu'elle veut, c'est son pognon !

Je suis tellement prise au dépourvu, que je ne sais pas quoi dire à part que je suis désolée.

— Est-ce que vous pouvez venir chez moi, je ne veux pas être seule.

— Chez vous ?

— Vous connaissez mon adresse, je vous attends.

Pim, pam, poum, elle raccroche.

Je dois vraiment avoir une drôle de tête quand j'arrive à la maison, parce qu'Eliott, avachi dans le canapé, le remarque tout de suite.

— Ana vient de se faire plaquer, elle veut que j'aille chez elle pour la consoler.

— Eh bé… Tu vas y aller ?

Je me contente de hausser les épaules.

— Si tu veux jouer les saint-bernard, vas-y. Moi je vais me commander une piz'.

— Tu es parfait ! lui dis-je en l'embrassant.

— Je sais, répond-il le plus simplement du monde.

Lorsque j'arrive chez Ana, dans la proche banlieue chic d'Amiens, je la trouve dans un état pas possible, je crois même ne jamais l'avoir vue comme ça. Elle a tellement pleuré que les poches sous ses yeux lui déforment le visage, son rouge à lèvres a bavé et ses cheveux sont tout ébouriffés. Et elle a bu. Encore. De tristesse.

Je comprends alors que chaque fois qu'elle a fait des excès, c'était peut-être pour oublier une situation qui durait depuis longtemps.

— Ana, ça va aller ?

Cri déchirant.

— Nooooon ! Nos enfants sont partis, ils ont leur propre vie et maintenant il me quitte ! C'est un salaud, vous comprenez ? Un salaud !

Même sa voix est méconnaissable. Traînante et pleine de vin.

Elle attrape son verre de whisky à moitié vide et le porte à ses lèvres.

— De toute façon, avec sa vieille bite moisie, il ne saura pas la contenter sa pétasse... Il va devoir prendre du Viagra, il n'arrive plus à baiser depuis longtemps !

OK...

Et voilà qu'elle débite ce genre de trucs qu'on dit quand on est blessé et complètement bourré. Je sens que je vais avoir droit à d'autres surprises de ce type...

— Ana, où se trouve votre chambre ?

— Là, au fond du couloir...

Je me lève, y vais et tire les draps. Sur la table de nuit, une photo d'elle et de son mari quand ils étaient plus jeunes, déchirée en deux. Par curiosité, je rapproche les morceaux. Ce qu'elle était brune ! Je la reconnais à peine.

Quand je reviens la chercher, elle est à moitié couchée sur le canapé et parle toute seule.

— Tu vas brûler en enfer pour m'avoir fait ça... et j'serai pas là pour te pleurer, salopard !

Elle lève l'index comme pour l'avertir.

— Tu m'entends ? Elle va te tromper cent fois, tu vas te prendre une chaude-pisse !

Bon, allez, ça suffit comme ça, j'en ai assez entendu.

— Venez avec moi, vous allez vous coucher.

Elle ne montre aucune résistance.

Elle s'assoit sur son lit, je ne fais que retirer ses chaussures pour qu'elle puisse se glisser entre les draps.

— Marnie... vous êtes ma préférée. Les gens disent que vous êtes trop grosse, mais moi, je vous trouve belle dehors comme dedans. Belle... partout, partout ! Moi aussi j'ai été grosse quand j'étais jeune, au moins sept kilos en trop, et j'étais pas aussi belle que vous, non, non...

Ouah, sacrée soirée... Ça pique là où ça fait mal, mais Ana est complètement schlass, mieux vaut que je ne fasse pas attention.

— Vous êtes ma préférée, je vous aime beaucoup... beaucoup. Vous aussi vous m'aimez un peu ?

— Oui, moi aussi je vous aime beaucoup, Ana. Couchez-vous maintenant, et essayez de dormir un peu.

Elle me retient par le bras au moment où je remonte les draps sur elle.

— Vous ne me laissez pas, hein... ? Je ne veux pas être seule. Ne me laissez pas.

Alors je m'assois sur le lit.

— Non, regardez, je suis là. Je reste avec vous.

— Vous êtes une sainte...

Voilà autre chose !

Je patiente jusqu'à ce qu'elle s'endorme, et à 22 heures, j'envoie un message à Eliott pour lui dire que je ne rentrerai pas, qu'il ne faut pas qu'il s'inquiète.

« 2-0 pour Lens, je suis le roi du monde ! » C'est sa réponse.

Je souris. Il ne s'inquiétera pas.

***

Ana n'apporte pas de croissants au bureau le lendemain ni pendant les quinze jours qui suivent. Elle me donne l'impression d'être l'ombre d'elle-même. Elle qui est d'habitude si élégante, elle semble s'habiller avec ce qui lui tombe sous la main, ne se maquille plus, se coiffe à l'arrache et m'adresse à peine la parole. Bonjour, au revoir, merci, c'est gentil sont à peu près les seuls mots qu'elle prononce. Au bureau, tout le monde la prend avec des pincettes ou ne la prend pas du tout... Je n'ai jamais eu le rôle officiel de numéro deux, mais c'est à moi qu'on s'adresse pour éviter d'avoir à lui parler. L'ambiance et la motivation de chacun s'écroulent à vue d'œil.

— Ça va durer encore longtemps ? me demandent régulièrement mes collègues.

Qu'est-ce que je pourrais bien leur répondre ? Chaque soir, je rentre chez moi fatiguée d'abattre le travail de deux personnes. J'avance au radar, à peine consciente de ce qui se passe autour de moi. Fran m'écrit à plusieurs reprises pour qu'on aille boire un verre, je refuse chaque fois, je réponds distraitement aux appels de mes parents et aux messages de mes amis. Eliott est mon seul réconfort, on s'avachit devant Netflix chaque soir, et on mange plus mal que jamais : pizzas, sushis, lasagnes, tout ce qui est supposé faire du bien au moral, mais du mal aux cuisses.

Je me pèse un matin, j'ai pris deux kilos. Et le lendemain, histoire d'enfoncer encore plus le clou, Sandrine, ma collègue qui s'occupe de la compta – le dragon –, remarque que je mange une salade à midi et m'envoie une pique de son cru. « Ah, tu manges des légumes, toi ? Je n'aurais pas cru. »

Connasse.

Pourquoi les gens super minces ne peuvent-ils pas s'empêcher de penser que si les gros sont gros, c'est parce qu'ils se goinfrent comme des porcs ? C'est insupportable. Sa remarque me mine encore plus le moral.

Donc, après ces quinze jours, je suis presque au bout du rouleau, vidée, j'ai même annulé mon rendez-vous de cette semaine chez la psy. Et puis, le vendredi, abracadabra, Ana redevient celle qu'elle était : indépendante et volontaire. Elle arrive au bureau maquillée, parfumée et en tenue de *working-girl*, tailleur et escarpins. Tout revient à la normale, comme ça, d'un coup. Je n'ose pas lui demander si son mari est rentré ou si elle a réussi à faire le deuil de lui. Une expédition héroïque dans les tréfonds de l'âme de ma boss, j'ai déjà donné.

— Où en est le dossier Piazzi ? me demande-t-elle le soir avant que je parte.

— Je lui ai fourni des photos de mannequins minces et respirant la beauté universelle. J'attends son go.

Elle fronce les sourcils.

— Je suis sincèrement désolée qu'il soit aussi fermé. Je sais qu'il est odieux.

— C'est la vie.

Je commence à ranger mes affaires, il est 19 heures, je suis encore la dernière, j'en ai ma claque.

— Marnie… je n'ai pas eu l'occasion de vous remercier. J'ai beaucoup de chance de vous avoir.

— Je vous en prie, c'était normal.

Elle tire une chaise sur roulettes du bureau à côté et s'installe à côté de moi.

— Non, ça ne l'était pas. Vous êtes toujours là pour moi, et sachez qu'en cas de besoin, moi aussi je serai là pour vous.

Je hoche la tête en souriant poliment. J'espère que ce jour-là est loin d'arriver, parce que je ne suis pas prête pour un tel revirement de situation, surtout si je me retrouve dans le même état qu'elle était.

— Mon mari a voulu revenir, lâche-t-elle d'un coup. Ça a été un électrochoc. J'ai réalisé que mon épanouissement ne devait pas passer par un homme qui m'a fait autant de mal.

Je pourrais lui dire qu'elle a raison, mais je ne veux surtout pas m'en mêler.

— Vous avez l'air de vous sentir mieux.

— Libérée ! En tout cas, merci du fond du cœur. Je ne vous retiens pas plus, dit-elle en se levant, moi j'ai encore deux ou trois choses à boucler.

Je hoche la tête et mets mon sac en bandoulière.

— Bon week-end, à lundi.

— J'ai peur, je ne veux pas y aller…

La gentille Mlle Poirier sourit à Paquita.

— Tu ne risques rien, il y a un maître-nageur…

— Mais je ne sais pas nager, on va se moquer de moi.

La maîtresse de CE1 s'accroupit devant Paquita pour se mettre à sa hauteur.

Ses longs cheveux bruns emprisonnés dans un bonnet, les cuisses serrées, les épaules voûtées et les mains jointes devant son ventre, Paquita aurait préféré disparaître plutôt que d'être là.

— Regarde-moi. C'est le cas de beaucoup d'enfants de ton âge, tu sais. Il n'y a rien d'anormal à ça. Et on est ici pour ça, pour apprendre.

— Mais il y en a qui nagent déjà !

— C'est vrai, certains sont très à l'aise avec l'eau, et d'autres non.

Paquita leva les yeux sur ses camarades de classe. Dans le bassin, ils formaient un petit groupe et la dévisageaient d'une façon qu'elle n'aimait pas du tout.

— Tu sais que tu auras pied, n'est-ce pas ?

Paquita ne répondit pas…

— Si je viens avec toi, tu te sentiras rassurée ?

— Peut-être…

— Alors c'est vendu !

Mlle Poirier la prit par la main, prête à descendre par l'échelle avec Paquita.

— Madame, Élodie a vomi dans les toilettes ! cria une fillette en sortant des vestiaires.

— Quoi ? Paquita, je reviens. Et les autres, écoutez bien les consignes du maître-nageur !

Mlle Poirier savait qu'elle n'avait pas le droit de courir autour de la piscine, c'était interdit, alors elle fit de grands pas pour rejoindre Élodie. Le maître-nageur, lui, tenait une grande perche entre les mains. C'était un monsieur avec de très grandes jambes et des épaules bien larges. Il allait évaluer tous les élèves dans l'eau.

— Paquita, rejoins-nous, s'il te plaît ! lui ordonna-t-il.

Mais Paquita était tétanisée.

— Mais pourquoi t'as peur ? lui demanda Céline, une camarade de classe qui savait nager comme un poisson dans l'eau. On a pied, regarde !

— C'est normal qu'elle ait peur ! répondit Nicolas, le garçon que Paquita aimait le moins. Elle est tellement grosse qu'elle va couler !

Tout le monde éclata de rire.

Paquita détestait qu'on lui parle de cette façon, ça lui faisait beaucoup de peine, mais elle était plus forte que ça. C'était son père qui le lui disait toujours.

— Taisez-vous ! rétorqua-t-elle. Vous êtes stupides, même les baleines savent nager !

Et sans avertir, elle prit son élan et se jeta dans le bassin derrière elle, celui dans lequel elle n'avait pas pied.

Elle but la tasse ce jour-là, peut-être même aurait-elle pu mourir si le maître-nageur n'avait pas plongé pour la récupérer, mais elle l'avait fait.

Elle avait cloué le bec à tous ces petits crétins.

CHAPITRE 6

TOUS LES SAMEDIS commencent de la même façon : petit déjeuner, ménage rapide, douche et courses pour la semaine, on est réglés comme des pendules.

Mais Eliott est grognon, ce matin, il a mal dormi à cause de son travail et n'a pas envie de sortir. Il est responsable qualité dans une multinationale qui, malgré un chiffre d'affaires faramineux, annonce un plan social. Il n'est pas personnellement concerné, mais une centaine de ses collègues vont se retrouver sur le carreau. Toute la presse locale en parle.

Coup dur.

— On a une cellule de crise ce soir, ce n'était pas prévu. On se retrouve chez Matthieu avec plusieurs collègues, ça ne t'embête pas ? Le samedi on se regarde un film tous les deux en général…

Je suis d'humeur taquine.

— Une cellule de « décrise » tu veux dire ? Bière, pizza et Magnum ?

Il se passe une main dans les cheveux, il sait que ça va se terminer comme ça.

— Ouais… Tout le monde a pris un coup.

Je me lève sur la pointe des pieds pour l'embrasser sur la joue.

— Pas de souci pour moi, je vais me faire une manucure et terminer le bouquin que j'ai commencé. Si tu restes ici pendant que je vais au marché, pense à faire une lessive, le panier est plein. À tout à l'heure !

Le fameux Matthieu habite en pleine campagne, à vingt-cinq kilomètres d'Amiens. Eliott part sur les coups de 18 h 30 et je n'ai pas plus envie de lire que de me peindre les ongles des orteils. Ce que je veux, c'est sortir et voir du monde. Si possible, des gens qui ne se sont pas fait plaquer par leur mari, et surtout, qui tirent les lèvres vers le haut. Je sais exactement qui contacter. Je prends mon téléphone et écris un message à Fran.

Hello ! Je n'ai pas été très dispo ces trois dernières semaines, mais si tu veux qu'on aille boire un verre ce soir, je suis libre comme l'air !

Je ne suis pas du genre à gratter l'amitié, mais Fran, je ne sais pas, elle a quelque chose qui me fascine. Elle est si solaire, dégage une telle énergie positive que sa compagnie m'est très plaisante et, je l'avoue, communicative.

Elle me répond.

Hé, salut ! Bonne idée,
dans 1 heure au *Barrio* ?

Super ! J'y serai !
À presque tout de suite !

Le Barrio est un bar à vin à Saint-Leu, j'y suis allée plusieurs fois, et le quartier est l'un de mes endroits préférés de la ville, et pas juste parce que j'y ai rencontré Eliott. De vieilles bâtisses sur les bords de la Somme, des bars, des restos et des brasseries branchées.

Je baisse la tête sur mes Birkenstock défraîchies et grimace. Vu la chaleur qu'il fait encore, je ne vais pas pouvoir enfiler autre chose, j'ai l'impression d'enfler du double de mon volume, je ne rentre plus dans aucune sandale à sangles. D'ailleurs, je n'ai aucune idée de ce que je vais porter, mais je sais très bien ce qui va suivre. Comme chaque fois, je vais utiliser le temps que j'ai devant moi pour me torturer l'esprit à ne pas savoir quoi mettre. La dernière robe offerte par Eliott ? Non, j'ai l'air d'un sac dedans.

Je file dans la chambre et ouvre la penderie. Il y a bien cette robe-là, la vert d'eau en gaze de coton à manches trois-quarts extralarges. Elle est tellement ample que, quand je la mets, je ne m'occupe pas de savoir si on voit mes bourrelets ou pas. Elle est parfaite pour mes complexes, mais je sais que je vais crever de chaud. Si je veux trouver une robe idéale, je n'ai qu'à savoir coudre, mais voilà, je ne sais pas. Tant pis.

Je prends une petite douche, enfile une culotte qui me plaque bien le ventre et un soutien-gorge sans armatures. Je n'en ai pas besoin car, à mon grand dam, je suis grosse, mais j'ai de tout petits seins. Je me cache sous ma robe verte, m'attache les cheveux en queue-de-cheval et me maquille vite fait. Prête !

Il est à peine 20 heures lorsque j'arrive à Saint-Leu, et les terrasses grouillent déjà de monde. Il y a des musiciens devant le *Barrio*, piano, et saxo. Le pianiste chante aussi. Je cherche Fran parmi les tables et la repère tout de suite. Elle est installée contre la rambarde qui donne sur la Somme, idéalement cachée sous un parasol. Je ne sais pas depuis combien de temps elle est là, mais elle est déjà en train de siroter un cocktail. Elle me voit et me fait de grands signes.

Quand elle se lève, je dois faire un effort surhumain pour cacher ma surprise.

Elle porte un short en lin aux larges revers – un de ceux que je n'ai plus osé mettre depuis que j'ai trouvé que j'avais de grosses cuisses. Elle porte un short et une chemisette blanche largement décolletée dont elle a noué les pans sur son ventre, se foutant complètement de ses bourrelets. Elle porte un short, ses cheveux en couettes et elle est magnifique.

Si je ne fais pas de compliment sur sa tenue, c'est parce que je sais qu'elle prône l'idée de ne pas en avoir besoin pour se sentir bien mais, bon sang, elle dégage, une assurance et un éclat que je lui envie.

Machinalement, je regarde autour de nous. Trois gars nous observent à une table. Je ne sais ce qu'ils sont en train de penser, et ça me crispe. Fran, elle, ne semble pas du tout les remarquer.

— Viens, installe-toi. T'as pas chaud dans cette tenue ? me demande-t-elle en voyant le tissu épais de ma robe et ses manches longues.

Mentir pour ne pas se sentir conne.

— Non, tu penses ! J'y suis aussi bien que dans une chemise de nuit. Je l'enfile et je ne pense à rien !

Sauf que j'ai le dos qui ruisselle. Je me sens ridicule.

— Tu bois quoi ?

Je réfléchis.

— Un Perrier tranche !

— Tu ne veux pas un petit peu de gin avec ? Ou avec du limoncello, ça le fait.

— Non merci, juste une rondelle de citron.

— Quelle tristesse !

Oui, mais l'alcool c'est beaucoup de calories et je n'ai pas envie qu'on me juge.

Fran commande mon verre au moment où, soulagée, je vois les gars quitter leur table. Puis les musiciens commencent à jouer. Du jazz. J'ai des frissons.

Fran soupire en souriant.

— J'aime beaucoup cet endroit et les concerts qu'ils donnent. Quand c'est ce groupe qui joue dans la rue, je suis presque toujours là. Et si j'ouvre la fenêtre de ma chambre, je les entends.

— Oh, oui, tu habites juste derrière, c'est ça ?

— À cinquante mètres. Tu aimes le jazz ? dit-elle en me voyant tapoter les doigts sur la table.

— Oh, c'est une vieille histoire d'amour. Je chantais dans un piano-bar lorsque j'étais étudiante pour arrondir mes fins de mois.

— Non ? C'est vrai ? Ici, à Amiens ?

— Non, en région parisienne, pendant mes études.

— Énorme ! Et tu chantes encore ?

— Uniquement sous la douche.

Je la fais sourire.

— Tu viens d'où ? Pas d'Amiens si je comprends bien.

— Non, je suis née à Versailles et toi ?

— Amiénoise pure souche. Je suis née ici, j'ai grandi ici, j'ai fait mes études ici et je travaille ici ! Et toi ? Qu'est-ce qui t'a amenée ?

— Mon stage de fin d'études. J'ai rencontré Eliott qui lui est du coin, et je ne suis jamais repartie.

— Des enfants ?

Sujet sensible, j'essaie de ne pas le montrer. Parce que ça fait partie de ces choses à propos desquelles on s'interroge Eliott et moi, mais mon poids actuel me pose un vrai problème, je fais un blocage.

— Non, pas encore et toi ?

— Eh non ! Je n'ai pas trouvé la personne avec qui partager une telle aventure.

Aussitôt, mes yeux se posent sur sa main gauche : pas d'alliance ni de bague quelconque qui pourrait montrer son engagement.

— J'ai été mariée, me dit-elle, ce qui me fait me sentir hyper mal à l'aise d'être aussi prévisible. Ça a duré deux ans avant que je me rende compte que je m'étais engagée pour les mauvaises raisons.

— Les mauvaises raisons ?

— J'ai rencontré mon ex-mari à la fin de mes études. Il était architecte d'intérieur, exerçait depuis cinq ans, et avait le même gabarit que moi. Je m'étais dit que ce serait plus facile d'être avec un mec qui partage mon poids et ma passion. Fred était amoureux, mais pas moi. Je m'en suis rendu compte quand on lui a proposé une mutation en Allemagne pour un gros projet de rénovation de musée. Je n'avais pas du tout envie de le suivre.

Elle avale son verre d'une traite.

— Allez, viens avec moi !

— Hein ? Où ça ?

— Tu sais chanter tu as dit ?

Je fronce les sourcils.

— Allez viens ! Les clients ont l'habitude de prendre le micro. Moi je chante comme une casserole, mais tu compenseras.

Je me sens blanchir d'un coup. Chanter devant ces gens ? Jamais de la vie. Mais Fran est déjà debout.

— Je ne suis pas sûre d'en avoir envie…

— Pas sûre, c'est pas en être certaine ! Allez, viens, on va leur demander un truc facile, histoire de te remettre dans le bain. Quoique si tu chantes sous la douche, tu n'en auras pas besoin !

Elle essaie de faire de l'humour, mais ça ne passe pas du tout.

— Fran, non, vraiment…

— Allez, fais pas ta timide, c'est pas différent de quand t'avais vingt ans !

Si justement. Tout est différent.

Elle ne capte pas et se fraie un chemin entre les tables pour aller parler aux musiciens et me montrer du doigt.

— La demoiselle avec la robe verte dans le fond, venez nous rejoindre !

Un tsunami de honte me submerge quand tout le monde se tourne vers moi pour me dévisager. J'ai les joues en feu et dois ressembler à une grosse tomate verte en train de mûrir.

De l'index, je fais signe que non et la situation empire : le gars demande aux clients de m'encourager. Applaudissements et sifflements. L'horreur, j'ai envie de vomir.

— Comment vous appelez-vous ?

Je suis incapable de répondre, alors Fran le fait à ma place.

— Marnie.

— Allez, Marnie, on vous attend !

Et tout le monde scande : « Marnie ! Marnie ! Marnie ! »

L'une de mes premières psys m'a dit que la honte se déclenchait chaque fois qu'on se retrouvait en défaut par rapport aux règles sociales. Ici, sur la terrasse de ce bar, la règle qui prédomine c'est la minceur. Si je ne m'en vais pas, je vais m'écrouler devant tous ces gens.

J'attrape mon sac, me lève, soulevant des « Ah ! » de satisfaction.

Je traverse la terrasse et pars en courant.

Je la déteste pour ce qu'elle vient de faire.

CHAPITRE 7

— HÉ, ATTENDS ! Marnie !

Je m'arrête quand je vois Fran me rejoindre sur le pont. Je suis presque arrivée au bout, elle est tout essoufflée.

— Hé... je suis désolée. Vraiment. C'était stupide de ma part, je ne me suis pas rendu compte que tu étais aussi mal à l'aise.

D'une, je n'ai jamais été rancunière et de deux, Fran et moi on n'est pas suffisamment proches pour qu'elle connaisse mes angoisses.

— Ça va aller, ne t'inquiète pas pour moi.

— Justement si, je m'inquiète. Est-ce que tu acceptes qu'on aille manger quelque chose dans un coin plus tranquille ?

Elle a les joues toutes rouges, son maquillage a un peu coulé d'avoir couru, je lui souris.

— D'accord. Il y a un bistrot assez sympa pas très loin des Jacobins, ils n'auront peut-être pas de place, mais on peut essayer.

— Oui, je te suis !

L'ail des ours, on aime beaucoup y aller avec Eliott, peu de tables, c'est calme, joli, feutré, et leur nourriture est délicieuse. Lorsque nous arrivons, il reste une table pour deux dans le fond, tout près du bar. Nous commandons deux verres de vin, nos plats, et Fran me regarde en souriant.

— Ça remonte à loin ?

— Quoi donc ?

— Ta blemmophobie.

J'en reste bouche bée un instant.

— Je n'ai pas peur qu'on me regarde, Fran, je n'aime pas qu'on me regarde, c'est différent.

— Tu n'aimes pas qu'on te regarde parce que tu as peur de ce qu'on pense de toi.

Je soupire, cette conversation, je l'ai déjà eue mille fois avec Eliott, mais je ne pensais pas l'avoir avec quelqu'un comme Fran.

— Tu te trompes, je n'ai pas peur de ce qu'on pense de moi, je *sais* ce qu'on pense de moi et toi aussi tu le sais.

D'un coup, elle lâche un rire cynique, et ça me fait un drôle d'effet.

— Tu penses sincèrement que les gens ont une estime de toi pire que la tienne ?

— Pardon ?

— Ils se foutent de toi et je vais te dire pourquoi : parce que tu n'es pas assez grosse pour qu'ils te remarquent, pas assez grosse pour qu'ils en parlent encore le soir en rentrant chez eux, devant leur Coca et leur pizza.

Je me vexe, je ne devrais pas.

— Je suis obèse.

— En obésité *modérée*. Ça signifie que tu galères pour trouver des fringues, mais pas toujours, que tu peux t'asseoir confortablement dans un bus, dans un avion, que tu peux faire tes lacets sans avoir le souffle coupé, que quand ils te voient, les gens ne pensent pas que tu es sale. Tu te trouves grosse, mais tu vois bien qu'il y a pire autour de toi.

J'ouvre la bouche, scotchée, mais elle continue.

—Je mesure un mètre soixante-dix et pèse cent trente-deux kilos, sûrement plus, ça fait très longtemps que je ne suis pas montée sur une balance. Techniquement, et si j'en crois le dieu IMC, je suis en obésité massive et j'ai au moins quarante à quarante-cinq kilos en trop. Je suis bien plus grosse que toi, et pourtant, même moi, je vois qu'il y a pire.

Cette conversation me crispe plus que je ne le voudrais.

— Fran, tu devrais savoir que tout n'est pas qu'une question de poids, mais d'estime, d'appréciation de soi. Je suis étonnée que tu aies ce genre de propos. Tu peux être mince et ne pas t'aimer.

— Tu as raison. Adolescente, j'étais mal dans ma peau, j'ai demandé à mes parents de me faire suivre une cure d'amaigrissement. J'ai perdu un poids considérable sans pour autant réussir à m'aimer. Moralité, comme tu le vois, j'ai tout repris et j'en ai même rajouté au fil des années. Je comprends ce que tu dis, Marnie, mais tu peux être grosse et avoir les mêmes droits qu'une mince, à savoir te mettre en maillot de bain, faire du ski, porter des porte-jarretelles ou… chanter devant des gens parce que tu sais que tu peux le faire et que ça te manque.

Je souffle par le nez.

— Qu'est-ce que tu en sais ?

— Il suffisait de te regarder. Je peux te poser une question ?

— Vas-y.

— Qu'est-ce que tu ne fais plus depuis que tu estimes être trop grosse ? Ou que tu penses ne pas pouvoir faire ?

— Euh… Monter à cheval ? Non, parce que le pauvre !

Elle fronce les sourcils.

— Je suis sérieuse !

— Ah oui, pardon… Faire du parachute, du saut à l'élastique ou de la tyrolienne et… m'écraser ? Ça, je n'ose pas !

Fran est dépitée de me voir répondre avec autant de désinvolture, mais c'est le moment que le serveur choisit pour apporter nos entrées.

Elle revient à la charge dès que nous nous retrouvons de nouveau seules.

— Alors ? À part des trucs qui ne servent à rien, sur quoi tu mets ton veto au quotidien ?

Hum… je dîne avec un genre de coach en estime de soi, je ne vais pas pouvoir faire l'autruche.

Je soupire et énumère.

— Je ne me mets pas en short, j'évite de montrer mes bras, je ferme les volets quand Eliott et moi on fait l'amour…

Je la vois lever les yeux au ciel et prends la mouche.

— Tu me juges ?

— Pas du tout, mais il te connaît sûrement par cœur, quoi que tu essaies de cacher.

— L'espoir fait vivre.

— Et le mensonge tue.

Elle a claqué cette phrase sans la moindre trace d'humour.

— Je ne mens à personne, Fran.

— Si, à toi-même, tu te fais croire que tu es incapable d'être libre.

Touchée…

Je pinaille dans mon assiette, j'ai pris un ceviche de saumon, je vais finir par en faire de la bouillie.

— Fran, tu n'as aucun tabou, tout est facile pour toi ?

Elle soupire et, dans ses yeux, je lis une détermination à toute épreuve.

— Je n'ai plus de temps à perdre avec les injonctions, y compris les miennes. Il ne s'agit pas de s'aimer ou de se détester, il s'agit de faire avec et de profiter de chaque instant. On doit vivre, Marnie, pleinement. Si tu dois te souvenir d'un seul élément de notre conversation, retiens bien ça : les regrets arrivent plus vite qu'on le croit.

Et elle avale une bouchée de poulet au gingembre.

***

Jeudi, j'ai mon rendez-vous avec ma psy. Hélène Rubins m'a attentivement écoutée raconter ma mauvaise expérience au quartier Saint-Leu et rebondit sur cette histoire de regrets.

— Et qu'avez-vous pensé de cette phrase ?

On ne s'est pas vues depuis deux semaines et j'avoue qu'être ici me permet de mettre de l'ordre dans mes idées. Cette fois, je me suis même munie d'un éventail, c'est plus supportable.

— Elle est percutante et effrayante.

— Pourquoi effrayante ?

— Parce que jusque-là, je n'avais jamais considéré les choses de cette façon, comme si je n'étais pas assez vieille pour voir les années défiler. Mais j'ai eu trente-cinq ans et je réalise que j'ai passé la moitié de ma vie à me priver de ce que je ne pourrais sans doute plus jamais refaire.

Elle décroise les jambes, les croise dans l'autre sens et revient à moi.

— Je vais vous poser une question. Que préférez-vous : avoir le corps de vos rêves ou vous accepter telle que vous êtes ?

Il y a quelques années, quand j'avais vingt ans et que je grossissais à vue d'œil, j'aurais dit « avoir le corps de mes rêves ». Pas aujourd'hui.

— M'accepter comme je suis, je suppose.

— Évidemment, c'est ce que nous voulons tous. Pour ça, il y a des étapes à franchir. Avez-vous déjà fait une liste de ce que vous pensez ne pas être capable de faire ?

Je secoue la tête.

— Faites-le, et objectivement.

— Dans quel but ?

— Pour « réaliser » un peu plus, Marnie, vous accepter et essayer de ne plus passer à côté de votre vie.

On se regarde quelques secondes, on s'étudie un peu, puis Hélène sourit.

— On avance, Marnie, on avance. On n'a même jamais avancé aussi vite.

***

Vendredi, il fait encore tellement chaud que j'ai du mal à me concentrer sur mon travail. Le petit ventilateur que j'ai apporté de chez moi vient de me lâcher, mon PC rame et mes aisselles se croient en zone tropicale. Je n'en peux plus. Mais le week-end approche, mon calvaire est bientôt terminé.

— Tu as soif ?

Mon collège graphiste, Bernie, me tend une bouteille d'eau.

— Merci, volontiers.

Bernie, Bernard de son vrai prénom, a à peine vingt-cinq ans. Raide de s'appeler comme ça quand on a son âge. À la fois, il a le profil… Je n'ai jamais rencontré un jeune aussi coincé que lui. Cheveux courts, longs sur le front et raie sur le côté, il ne boit pas, ne fume pas, écoute Sardou en boucle et porte des chemises que mon grand-père ne voudrait pas mettre. Même son rire est irréel, un genre de couinement de souris mêlé aux ronflements d'un cochon. La première fois que je l'ai entendu, j'ai failli cracher le thé que j'étais en train de boire en l'entendant. Mais au moins, contrairement à moi en ce moment, il n'a pas l'air de sortir d'un sauna. Veinard.

— Dis, tu as vu les photos HD du shooting pour la campagne de Balneo T ? lui demandé-je. Je n'ai pas eu le temps d'y jeter un œil…

— C'est Ana qui les a reçues, elle nous les a envoyées hier soir avant de partir. Tu me diras quand tu auras fait ton choix, mais je peux t'annoncer qu'il y a du travail.

— OK, merci, je m'en occupe.

Je récupère le shooting, sélectionne une quinzaine de photos sans grand entrain et les envoie à Bernie, copie Ana, elle les verra lundi.

Dix-sept heures, il fait toujours 32 °C. Stop, j'ai rendez-vous chez la gynéco. Deux ans que je n'y suis pas allée. Je rassemble mes affaires, salue Bernie qui fait du rab et m'engouffre dans l'ascenseur, bien contente qu'il soit là, je n'aurais pas eu le courage de descendre à pied les vingt-quatre étages.

Le cabinet médical est à deux pas, j'y suis en cinq minutes. Gros avantage de travailler en centre-ville.

Lorsque j'arrive dans la salle d'attente, elle est vide et la secrétaire est déjà partie. De toute évidence, je suis la dernière patiente.

— Entrez, me dit un médecin que je ne connais pas en ouvrant la porte du cabinet.

Je me crispe. Pas tant parce que c'est un homme, mais parce que je ne l'ai jamais vu et que franchement, faire tomber sa petite culotte devant un parfait inconnu relève du défi.

— Asseyez-vous. Je me présente, je suis le Dr Cuissard, je remplace le Dr Ramier qui est en congé maternité.

Dr Cuissard ? Je manque éclater de rire. Lui, il porte bien son nom !

Par contre, ce qu'il a l'air coincé…

Une bonne cinquantaine, grand, cheveux gris, petites lunettes, mine sévère. J'ai comme l'impression que ce n'est pas le genre de personne avec qui on peut faire des blagues et qui apprécie l'humour. Reste sérieuse, Marnie, déconne pas !

— Je vous écoute, dit-il solennellement en prenant place bien au fond de son fauteuil.

— Je suis là pour un rendez-vous de contrôle.

Il pianote sur son clavier et regarde l'écran avec attention.

— Votre dernière consultation date d'il y a deux ans. Il y a un paravent juste-là. Si vous voulez bien vous déshabiller et monter sur la balance. Ensuite je vous examinerai.

J'avale ma salive, il n'a pas la délicatesse de ma gynéco habituelle qui, elle, commençait toujours par me demander où j'en étais, si je me sentais bien. Lui, rien. Mécanique. Pragmatique. Froid. Mais j'obéis.

— Quatre-vingt-douze kilos, annonce-t-il d'une voix sèche.

Misère, j'ai encore pris un kilo. Je suis dépitée. Les fesses à l'air, je monte sur la table d'examen et mets les pieds dans les étriers. J'essaie de cacher mon ventre en croisant les bras, mais peine perdue. Je ne me suis jamais sentie aussi humiliée par tout ce gras qui déborde de moi.

Le Dr Cuissard fait ce qu'il a à faire, puis je descends de la table pour me rhabiller.

— Avez-vous un projet de grossesse ? me demande-t-il.

Prise au dépourvu, je bats des cils.

— Avec mon conjoint, nous ne sommes pas encore décidés.

— Tant mieux, il faudrait que vous perdiez drastiquement du poids avant. Vous avez pris huit kilos depuis votre dernière pesée ici, il y a deux ans.

Une chape de plomb sur ma tête. Huit kilos...

— L'obésité est un haut facteur de risques de complications hypertensives, assène-t-il, et le risque de diabète gestationnel est multiplié par cinq, d'autant que vous êtes à un âge où une grossesse est considérée comme gériatrique. Je vais vous prescrire une prise de sang complète et nous verrons où vous en êtes.

Je n'ai pas le temps de réfléchir au fait qu'il vient de me dire que j'étais vieille.

— Oui, mais... je ne suis pas sûre de vouloir être enceinte...

— Ce serait pourtant une excellence motivation pour perdre du poids.

— Et en reprendre...

Je me mords la lèvre, j'ai pensé à voix haute.

Le Dr Cuissard me regarde bizarrement.

— Raison de plus pour faire un effort avant et diminuer le risque de malformation ou un retard de croissance intra-utérin, permettre à votre futur bébé d'être en bonne santé et de ne pas naître gros, et aussi éviter les complications thromboemboliques qui pourraient mettre un terme prématuré à votre grossesse.

J'ai le cœur qui bat fort, j'ai envie de lui arracher les yeux. Pour qui se prend-il ce donneur de leçons ? Que sait-il de ma vie et de mes envies, de mes luttes, de mes peurs ? Je ne suis pas certaine d'avoir un enfant un jour, parce qu'il faudrait déjà que je me digère. Et avec ce qu'il vient de me dire, ce n'est pas près d'arriver. Sale con.

D'une main tremblante, je sors ma carte Vitale et mon chéquier. Je le remplis sans un mot, le lui tends et me lève.

— Souhaitez-vous que nous fixions un rendez-vous dans six mois pour faire le point ?

Je devrais l'envoyer bouler et n'en trouve pas le courage. À la place, je le laisse me donner une date, une heure, puis je ressors du cabinet avec une petite carte dans les mains et des larmes plein les yeux.

Aujourd'hui on est le dernier jour de juin. Pourvu que le mois de juillet soit moins pourri.

— Paquita, ¿eres tú? ¡Estamos en la cocina[1]! *cria Rosa quand sa fille fit claquer la porte de la maison.*

L'école primaire se trouvait à moins de cent mètres de la maison, depuis qu'elle était en CM1, elle y allait et rentrait à pied tous les jours.

— Oui, c'est moi ! répondit-elle volontairement en français.

Rosa et Louis Contreras avaient encore trop de lacunes, Paquita trouvait que c'était dommage et qu'ils devraient s'entraîner davantage.

C'était un joli mois de mai et, ce soir, la fillette fêterait ses dix ans. La cuisine était en ébullition, sa mère lui avait préparé tous ses plats préférés. Elle y entra et découvrit une table pleine de farine, de beurre et d'œufs. Normalement, Rosa les cuisinait à Noël, mais des pains au jambon bien dorés débordaient des plats, il y avait aussi des hallacas, *un rôti noir qui mijotait sur le feu, des* arepas *au fromage, des boulettes de bœuf en pâte de maïs, du lait de poule et un gâteau aux trois laits dont Rosa avait le secret. Même Luis avait mis la main à la pâte, il avait de la farine de maïs jusque dans les cheveux.*

— On sera beaucoup ? demanda Paquita.

1. Paquita, c'est toi ? On est dans la cuisine !

— Ta sœur Maria et son petit copain, la voisine et ses dos hijos, *Stéphane* y *Nathan, et aussi Mme Maire chez qui je fais les ménages, elle voulait être là.* ¡Estará bien[1]!

Oui, ce serait bien, mais il n'y aurait pas un ami de classe de Paquita. Aucun n'avait répondu à son invitation. Ça lui avait fait un peu de peine au début, même si elle s'en était doutée, c'était chaque année la même chose. Elle n'était jamais conviée nulle part et personne ne venait non plus chez elle, c'était pourquoi les Contreras fêtaient toujours son anniversaire le jour même. L'organiser spécialement un mercredi n'aurait eu aucun sens.

— Tiens, c'est pour ton goûter, lui dit Luis en lui donnant deux gros biscuits aux amandes et au miel.

— Merci, papa.

Elle commença à manger, mais tout doucement cette fois.

— ¿Que tal tu día[2]? *demanda Rosa.*

— Il y a une nutritionniste qui est venue à l'école, elle nous a expliqué comment bien manger pour être en bonne santé. Il faut mâcher lentement.

— Ces gens-là racontent n'importe quoi ! s'insurgea Luis. Dans la famille, on n'a jamais eu besoin d'apprendre comment manger pour avoir la santé !

Paquita croqua dans son biscuit et haussa les épaules.

— Elle a aussi parlé de l'IMC, elle nous a dit de faire le calcul à la maison pour savoir où on est sur la courbe.

— C'est quoi ça l'IMC ? demanda Luis.

— Un truc pour dire si tu es trop gros ou trop maigre pour ta taille.

Rosa s'essuya les mains dans un torchon et le jeta sur la table.

1. Ça va être bien !
2. Comment était ta journée ?

— *Ne t'occupe pas de ça, Paquita,* ¡eres demasiado joven para pensar en eso[1]! *Mange ce que tu aimes, un point c'est tout !*

Paquita sourit. Ses parents étaient toujours de son côté.

Toujours.

1. Tu es trop jeune pour penser à ça !

LA LISTE DES CHOSES QUE JE N'OSE PAS FAIRE

Porter une jupe, une robe courte ou un short

Oser un haut à bretelles et des manches courtes

Mettre des porte-jarretelles (le ridicule tue, je le sais)

Me faire prendre en photo en maillot de bain

Aller à la piscine sans paréo

Faire l'amour en plein jour

Prendre un bain ou une douche avec Eliott

Essayer des vêtements devant une copine

Parler à ma mère

Manger un truc gras ou trop sucré en public

Me mettre en maillot de bain deux pièces

Danser en soirée

Aller dans une salle de sport

Chanter devant des gens.

Faire un bébé…

CHAPITRE 8

Le samedi matin, je serais responsable d'une invasion de sauterelles que ça ne m'étonnerait pas : j'ai envie de faire un footing. La dernière fois que j'ai mis les pieds dans des runnings, c'était il y a au moins cinq ans, juste avant nos vacances aux Canaries, je m'étais mis dans l'idée de perdre cinq ou six kilos avant de partir. J'avais jeté l'éponge au bout de cinq minutes.

Je n'ai pas beaucoup plus d'ambition cette fois-ci, mais… sait-on jamais.

Eliott sort dc la chambre en short et me regarde de la tête aux pieds.

— Est-ce que je suis jolie ?

Comme si j'avais à être jolie pour aller courir… Mais j'ai – toujours – besoin d'être rassurée, c'est comme ça.

— Oui, tu l'es, sauf que tu vas mourir de chaud avec ton pantalon de survêt.

— C'est tout ce que j'ai trouvé d'acceptable.

— Tu serais mieux en short…

— Écoute, j'ai réussi à me motiver, faut pas non plus me demander la lune, hein !

Il est content de m'accompagner, mais il grimace parce qu'il ne comprend pas, comme souvent. Cependant, Eliott sait qu'il vaut mieux éviter de me chatouiller, je pourrais changer d'avis en moins de deux.

— Ma tenue va, c'est sûr ? Je n'ai pas l'air d'un éléphant ?

Eliott secoue la tête en souriant.

— Tu as l'air d'une fille qui va courir, mon cœur. Allez, on y va !

Il ne fait pas encore trop chaud, on décide d'aller courir autour du lac du parc Saint-Pierre. J'ai toujours beaucoup aimé cet endroit, c'est vert, ombragé par plein d'arbres immenses et à deux pas de chez nous. Allez, c'est parti !

Il est encore très tôt quand on arrive, il n'y a pas foule, ça m'arrange. On s'échauffe un peu, et on y va.

La situation est épique : j'ai mis le mauvais soutien-gorge, et même avec des petits seins, mon bonnet B++ me donne l'impression qu'il va me remonter jusqu'aux amygdales. C'est insupportable, j'ai chaud, je vais crever, mais je tiens le coup dix minutes.

Je m'arrête, les joues rouges, plus transpirante que Charles Ingalls après avoir fendu du bois, et me penche en avant, les mains sur les cuisses, à bout de souffle.

— Hé, mais c'est pas mal du tout ! La prochaine fois tu feras quinze minutes, la fois suivante vingt, tu verras, tu vas finir par adorer ça ! s'enthousiasme Eliott.

Ma parole, c'est qu'il rêve tout éveillé ! D'ailleurs je le regarde, il est frais comme un gardon. M'énerve… Il n'a pas dû dépenser plus de 50 kcal tant je lui ai imposé une vitesse de croisière pour retraités.

— Un peu d'eau ?

Il me tend la gourde qu'il a tenue en courant, il a un grand sourire aux lèvres.

— Tu peux être fière de toi.

— Je ne suis pas sûre d'avoir envie de recommencer, mes genoux ne vont pas survivre…

— Tes genoux te remercient, au contraire ! On fait le tour du parc à pied pour se remettre ?

— Tu parles ! Tu n'as pas besoin de te remettre du tout, toi !

Il me sourit, de ce sourire en coin qui m'a toujours, toujours fait craquer.

— Non, mais c'est une excuse pour voir à travers ton tee-shirt un peu plus longtemps !

— Quoi ?

Je baisse les yeux, j'ai tellement transpiré qu'un triangle d'humidité s'est dessiné entre mes seins et réveille la dentelle de mon soutif. Génial.

Eliott s'approche et m'embrasse sur la bouche. Comme ça. Un baiser de cinéma en plein parc qui fait tourner la tête des coureurs et lever au ciel les yeux des petits vieux qui promènent leur chien. Ça, c'est mon mec !

— Tu sais ce qu'il te faudrait ? me dit-il plus tard, pendant qu'on rentre à pied à la maison.

— Non, mais tu vas me le dire.

— Plus de défis comme celui-ci.

— Ou plus de rendez-vous avec un connard de médecin qui me culpabilise, tu veux dire… ?

Parce que je ne suis pas trop bête, cette envie subite d'aller courir, alors que je déteste ça, c'est mon échange avec lui qui l'a initiée. « Vous êtes grosse, vous êtes potentiellement une criminelle, une tueuse de bébés ! », c'est comme ça que je l'ai pris et, inconsciemment, je lui donne raison. Il a touché la corde sensible. C'est parfaitement injuste, mais c'est comme ça.

Eliott s'arrête en plein milieu du trottoir pour me faire face et me prendre les mains.

— Marnie… Tu sais pourquoi la culpabilité est un fléau ?

— Parce qu'elle nous empêche d'avancer ?

— Ouais. Alors, mets-lui un bon coup de pied au cul et laisse-la derrière toi. Tu oublies ce rendez-vous et tu vis ta vie. Et ce bébé, on n'est pas obligés de l'avoir tout de suite, d'accord ? Même pas du tout. On n'est obligés de rien.

J'en ai les larmes aux yeux, parce qu'il m'aime, parce qu'il est toujours gentil avec moi, parce qu'il est mon plus grand soutien. Depuis le début.

Je me jette dans ses bras et le serre contre moi.

— Merci…

***

Évidemment, le lendemain j'ai des courbatures partout, je peux à peine marcher. Maudits soient le sport et ses tortures ! Eliott, lui, a remis ça. Avec un copain, cette fois, plus à la hauteur de ses habitudes.

Il est à peine 10 heures, je m'affale dans le canapé avec l'intention de me badigeonner de crème contre les douleurs musculaires, et regarde la liste de mes « interdictions » toujours posée sur la table. Eliott a collé un Post-it juste à côté de la ligne « Faire l'amour en plein jour ».

« Je ne désespère pas de te convaincre, tu as le plus beau cul du monde ! »

Mon indignation ne dure pas plus de deux secondes, je l'adore !

Je suis en train de me masser en grimaçant quand on sonne à la porte. Je suis encore en chemise de nuit, mais suffisamment longue pour que j'aille vérifier de qui il s'agit. Je suis toute surprise quand je découvre Fran sur mon palier.

— Tadaa ! elle secoue un sac de viennoiseries sous mon nez. Je suis passée devant chez toi, le gars qui fait le ménage avait laissé la porte ouverte alors j'en ai profité. Mais je te dérange, peut-être ? demande-t-elle en voyant ma tenue.

— Non, pas du tout, Eliott est allé courir et moi je glandais sur le canapé. Entre !

Fran pénètre chez moi dans une robe en mousseline jaune flamboyant. Avec ses cheveux blonds remontés en chignon et ses petites mèches volantes autour du visage, on dirait un soleil.

— Je ne serais pas contre un café ! Je suis debout depuis 6 heures, impossible de dormir.

Elle s'installe dans mon salon et tombe sur ma liste. À sa tête, je mettrais un billet que ça va donner lieu à une discussion. Mais Fran n'est pas aussi prévisible que je le pense. Elle sort les croissants de leur sac, prend la tasse que je lui tends et me branche… voyage.

— Un *road trip*, ça te dit ?

— Un quoi ?

— Un *road trip*, une échappée, une virée en bagnole !

— Oui, je sais ce que c'est, mais… pourquoi cette question ?

Fran semble littéralement jubiler.

— Parce que l'idée m'avait déjà traversée quand on a dîné ensemble et, en voyant cette liste, dit-elle en désignant la feuille sur la table, j'ai carrément envie de la concrétiser.

Je me disais aussi que c'était bizarre qu'elle ne rebondisse pas sur la liste. Par contre, le coup du *road trip*, je ne l'ai pas vu venir !

— Euh…

— Ta liste, là, je ne connais qu'un seul moyen de l'exorciser : lui faire face.

Je bats des cils.

— Tu veux m'aider à cocher des cases ?

Ses lèvres s'étirent en un sourire plus large qu'un stade de foot.

— Oui ! Toi, moi et le lâcher-prise total. Tout ça, là, s'enthousiasme-t-elle en secouant la feuille, tu l'exploses, tu lui fous une raclée. Kaput. Tu passes de « non négociable » à « dégagez, je fais ce que je veux de ma vie ! ».

À part écarquiller les yeux, je ne vois pas.

— Je te mets au défi de te libérer de tes chaînes. On part toutes les deux une semaine et, chaque jour, on fait un truc qu'on n'a jamais osé faire.

Je dois avoir l'air d'une carpe en asphyxie. C'est hallucinant, elle me parle comme si on était amies depuis des siècles, alors qu'on se connaît à peine depuis un mois.

— Mais… quand ? Et où ?

— La Côte d'Opale ! Demain ? Dans trois jours ? La semaine prochaine ? Organise-toi, je m'adapte !

J'y crois pas…

— Pourquoi tu ferais ça pour moi ?

— Parce que je suis coach et que mon but est de voir les gens épanouis ?

Lapalisse n'aurait pas répondu mieux…

Elle attrape un croissant et mord dedans à pleines dents.

— Fais-moi confiance, meuf, ça va être la meilleure aventure de ta vie !

***

De retour chez ma psy.

Demain, c'est la fête nationale, il n'y a pas que les feux d'artifice qui vont fumer, mes neurones aussi à force de réfléchir, je suis bien contente de voir Hélène.

— Je ne suis pas sûre d'accepter son offre. Je risque de mal le vivre.

Hélène sourit.

— Ou tout le contraire… Qu'est-ce que vous aimez chez vous, Marnie, physiquement ? Répondez sans réfléchir.

— Eh bien… mes yeux, mes cheveux, ma bouche.

— Et moi, comment me trouvez-vous, physiquement ?

Prise de court, je ne sais que répondre.

— Allez-y librement, je vous écoute.

— Euh… très belle.

Hélène sourit.

— Et pourtant… Je me trouve des dizaines de défauts. Mais je vais vous dire, il n'y a rien de moins important que de se trouver beau ou laid.

— C'est ce que dit aussi Fran Buissonnier…

— Marnie, la vraie question n'est pas de savoir si vous êtes belle ou non, mais si vous voulez vous en satisfaire ou pas. Si vous ne pouvez pas, il existe des recours esthétiques, des opérations bariatriques. Vous prenez les quelques kilos qu'il vous manque encore pour y avoir accès, et un médecin vous fera maigrir avec un By Pass, une sleeve ou un anneau gastrique. Ce ne sera pas facile, pas sans risques, pas sans perturbation et changement radical, mais vous perdrez du poids. Ou alors, vous vous en satisfaites et vous avancez dans ce sens.

Je reste silencieuse, toutes ces questions, je me les suis déjà posées.

— Allez-y, accompagnez cette femme et prouvez-vous que ronde ou non, vous êtes capable de vivre pleinement. Tout commence par là.

CHAPITRE 9

PUISQUE TOUT LE MONDE semblait dire que c'était une bonne idée, j'ai accepté l'offre de Fran. Le 20 juillet à 10 heures, nous nous préparons à prendre la route pour le *road trip* grâce auquel je suis supposée régler mes comptes avec mon corps.

Fran propose que nous décidions de nos haltes au jour le jour, au gré de nos envies, du vent, de l'âge du capitaine et de je ne sais quel hasard qui croisera notre route. Aucune idée de la sauce à laquelle je vais être mangée pendant cette excursion, mais une chose est sûre, on prévoit la première escale au Touquet-Paris-Plage, 105 km d'Amiens. Ce n'est pas le dépaysement du siècle, mais le vent de la côte nous fera oublier la moiteur de la ville.

Pour voyager, j'ai mis ce que j'ai de plus confortable : mon éternelle salopette en lin et une paire de baskets. Fran, elle, a choisi un long jupon arc-en-ciel taille haute, un legging, un body et une ceinture large qu'elle seule semble être capable de porter aussi bien.

— Tu as quand même la cheffe la plus cool du monde, me fait-elle remarquer en ouvrant le coffre de sa voiture.

Minuscule, soit dit en passant. Heureusement que je n'ai pas gardé les habitudes de ma mère qui ne savait pas partir trois jours sans emporter toute sa maison.

Je mets mon sac de voyage en toile à l'intérieur et lui souris.

— Elle m'en devait une.

Mais pour être tout à fait honnête, Ana n'a pas été spécialement ravie de m'accorder une semaine supplémentaire de congés, surtout que je suis supposée partir en vacances mi-septembre, mais avec les quinze jours qu'elle m'a fait passer, elle n'avait pas trop le choix, c'était quand même la moindre des choses.

Je monte à l'avant de la New Beetle et avise le temps.

Le ciel est bas, comme on dit chez nous, ce qui signifie que personne ne saurait dire s'il va pleuvoir ou pas. Reste plus qu'à croiser les doigts pour que ça n'arrive pas sur la route.

— Tiens, dit Fran en me tendant un foulard. Tu devrais mettre des lunettes de soleil et un foulard.

Je souris.

— Non, mais tu as raison, allons à fond dans le cliché pendant qu'on y est !

— C'est comme tu veux, mais je te préviens, quand on dit que le vent décoiffe, c'est pas qu'une expression, et les lunettes t'éviteront d'avoir les yeux qui pleurent.

Tranquillement, elle se couvre la tête et se met une paire de Gucci immense sur le nez. Même avec quarante-cinq kilos en trop, ses cheveux blonds bouclés et ses lèvres pleines lui donnent carrément un air de Marilyn.

Fran est belle tout le temps, c'est chiant.

Je boucle ma ceinture, elle la sienne et hop là !

— Et *viva la vida* ! s'écrie-t-elle en démarrant, une main levée.

Cette phrase va me rester, tant elle est à son image.

Son enthousiasme ferait presque tomber toutes mes appréhensions. Presque, parce que j'en ai encore quelques-unes, à commencer par cette idée insensée de me faire faire tout ce que je n'ai jamais osé faire. Quelle forme cela prendra ? Vais-je devoir me promener en string sur une corde de funambule ou descendre un escalier sur les mains ? Eliott n'a même pas pu être là pour me faire un bisou et me rassurer une dernière fois avant que je parte. En cause, une grosse réunion à 8 heures.

Pendant mon séjour, il m'a fait promettre de ne pas être pendue à mon téléphone pour voir s'il m'avait envoyé un message. J'ai grogné d'avoir senti que ces petites vacances imprévues lui plaisaient plus qu'à moi. La solitude a toujours été son premier amour.

Toujours est-il qu'à peine arrivées sur l'A16, mes cheveux pourtant attachés en queue-de-cheval me donnent l'impression d'être sur le point de quitter mon crâne. Avisée Franny ! Je vais me retrouver chauve en moins de deux si ça continue.

— Je te l'avais dit ! hurle-t-elle en riant.

Il faut brailler pour se faire comprendre, l'option boules Quies aurait été à envisager. Je brave le vent autant que je peux, réussis à me protéger la tête avec mon gilet et enfile mes vieilles Ray-Ban. J'ai l'air de sortir de chez les Tuche, mais c'est mieux, beaucoup mieux.

On roule une quarantaine de kilomètres et, un peu après Abbeville, quelques gouttes de pluie commencent à tomber.

— Ça va passer ! me certifie Fran, plutôt confiante.

Mais moi, je ne vois que le gros nuage gris vers lequel on fonce et me prépare à recevoir la douche de ma vie.

Bingo ! Fran n'a pas le temps de refermer complètement la capote électrique qu'on se prend une drache pas piquée des hannetons, la rincée du siècle. En moins de dix secondes, on est trempées. Fran me regarde en grimaçant.

— Ça va ?

Je m'essuie les yeux et repousse les mèches de cheveux aplaties sur mon visage, plus interloquée qu'autre chose.

— Il y a de l'eau partout…

Le sac en toile à mes pieds, les tapis de sol, le porte-gobelet entre Fran et moi, mes cuisses, et les sièges en cuir à l'arrière, tout est inondé. Fran éclate de rire.

— Tu verrais ta tête !

— Tu peux parler, tu verrais la tienne !

Elle retire ses lunettes et se regarde dans le rétroviseur. Son mascara lui coule sur les joues et son fond de teint se liquéfie gentiment. Elle éclate de rire.

— Pour le concours de beauté, on reviendra ! On va s'arrêter pour essuyer l'intérieur et se changer.

— Ça t'arrive souvent de te prendre la flotte ?

— Non, mais je n'ai pas résisté à l'envie de te faire connaître ce plaisir au moins une fois !

Mon baptême de l'eau… Cette femme est folle à lier, mais je me marre, j'avoue.

On fait une halte sur l'aire de la Baie de Somme. Fran se gare à l'abri à côté des pompes à essence et nous voilà à essorer et essuyer tout ce qui a pris l'eau. Ne reste plus qu'à nous changer.

Sur la porte des toilettes, juste en sortant, une affiche du Mont-Saint-Michel, avec le slogan « Venez visiter une autre baie ». Je m'arrête quelques secondes pour la regarder, le temps que Fran ait terminé.

— Tu y es déjà allée ?

— Je n'ai jamais trouvé l'occasion, avoué-je avec une pointe de regret. Mais un jour, j'aimerais beaucoup.

Chaque fois qu'on a voulu y organiser un séjour avec Eliott, un truc de dernière minute nous en a empêchés.

J'aurais dû comprendre ce que signifiait le regard malicieux de Fran, mais je n'ai pas encore les réflexes, et quand on quitte la station et qu'elle prend la sortie Abbeville, je ne tilte toujours pas, je pense qu'elle s'est juste plantée.

— Tu t'es trompée, Le Touquet est dans l'autre sens.

Elle sourit.

— Oh, tu crois ? Sauf que là, on va voir le Mont-Saint-Michel.

— Hein, quoi ? Mais... C'est à au moins quatre heures !

— Un jet de canette !

Je n'en reviens pas. Elle roule quelques kilomètres, bifurque, et on se retrouve sur l'A28 en direction de Rouen. Dingue. Les surprises commencent fort.

Après quatre heures et demie à rouler et une pause de trente-cinq minutes pour manger un sandwich dégoûtant sur une aire de repos, on arrive dans la baie du Mont-Saint-Michel sous un soleil radieux. Pas un nuage dans le ciel et des températures qui montrent bien que le climat ne tourne pas rond. Il est 17 heures et on pourrait faire cuire un œuf sans problème sur les pavés.

Le Mont-Saint-Michel est exactement à l'image de ce que j'imaginais. Imposant, majestueux, saisissant et... plein de touristes. J'apprends que, cet été, on fête le millénaire du mont, alors en fin d'après-midi, ça grouille de monde comme si la journée venait de commencer.

Parce qu'il est déjà tard, nous renonçons à aller visiter l'abbaye et nous contentons de marcher sur les remparts pour profiter de la vue et flâner dans les ruelles bordées de boutiques de souvenirs. Les pentes et les nombreux escaliers manquent avoir notre peau, mais on tient bon.

On reste jusqu'à la nuit tombée et trouvons un petit restaurant où il y a encore deux miraculeuses places. Une auberge médiévale avec de grandes tables en bois qu'on partage avec des inconnus.

— Les illuminations commencent dans une demi-heure, on y va ? suggère Fran.

— Oui, super, mais il faudrait peut-être qu'on cherche un truc où dormir avant, non ?

Fran racle le fond de sa coupelle et termine sa dernière cuillère de glace d'un air détaché.

— Si tu veux mon avis, même à cinquante kilomètres alentour on ne trouvera rien du tout. Mais j'ai une tente dans le coffre.

Je bats des cils. Elle plaisante ?

— Une tente ?

— Pour deux. On sera un peu serrées, mais ça ira bien pour une nuit.

Mayday, mayday !

— Tu es vraiment sérieuse ?

— Évidemment ! Tu verras, ça va être cool. Et tu pourras rayer ça de ta liste.

— Mais... ça n'en a jamais fait partie.

Et pour cause. J'ai peur des insectes, je déteste faire pipi dehors et je ne pose jamais mon corps de rêve sur autre chose qu'un matelas. OK, j'en fais des caisses, mais quand même, une tente !

Elle rit, appelle le serveur pour qu'on paie l'addition et me traîne avec elle à l'extérieur. Alors ça non plus, je ne l'avais pas prévu !

À minuit, sous la lumière des phares de la New Beetle, en plein meeting de moustiques et papillons de nuit, on se retrouve à planter illégalement des sardines le long de la clôture, dans un pré inoccupé. Impossible d'en avoir la certitude, mais je ne serais pas étonnée qu'on se soit installées sur une ou deux bouses de vache.

Je râle, mais je dois avouer que Fran est vraiment prévoyante. La tente, les tapis anti-humidité, les sacs de couchage, la petite lampe de poche qui pendouille au-dessus de nous et les oreillers gonflables. Sa voiture, j'ai un peu l'impression que c'est le sac de Mary Poppins.

Elle prend la peine de brosser ses longs cheveux blonds, de les tresser et de retirer sa jupe avant de se coucher, pour moi, même pas en rêve ! Je m'y engouffre telle quelle, mets les bras sous le sac de couchage et le remonte presque jusque sous mon nez, guettant le moindre moustique.

— Tu es bien installée ? me demande Fran.

— Oui, merci... Eliott ne va jamais me croire.

— Première fois dans une tente ?

— Non, mais... j'ai des goûts de princesse !

Fran glousse.

— Moi, j'y dors chaque fois que j'ai un imprévu, c'est plus confortable que ma voiture. Je suis du genre à partir sur un coup de tête, alors... je l'ai pas mal utilisée cette tente.

Les yeux rivés sur la toile, je médite sa réponse. Je n'ai jamais été aussi téméraire.

— Fran, c'est ton vrai prénom ?

— Non, c'est Françoise, mais tout le monde m'appelle Fran, je préfère.

— Comment en es-tu venue à faire des conférences sur l'estime de soi ?

— Pas sur l'estime de soi, sur l'acceptation. Je ne m'aime toujours pas, mais j'ai appris à m'en foutre. C'est venu après un gros ras-le-bol de vivre comme si j'étais un canard boiteux. Des années de tortures et de privations, puis j'ai eu un déclic en voyant une fille plus grosse que moi sur les réseaux sociaux, c'est pas si vieux que ça. Elle ne s'interdisait rien. J'ai compris où était l'essentiel et j'ai eu envie d'aider les femmes dans ma situation.

— Comme moi, répété-je en souriant.

— Ouais… Quand est-ce que tu as commencé à ne plus t'aimer ? Tu t'en souviens ?

Je déglutis. Je savais qu'en abordant le sujet, on allait finir par parler de moi, et inconsciemment, c'est peut-être ce que je cherchais.

Quand est-ce que j'ai commencé à ne plus m'aimer ? Bien sûr que je m'en souviens. Comme si c'était hier.

— J'avais quinze ans, un mètre soixante, soixante kilos. Ma mère me voyait grossir et ça lui faisait peur.

— Peur ?

— Plus jeune, elle avait pris beaucoup de poids et le gars avec qui elle était avant mon père l'avait larguée pour ça. Je pense qu'elle ne voulait pas que ça m'arrive.

— Son corps n'était pas en cause, le mec avec qui elle était, oui.

— C'étaient les années 80, on ne posait pas trop ce genre de question, je suppose qu'on considérait que ce n'était qu'une affaire de femme. Toujours est-il qu'elle m'a emmenée voir un diététicien. Il m'a fait prendre du Préfamone, je m'en souviens comme si c'était hier.

— Un coupe-faim ?

— Oui, et un plan d'alimentation à 530 kcal par jour. J'ai perdu dix kilos en moins d'un mois, ma mère ne m'a jamais trouvée aussi jolie. Elle m'achetait plein de fringues, j'étais devenue une poupée. Ça la rendait fière. Un jour, j'ai arrêté les coupe-faim et j'ai tout repris, mon estime en moins. Je n'étais plus aussi « jolie ».

— Tu lui en veux ?

— Non... Elle ne s'est pas rendu compte.

— Si tu ne lui en veux pas, pourquoi avoir mis « Parler à ma mère » sur ta liste ?

— Parce qu'elle n'a jamais compris pourquoi je me suis mise à ne plus m'aimer. Elle pensait réellement bien faire, et elle ne sait pas que, pour moi, tout a commencé chez ce diététicien.

— Et ton père ?

— Il s'en foutait. Nos histoires de corps, ça le dépassait.

Elle souffle par le nez.

— Si je manquais de discernement, je te dirais que c'est un truc de mec de s'en foutre.

Eliott dirait comme elle.

— Un jour, parle-lui, ça te fera du bien.

Je me mets à bâiller, la fatigue me tombe dessus d'un coup.

— Un jour peut-être.

Fran lève le bras et éteint la lampe torche.

— Demain on va être réveillées aux aurores, autant essayer de dormir un peu.

Elle se tourne et se met en chien de fusil.

— Bonne nuit, Marnie.

— Bonne nuit, Fran.

— ¿Ya estás lista, Paquita[1]?

Sa robe la serrait, elle détestait la porter. Avec tous ces froufrous en satin blanc, Paquita trouvait qu'elle ressemblait à une grosse meringue. Le bustier la comprimait et ne lui donnait vraiment pas bonne allure. Ça lui faisait des seins énormes et des bras gros comme des jambons.

— J'arrive ! hurla-t-elle à sa mère en désespoir de cause.

— Attends, une pince de ton chignon est en train de se faire la malle.

Virginie, sa meilleure amie, la lui planta presque dans le crâne.

— Aïe ! Ça ne va pas ?

— Fais pas ta chochotte, tu dois être parfaite. Rappelle-toi qu'il y a Ludovic !

Paquita fit la moue. Ce jour-là, elle fêtait ses quinze ans et, au Venezuela, quinze ans, ça se célébrait en grande pompe, « quitte à vendre son frigo ! », comme le disait sa sœur Maria. La Quinceañera réunissait tous les amis et tous les membres de la famille. Virginie avait veillé à faire venir toute leur classe, même ceux avec qui Paquita ne parlait jamais, même Ludovic qui savait à peine qu'elle existait alors qu'elle était amoureuse de lui depuis la sixième.

1. Paquita, tu es prête ?

— Il va trouver que je suis super moche…

— Mais pourquoi tu dis ça ? Tu ressembles à une princesse. Moi, je n'aurai jamais l'occasion de porter une robe pareille, même s'il y avait un bal de promo au lycée. T'es super belle, Paquita. Et en plus, tu as les plus beaux cheveux du monde. Ils sont si noirs…

Mais Paquita ne se trouvait pas jolie du tout, elle se trouvait grosse et avec cette horrible robe, c'était pire.

— Allez, on y va sinon ta mère va péter un plomb.

Les deux amies descendirent dans le jardin. Rosa et Luis Contreras étaient debout, l'un à côté de l'autre, et regardaient arriver leur fille comme si elle avait été la huitième merveille du monde. Tout le monde avait les yeux braqués sur elle, famille, amis, voisins, Paquita aurait voulu devenir invisible.

— À Paquita ! scandèrent les invités, un verre à la main.

— C'est l'enfer sur Terre, grinça-t-elle entre ses dents. Tout le monde me regarde.

— Normal, c'est ton anniversaire ! Souris, il arrive vers toi.

— Quoi ? Qui ?

— Ludovic, il vient vers toi !

Il marchait droit devant lui, sublime dans son jean noir et sa chemise blanche. Et même s'il avait mis des baskets toutes pourries, Ludovic était à tomber par terre, c'était le plus beau de tous les garçons qu'elle avait jamais rencontrés. Ses cheveux blonds étaient coupés court, avec une sorte d'éclair dessiné à la tondeuse sur le côté, et il portait des lunettes de soleil. Paquita sentit son cœur accélérer la cadence, il allait lâcher, elle en était sûre.

— Vas-y, rejoins-le !

Virginie la poussa en avant, alors Paquita fit quelques pas avant de s'arrêter.

— Salut, lui dit-il d'une voix qui muait un peu.

— Euh… bonjour.

— Super fête et... sympa la robe. Impressionnante.

Elle lui sourit, les yeux baissés.

— Tiens, ma mère t'a acheté ça.

Elle prit le paquet-cadeau qu'il lui tendait.

— Chepas c'que c'est, mais c'est un truc de fille.

Elle l'ouvrit et découvrit un bracelet avec un dauphin en pendentif. Ludovic ne l'avait pas acheté lui-même, mais elle le garderait quand même toute sa vie.

— C'est très joli, merci beaucoup.

— De rien. Au fait, je voulais te demander un truc... c'est un peu personnel.

Et voilà que le cœur de Paquita se mit à battre encore plus fort. Elle était certaine d'être toute rouge !

— Virginie, tu sais si elle a un mec ?

Paquita cligna les paupières.

— Quoi ?

— Virginie, elle sort avec quelqu'un ? Parce que si c'est pas le cas, tu pourrais lui dire que je suis intéressé ?

Paquita eut l'impression qu'on venait de lui jeter un seau d'eau froide en pleine figure.

— Je... je ne sais pas. Je dois te laisser.

Elle fit demi-tour pour qu'il ne voie pas les larmes qui étaient en train d'envahir ses yeux. Elle ne s'était jamais sentie aussi humiliée.

— Hé, tu n'oublieras pas de lui demander, hein ! cria Ludovic derrière elle.

Paquita rejoignit la maison sans se retourner ni répondre aux questions de Virginie qui courait derrière elle.

— Paquita, qu'est-ce qui se passe ? Hé, attends !

— Laisse-moi tranquille !

Dans la cuisine, elle appuya sur la pédale de la poubelle et y jeta le bracelet.

Tout ce qu'elle voulait, c'était qu'ils aillent se faire voir. Tous les deux.

Elle ne voulait plus de cet anniversaire ridicule, elle ne voulait plus être vénézuélienne, elle ne voulait plus être la gentille et grosse Paquita et se fit la promesse qu'un jour, elle deviendrait quelqu'un d'autre et que son passé serait derrière elle.

CHAPITRE 10

JE ME RÉVEILLE EN SURSAUT, les yeux grands ouverts sur la toile de tente.

C'est Fran qui ronfle comme ça ?

Encore un peu groggy, je me demande si je n'ai pas imaginé le bruit et s'il ne s'agit tout simplement pas d'un coup de tonnerre.

Je n'ai aucune idée de l'heure qu'il est, mais il ne fait plus complètement nuit dans la tente. Peut-être 6 heures. Puis je l'entends de nouveau, un grondement respiratoire sourd et répétitif qui me fait dresser les poils sur les bras.

Je tourne la tête vers Fran, elle dort paisiblement et ne fait pas un bruit. Puis le ronflement saccadé recommence, plus fort, plus net. Je ne sais pas ce que c'est, mais c'est tout proche.

Je me tends comme un arc. Nom d'un chien, il y a une bête dehors ! Un sanglier, je suis sûre que c'est un sanglier !

Tu parles d'une aventurière ! Je suis à deux doigts de me faire pipi dessus. Ne surtout pas bouger, ne surtout pas faire de bruit. Je retiens même mon souffle et essaie de me rassurer. Il n'y a aucune nourriture sous la tente, il va partir. Il va forcément partir.

Mais soudain, je sens quelque chose me renifler le sommet du crâne depuis l'extérieur, contre la toile, ça fait même un bruit effrayant.

Hiiiiiiiii !

— Fran, chuchoté-je à la limite de l'apoplexie, il y a un sanglier dehors. Fran...

— Hum...

— Chut, pas si fort !

Forcément, elle se met à bouger.

— Non, reste immobile ! Il y a un sanglier dehors. Il va déchirer la tente avec ses défenses et nous attaquer si tu bouges !

Je ne suis même pas certaine d'être en train d'exagérer.

Le ronflement s'éloigne un peu, le sanglier contourne la tente, je vois son ombre passer. Il s'arrête devant l'ouverture et se remet à grogner et à renifler de plus belle le soubassement. Il ne va quand même pas soulever la tente !

— Qu'est-ce qui se passe ? demande Fran en regardant l'heure sur son téléphone.

Rapide comme l'éclair, je le lui arrache des mains.

— Il y a un sanglier qui essaie d'entrer, il ne faut pas se faire remarquer !

Fran se frotte les yeux et se redresse pour s'asseoir.

— Parce que tu crois vraiment qu'il n'a pas senti qu'on était là ?

— Si, mais... arrête, j'ai la trouille !

Même dans la pénombre, je vois qu'elle sourit.

— Tu as raison d'avoir peur, on ne sait jamais, il pourrait nous prendre pour des glands. C'est con, j'ai pas pris mon pyjama rayé.

Hein ? Mais qu'est-ce qu'elle raconte ?

— J'aurais pu me faire passer pour Obélix, ça n'aurait pas fait un pli ! ajoute-t-elle.

Je bloque quelques secondes et sens le rire monter. Je mets les mains devant ma bouche et pouffe comme une andouille.

— T'es con !

— L'autodérision est la meilleure arme du monde. Regarde, on dirait bien qu'il est parti ton monstre sanguinaire.

Je ne fais plus un bruit et écoute. C'est vrai qu'il n'a plus l'air d'être là, je respire mieux. Mais soudain, on l'entend encore. Il se met à grogner, à faire un boucan de tous les diables avec son groin. J'ai les poils qui se hérissent à nouveau.

— J'ai l'impression qu'il a trouvé quelque chose, dit Fran.

— Oui ben, s'il a trouvé des truffes, qu'il se dépêche, il m'angoisse à nous tourner autour.

Au bout d'un moment, quand l'animal semble avoir fini de s'exciter, Fran s'extirpe de son sac de couchage et se met sur les genoux pour ouvrir la tente. Moi, aussi courageuse que téméraire, j'arrête de respirer et ne fais pas un geste.

— Fais gaffe, quand même...

Elle dézippe la fermeture Éclair, sort la tête et se met à hurler, ce qui a le mérite de me faire brailler plus fort qu'elle. Puis elle se jette en arrière, bras écartés, et éclate de rire à en pleurer.

— T'es vraiment un cas, Marnie ! Putain, j'ai mal au ventre, tu te verrais !

— C'est pas drôle, j'ai eu peur !

Elle s'essuie les yeux, se relève et tire les pans de la tente.

— Regarde, il est parti et en plus, le soleil commence à se lever. Par contre… je crois qu'il y a un problème avec ton sac.

— Mon sac ?

Je blanchis en sortant. J'ai oublié de le remettre dans le coffre hier soir quand j'y ai pris un pull avant de me coucher et je l'ai mal fermé. Il est complètement éventré et mes fringues sont éparpillées partout, au mieux, pleines de terre, au pire déchiquetées.

— Oh non… le con ! Mes vêtements !

Fran ramasse ce qui reste d'un de mes soutiens-gorge et fait la moue.

— Bon, eh bien, je connais notre programme du jour : shopping !

On a plié bagage – du moins ce qu'il en reste – et pris la route pour Caen. On s'est arrêtées dans une station-service pour boire un café et s'offrir une douche. Une expérience étrange. On s'est retrouvées à faire la queue avec des camionneurs aussi étonnés que nous et peut-être persuadés, pour certains, qu'on était là pour leur frotter le dos. Je n'ai pas eu d'autre choix que de remettre les fringues avec lesquelles j'avais dormi, ce foutu sanglier ne m'a rien laissé. Rien du tout. Même pas une culotte propre. Tout ça pour quoi ? Un pot de crème pour le corps au beurre de cacao que j'avais mal refermé. Jamais une envie de sauce grand veneur n'a été aussi forte.

Quand on arrive à Caen, il est encore temps de prendre un petit déjeuner digne de ce nom dans une brasserie. Puis Fran me traîne dans les boutiques. Ma première épreuve du feu vient de commencer.

On entre dans une enseigne destinée aux rondes. Fran est super à l'aise, elle sait exactement quoi et où chercher, alors que moi, j'ai l'impression de marcher comme si j'avais un balai coincé entre les fesses.

— Tu vas voir, ici, tu vas trouver ton bonheur !

Sourire un peu crispé de ma part.

En vérité, les magasins de vêtements standards, pour les filles comme moi, c'est l'enfer. Des miroirs partout et des lumières rasantes peu flatteuses, des clientes qui se plaignent de rentrer dans du 40 et qui, finalement, en te regardant se disent qu'elles ne sont pas autant à plaindre que ça. Et bouquet final dans la catégorie humiliation : les vendeuses qui annoncent, gênées, que la marque a pourtant prévu des grandes tailles, mais ne fait pas plus grand qu'un 44. « Ici, on n'habille pas les vaches, ma p'tite dame ! » semblent-elles te dire. Alors toi, tu es là, à essayer quand même la robe qui te plaisait, et te retrouve les bras levés, le bide et les cuisses à l'air, coincée, à étouffer sous un amas de tissu au moment où tu veux l'enlever par la tête. Moralité, j'achète presque toujours sur Internet, et jusqu'à aujourd'hui, je n'avais encore jamais réussi à me résoudre à entrer dans un magasin comme celui-ci.

— Oh, regarde ça ! s'écrie Fran en secouant un cintre devant moi. Toi qui adores les salopettes en lin, tu devrais essayer. Tu fais du combien ? 46 ?

Dans le mille.

Elle me montre la réplique presque exacte de ce que je porte, en fuchsia, mais surtout – et horreur – en version short. Histoire de ne pas me faire remarquer...

Je vais me sentir mal.

— Je ne suis pas sûre que...

— Ça vous irait très bien, dit la vendeuse.

Évidemment...

— Vous faites quelle taille ?

— Du 46... pépié-je, absolument pas convaincue.

Elle cherche dans le rayon et me tend la salopette.

— Je vous donne 44 et 46. Avec un tee-shirt ample comme celui que vous portez, mais à manches courtes, ce sera parfait. Vous avez ça ?

— Elle n'a plus rien, ses affaires ont été saccagées par un sanglier, répond Fran, le plus sérieusement du monde.

La vendeuse glousse, pensant certainement à une plaisanterie.

— En général je présente la salopette avec ça.

Elle me montre un tee-shirt en coton beige à manches courtes, avec de minuscules plumes dorées en incrustations, et un peu transparent.

Je n'ose pas dire non. Pourquoi je n'ose pas dire non ? Je devrais dire non.

— D'accord, merci…

J'entre dans la cabine en fermant les yeux et tire le rideau. Quand je les rouvre et me vois dans le miroir, je grimace. Paie ta mauvaise nuit et ton réveil épique, Marnie ! Cheveux mal coiffés, traits creusés et teint fade, salopette toute froissée et tachée de terre, la vendeuse a dû croire que Fran m'avait trouvée dans la rue. Heureusement que j'ai au moins les jambes épilées.

Je me déshabille, enfile le tee-shirt et la salopette taille 46 et écarquille les yeux de surprise. C'est trop grand ! Il reste encore bien quinze centimètres de chaque côté des hanches et des cuisses. Incroyable. Ça doit faire cent ans qu'un truc pareil ne m'est pas arrivé. Je sais pourtant que je n'ai pas perdu un gramme, mais l'effet que ça produit sur moi me ferait presque oublier que la salopette m'arrive au-dessus des genoux – mes horribles genoux – et que mes bras sont plus que visibles.

Aussi surprise que motivée, je me dépêche d'essayer la taille 44 et bam !

Elle me va.

— Alors ? me demande Fran de l'autre côté du rideau, parfaitement synchro.

— Ben… je ne suis pas sûre d'aimer voir mes jambes et mes bras, mais ça me va.

— Allez, montre.

Je sors en chaussettes, aussi incertaine qu'une petite fille qui aurait choisi elle-même ses vêtements.

— Trop canon !

— Je me permets ? dit la vendeuse en s'agenouillant devant moi. La salopette sera bien plus jolie avec un revers. Et le rose vous va à ravir, il vous donne un teint superbe.

Et voilà qu'elle la raccourcit encore de cinq centimètres !

Je regarde mes cuisses gondolées de cellulite, les plis de mes genoux, l'épaisseur de mes mollets, mes bras de chauve-souris trop mous et j'ai envie d'aller me cacher.

— Je ne peux pas sortir comme ça…

— Et pourquoi ? demande la vendeuse. Elle est trop grande ? Elle vous démange quelque part ?

Cette femme est aussi ronde que moi et porte une jupe courte et un chemisier bouffant. Fran, une robe vert d'eau qui lui arrive aux genoux, avec un legging blanc qui dépasse aux trois quarts, juste pour des questions pratiques, j'en suis sûre. N'y a-t-il vraiment que moi qui ai un problème avec mon corps ?

— Je ne trouve pas que ça m'aille bien. On voit…

— Que tu es grosse ? termine Fran en souriant. Ma caille, on a déjà eu cette conversation, mais… même quand tu caches tes jambes on voit que tu es grosse. La seule différence entre cette tenue et celle que tu portais en arrivant, c'est que tu as moins chaud dans celle-ci.

CQFD.

La vendeuse en remet une couche.

— Il fait 33 °C dehors, c'est le moment d'oser. Et puis vous savez, les gens ne nous regardent jamais vraiment, ajoute-t-elle avec un clin d'œil.

— Vous n'avez pas la même en plus long ?

— Non, mais j'ai des jupes longues, si vous voulez. Ou des pantalons amples.

J'apprécie qu'elle n'insiste pas trop.

— Je veux bien, merci.

Je vois bien que Fran a le regard sévère. Elle croise même les bras devant elle. Tout de suite, je lève les mains.

— *Please*, ne dis rien.

— Je vais me gêner ! Tu te souviens de la raison pour laquelle tu fais ce *road trip* ?

Je soupire.

— Oui...

— Et tu fais tout le contraire.

— Ce n'est pas simple.

— Personne n'a dit que ça l'était. Tu n'essaies même pas... De quoi tu as peur ? Qu'on ait l'air de deux grosses en goguette et que tout le monde nous regarde ?

Sa remarque me fait mal. Parce que Fran sous-entend que j'ai honte d'elle autant que j'ai honte de moi. Ce n'est pas vrai. Elle, je la trouve magnifique. Et même si elle prône la neutralité, lui faire penser le contraire, qu'elle ne l'est pas, que ses vêtements la rendent ridicule, m'est insupportable.

La vendeuse revient avec les bras chargés de fringues qui camouflent. J'avale ma salive et m'efforce de lui sourire.

— Finalement ce n'est pas la peine, merci, je prends ce que je viens d'essayer. Ça vous ennuie si... je garde la tenue sur moi ?

Je vais mourir…

— Non pas du tout ! Je dois juste retirer les antivols et les étiquettes.

Je rentre dans la cabine pendant qu'elle va remettre en rayon les pièces que je n'ai pas essayées. Au moment de fermer le rideau, je croise le regard malicieux et satisfait de Fran, alors je repasse furtivement la tête à travers pour la regarder.

— Je te préviens, pas un mot !

J'ai acheté d'autres vêtements, puis on a marché deux bonnes heures dans les rues de Caen et j'ai survécu.

J'ai passé les premières minutes avec l'impression que tout le monde ne voyait que moi, puis j'ai fini par éprouver un drôle de sentiment de liberté d'avoir les cuisses à l'air. Serais-je prête à recommencer ? Un pas à la fois, hein.

Vers midi, on est allées manger dans un fast-food. Je mourais de faim, tiraillée entre l'envie de croquer dans le même burger bien gras que Fran, et la honte que j'aurais ressentie si les gens m'avaient regardée comme ils l'ont regardée manger. J'ai pris une salade.

Le soir, on a eu le droit à un vrai lit, dans un hôtel deux étoiles glané au dernier moment en plein centre-ville de Caen. Je me suis littéralement écroulée sur le mien et j'ai discuté avec Eliott jusqu'à plus de minuit. On a parlé de plein de choses, de tout, de rien, mais je me souviens surtout de sa dernière phrase : « Profite sans te poser de questions, ce qui est pris n'est plus à prendre. » Une réflexion de vieux… Reste à espérer que ça fasse mouche.

Bzzz.

LA LISTE DES CHOSES QUE JE N'OSE PAS FAIRE

~~Porter une jupe, une robe courte ou un short~~

Oser un haut à bretelles ~~et des manches courtes~~

Je n'arrive pas à croire que je l'ai fait...

Mettre des porte-jarretelles (le ridicule tue, je le sais)

Me faire prendre en photo en maillot de bain

Aller à la piscine sans paréo

Faire l'amour en plein jour

Prendre un bain ou une douche avec Eliott

~~Essayer des vêtements devant une copine~~

J'avoue, c'était plus facile que je le croyais.

Parler à ma mère

Manger un truc gras ou trop sucré en public

Me mettre en maillot de bain deux pièces

Danser en soirée

Aller dans une salle de sport

Chanter devant des gens.

Faire un bébé...

~~Dormir dans une tente et affronter un sanglier~~

C'était pas sur ma liste, mais je le mets quand même !

CHAPITRE 11

On arrive finalement au Touquet-Paris-Plage samedi matin, sous un ciel nuageux et à peine 18 °C. On se croirait en automne alors qu'on crevait de chaud la veille encore. Le climat des Hauts-de-France est devenu schizophrène, c'est acté. Au moins, je n'ai pas eu à remettre ma salopette-short.

Fran gare sa New Beetle sur le parking de l'hôtel. Aucune envie de renouveler l'expérience du camping sauvage et de rencontrer les sangliers nordistes, j'ai préféré prendre les devants. Vacances d'été obligent, nous allons peut-être bien dormir dans le trois-étoiles le plus cher de province : 280 balles la nuit sans les petits déjeuners. Mais j'avoue que l'emplacement est chouette, à cinquante mètres de la plage, vue sur la mer, excentré du flot touristique… Même si mon banquier va grincer des dents, je ne suis pas mécontente de mon choix.

On est au Touquet, le standing est de rigueur, alors quand on arrive, le hall d'entrée annonce la couleur. Il doit bien faire trois fois la taille de mon appartement, des baies vitrées immenses et impeccables donnent sur la plage, un sol beige avec effet miroir, des luminaires partout, un magasin qui vend des maillots de bain et des cosmétiques hors de prix, et un staff en marinières et pantalons ¾ bleu marine.

Oh, oh, moussaillon !

Comme on arrive un peu tôt, notre chambre n'est pas encore prête mais, surprise du chef, l'hôtel héberge un centre de thalasso et spa marin avec vue sur la mer. Le réceptionniste nous explique tout.

— Notre piscine d'eau de mer est accessible toute la journée, ainsi que le sauna et le hammam. Il nous reste également des formules disponibles pour les séjours d'au moins une nuit. Les rituels zen, détente, vitalité, et iodé. Voici le détail, ajoute-t-il en nous remettant un petit fascicule. Ou si vous préférez les soins individuels, nous vous proposons le rituel sérénité et son enveloppement à l'argile ; l'instant cocooning et son modelage zen, vitalité, indien ou kinzu ; l'évasion marine et son massage hydrorelaxant et enfin, un modelage californien au beurre hydratant d'une durée d'une heure.

Au cas où je me prendrais pour un steak à poêler...

Fran est complètement à l'aise avec les termes et super partante pour un forfait journée. Moi, je n'ai aucune envie de me faire tripoter la cellulite, je n'ai jamais fait de spa de toute ma vie et je ne sais pas trop à quoi m'attendre. Sans compter que je vais devoir passer l'épreuve du maillot de bain. Mais j'accepte. Pourquoi j'accepte ? Pff.

Nous récupérons peignoirs, tongs, serviettes et tote bags – dans lequel je mets ce dont j'ai besoin –, on laisse nos valises à l'accueil et nous nous dirigeons vers les vestiaires.

— On peut dire que tu as bien choisi l'endroit ! s'enthousiasme Fran en ouvrant son casier. Une journée à se faire cocooner, c'est magique. Je n'ai pas fait ça depuis une éternité.

Moi, jamais, et je sais pourquoi.

— Je ne suis pas dans mon élément.

— J'avais deviné, se moque gentiment Fran. Pas de panique, ça va bien se passer. Tu vas juste devoir te laisser faire.

Le lâcher-prise est ma force, c'est mondialement connu !

Je me demande vraiment comment elle fait. Chaque homme et chaque femme qu'on a croisés dans les couloirs, même les plus âgés, doivent travailler chez Sveltesse, et nous on est là, à traîner nos dizaines de kilos en trop. Je voudrais avoir le secret de Fran pour se sentir aussi bien partout où elle va. Elle sourit et s'extasie comme si l'image qu'on lui renvoyait n'avait pas la moindre importance. Certes, en théorie, c'est sûrement le cas, en pratique… on va se faire remarquer, et je n'en ai pas envie. Pas envie du tout.

J'entre dans une cabine, me déshabille et retiens un petit cri de surprise en sortant mon maillot de bain. Un gros trou juste au niveau du téton ! Mais alors bien bien gros ! Merci, le sanglier, je vais pouvoir faire l'impasse sur la piscine. Difficile de cacher ma joie.

— Ils donnent des culottes jetables dans les cabines de massage ? demandé-je à Fran.

— Oui, pourquoi ?

— Mon maillot de bain est troué, je ne vais pas pouvoir me baigner. Le sanglier s'est éclaté.

Elle sort de sa cabine et frappe à la mienne. Je suis en sous-vêtements et peignoir. Elle porte un ensemble deux pièces rétro. Culotte à taille très haute et gainante bleu marine et large soutien-gorge s'attachant sur la nuque à rayures rouge et blanc. Jamais je n'oserais en porter un similaire, mais je dois bien avouer que le gros nœud rouge entre ses seins attire toute l'attention. La poitrine de Fran est sacrément mise en valeur.

— Fais voir, me demande-t-elle.

Elle inspecte mon maillot en grimaçant.

— Il est aussi moche que ceux des nageuses de l'Est, ma parole ! Je suis sûre que même ma grand-mère n'en aurait pas voulu.

Je le lui arrache des mains, un peu vexée.

— Il était parfait, ce maillot de bain, et faisait très bien l'affaire. Mais de toute façon, maintenant il est troué. Tant pis !

Elle sourit.

— Bien essayé, mais il y a une boutique dans le hall.

Évidemment…

Pas moyen d'y réchapper. Je me traîne littéralement pour la suivre, sans compter que faire du shopping en peignoir confine au ridicule. Fran ? Elle s'en fout, comme d'habitude. Cette fille me tue.

Le magasin est assez pauvre en articles de bain et, pour une fois, je me réjouis de ne pas trouver du 44/46, tout s'arrête au 42. Le vent tourne en ma faveur. Jusqu'au moment où la vendeuse a une illumination.

— Oh, mais j'y pense, j'en ai un à votre taille en deux pièces dans les réserves, je vais aller vous le chercher.

Je n'ai pas le temps de lui dire que ce n'est pas la peine, qu'elle a disparu.

— Tout vient à point à qui sait attendre, s'amuse Fran en voyant mon air dépité.

Mais quand elle revient, je manque tourner de l'œil en voyant le maillot deux pièces en question. Soutien-gorge triangle et culotte avec des gros nœuds sur le côté, qui englobe à peine les fesses et ne remonte pas plus haut que sous le nombril. Hors de question que je porte un truc pareil !

— Il est noir, simple, mais efficace, me certifie pourtant la vendeuse. La cabine est ici si vous voulez essayer.

J'y vais, mais intérieurement, je bous. Combien de fois vais-je devoir vivre cette situation pendant notre séjour ? *Mais aussi souvent que nécessaire et jusqu'à ce que tu cèdes,* me répond une petite voix. La même qui m'a poussée à accepter de faire ce voyage.

— Alors ? demande la vendeuse.

— Il me va…

En tout cas par la taille, parce que visuellement… Le gras de mon ventre est totalement exposé, bourrelets, ondulations, nombril à l'horizontale, le pack complet. Mais le soutien-gorge met carrément mes petits seins en valeur, je dois bien le reconnaître.

Sans gêne, Fran passe la tête dans la cabine.

— La vache, tu es trop belle !

J'écarquille les yeux. Venant d'elle, c'est surprenant.

— Je sais, c'est subjectif, se reprend-elle, et ça ne compte pas vraiment, mais là, c'est ce que tu m'inspires. Il te fait un cul ce maillot, et des seins ! Et puis de toute façon tu n'as pas le choix, il n'y a que celui-là. Tu sais quoi ? Je te l'offre.

— Mais enfin, jamais de la vie !

— Mais si !

Et elle disparaît.

J'y crois pas… même pas le temps de voir son prix.

Donc on y est. La piscine d'eau de mer avec des gens autour… qui ne me regardent pas. Et tant mieux, parce que quand j'ai retiré mon peignoir, les jambes collées l'une à l'autre et les mains croisées devant mon ventre, le cœur battant plus fort qu'après une course à pied, je devais vraiment avoir l'air tarte. Je me suis dépêchée d'entrer dans l'eau, refuge ultime où, même en plongeant, personne n'aurait idée d'ouvrir les yeux pour voir ce qui se passe en dessous, au risque de se cramer les mirettes avec le sel.

L'eau c'est magique, on oublie tout, légers comme des plumes. Avec Fran, on fait deux ou trois longueurs, puis on ressort pour se sécher. Notre premier soin est dans dix minutes.

— Mademoiselle, me dit un monsieur sur le transat d'à côté. Vous avez oublié de retirer l'étiquette de votre maillot de bain.

Hein ? Quoi ?

Je me mets les mains sur les fesses et découvre la ficelle et le carton tout ramolli. La honte !

— Oh… merci, monsieur.

Il me sourit, ferme les yeux et retourne à son moment de détente.

— Alors tu vois, t'es pas morte, me dit Fran en se séchant méticuleusement les jambes, à l'aise, un pied sur son transat, alors que je me suis empressée de me cacher dans mon peignoir, sans m'essuyer.

Je m'étonne moi-même. Je trouve que je cède un peu trop facilement.

— Et la prochaine fois, on fera des bombes dans l'eau et une partie de raquettes sur la plage, lance Fran.

— Tu pousses le bouchon un peu trop loin, Maurice !

Elle rit.

— Allez, on y va, on va être en retard. Mieux vaut prendre une petite douche avant les soins.

On marche jusqu'aux vestiaires, Fran n'a toujours pas remis son peignoir, et au moment où je m'apprête à enlever le mien pour me doucher, un gamin de six ans environ passe devant nous avec sa mère et regarde Fran avec de grands yeux.

— Maman, pourquoi elle est aussi grosse la dame ? Elle mange trop ?

C'est moi qui blanchis et panique en cherchant le regard de Fran. Mais comme d'habitude, elle gère cent fois mieux que moi.

— Oui, beaucoup trop, lui répond-elle alors que sa mère essaie de le faire taire. Un enfant tous les matins !

Elle lève les mains en écarquillant les doigts et pousse un grondement.

Le gamin crie, la mère s'offusque et moi, je suis bouche bée.

Fran entre sous la douche, l'air de rien, comme sous le signe de l'habitude des affronts, se rince en vitesse et renfile son peignoir.

Je ne saurais dire si j'ai apprécié le massage enveloppant à l'argile douce, ni même celui à l'huile de sésame qui a suivi, je me suis fait l'effet d'une grosse brioche qu'on était en train de pétrir avant de la mettre au four. C'était spécial, pour ne pas dire un peu humiliant. Mais surtout, je n'ai fait que penser à Fran, à sa désinvolture, à la façon dont elle ne s'encombre de rien, contrairement à moi. Je crois même qu'à un moment donné, quand la masseuse m'a demandé si ça allait, si j'avais réussi à lâcher prise, j'aurais eu envie de pleurer. Parce qu'en réalité, quel que soit le système de défense qu'on emploie, il reste la preuve qu'on doit tous se battre contre quelque chose. Toujours. Fran y compris.

On se retrouve une heure plus tard dans une salle de détente totalement vide, juste pour nous. Transats, tisane relaxante, ciel bleu et juste en face de nous, la plage à perte de vue.

La marée est basse, l'eau argentée se retire à une allure incroyable et laisse derrière elle des ondulations de sable humide. J'avais oublié que la Manche était si belle et si tranquille.

Fran et moi nous installons sur un transat, notre tasse à la main. À peine essayé-je de m'allonger que le dossier émet un couinement suspicieux. Prévoyante, je préfère rester assise.

— Et si tu me disais ce que tu as sur le cœur ? commence Fran.

Inutile de passer par quatre chemins, elle n'apprécierait pas.

— Je ne sais pas comment tu fais pour encaisser.

— Les mots du gamin ? J'ai entendu bien pire et dans la bouche de bien moins innocent.

— Tu n'as pas envie de hurler ?

— À une époque, oui, plus maintenant.

Je soupire.

— Ça ne te blesse jamais ?

— Un soir, pendant que j'étais en dernière année à la fac de Lille, j'ai été invitée à une soirée étudiante. Musique, alcool, biscuits apéro à volonté et haschich à la demande. On n'était pas moins d'une trentaine et j'étais loin de connaître tout le monde. Je n'avais pas non plus remarqué que presque toutes les filles présentes étaient en surpoids. L'ambiance était plutôt cool, les gens sympas, je me marrais bien et j'éprouvais le sentiment génial d'être intégrée. En milieu de soirée, la musique s'est changée en roulements de tambour et un mec a fait écarter les gens de façon que je me retrouve au centre. Un autre s'est approché de moi avec une chips géante en papier mâché, pas très bien faite, mais suffisamment pour qu'on comprenne ce que c'était. Il me l'a remise en disant que j'avais gagné le prix de la plus grosse bouffeuse de Pringles, et que la prochaine fois, si jamais je revenais avec mon poids en chips, je pourrais nourrir tout le campus.

— Quoi ? Mais... quel connard !

— Non, quelle bande de connards plutôt. Toutes les rondes avaient été passées au crible dans le seul but d'humilier la plus grosse. Ces mecs avaient vingt-trois ans et la mentalité d'une huître prépubère. En encore... c'est une insulte pour les huîtres. Ça a été la pire humiliation de toute ma vie, alors la remarque du gamin dans les douches, c'est du pipi de chat.

Elle se passe une main dans ses cheveux et me fait un clin d'œil.

Je n'ose même pas imaginer tout ce par quoi elle est passée pour arriver à être aussi détachée aujourd'hui.

— Ça a été un déclencheur, continue-t-elle. Après ça, j'ai décidé que j'allais passer le reste de ma vie à faire savoir que je continuerais à bouffer toutes les chips que je veux et à emmerder les gens.

— Je n'ai jamais eu à vivre ça... murmuré-je comme pour moi-même.

— Parce qu'il y a des cibles plus visibles que toi, chérie ! Je te l'ai déjà dit.

Qu'est-ce que je peux me sentir bête... Ma vie tout entière tourne autour de mon poids et de la façon dont je me vois et, contrairement à Fran, je n'ai jamais rien fait pour m'en sortir.

Ça me met mal à l'aise, parce que je réalise que je ne suis pas la plus à plaindre. Je peux m'asseoir où je veux, marcher sans trop m'essouffler et jamais personne n'a été méchant avec moi parce qu'on me trouvait trop grosse. Tout ça, Fran le vit et elle s'accroche. Qu'est-ce que j'attends pour essayer, moi aussi ?

Un couple d'une trentaine d'années en maillots de bain entre dans la pièce à ce moment précis avec un « bonjour » pincé. Un homme et une femme, tous les deux minces, musclés, entretenus par les UV, les spas et les séances de sport. Le regard dédaigneux qu'ils nous lancent me glace, et mon premier réflexe est de resserrer les pans de mon peignoir pour me cacher un peu plus. Puis je regarde Fran, allongée sur le transat, les yeux fermés et les pieds en éventail. Elle s'en fout.

Et moi aussi je veux m'en foutre.

Je me lève, comme sur un ressort, détache mon peignoir et le laisse tomber par terre avant de me rallonger. Mon gros ventre, mes grosses cuisses, mes vergetures, mes petits seins et moi, on a envie d'exister et de prendre toute la place.

Je me laisse littéralement aller lorsque le dossier me fait une sale blague, lâche et me fait basculer en arrière dans un cri de surprise. En moins de deux, les yeux écarquillés, je me retrouve les quatre fers en l'air.

— Oh merde ! s'écrie Fran.

Elle se penche au-dessus de moi pendant que je tourne la tête vers les deux nouveaux arrivants. Ils sont toujours debout, consternés, et sans nul doute horrifiés par le spectacle que je leur offre. Leurs jolis minois de Ken et Barbie se sont figés dans une grimace de dégoût indescriptible. Qu'ils sont laids ! C'est plus qu'il n'en faut pour me faire éclater de rire.

— Ne vous en faites pas, ce n'est pas contagieux ! lancé-je entre deux hoquets.

Le coq et la poule redressent le menton et repassent devant nous avant de quitter la pièce, plus méprisants que jamais. Mais pour une raison que j'ignore, ça ne m'atteint pas une seule seconde, parce que quelque chose de nouveau vient de se produire en moi : pour la première fois de ma vie, dans mon corps de grosse, je me suis sentie puissante.

Puissante et intouchable.

Fran tourne la tête vers moi et me sourit. Inutile de lui expliquer ce qui vient de se produire, elle a compris.

— Ça fait du bien, hein ?

— Oui... oh, oui !

— Et ça ne fait que commencer, mon chou ! Bouge pas, dit-elle en prenant son téléphone.

J'ai les jambes en l'air et les bras en croix.

Clic ! La photo de la honte, mais... même pas honte.

— Mademoiselle ? Je crois que c'est à vous.

Paquita se retourna et dévisagea l'homme qui se tenait derrière elle, accroché à son chariot sans presque rien à l'intérieur.

Elle l'avait souvent croisé dans les rayons du supermarché. Toujours un dimanche matin. Ils se regardaient furtivement, se retrouvaient parfois devant les mêmes yaourts, les mêmes pâtes, les mêmes produits ménagers. Jusqu'à aujourd'hui, ils ne s'étaient encore jamais parlé.

Paquita cligna des paupières en voyant qu'il lui tendait sa carte d'identité.

— Oh, je... merci beaucoup, je ne l'ai pas entendue tomber.

— Je vous en prie.

Sa voix était chaude, rassurante, c'était un homme fort agréable à regarder. Grand, élancé, blond, avec des cheveux bouclés et des yeux bleus comme un ciel d'été. Inaccessible, c'est ce qu'elle avait toujours pensé en le regardant. Trop beau, trop parfait... Le genre d'homme qui ne s'attarderait jamais sur elle, et encore moins depuis qu'elle avait énormément grossi.

— Vous vous appelez Paquita.

Elle était troublée qu'il s'intéresse à elle, mais n'en montra rien. Avec les années, Paquita avait appris à faire semblant pour ne pas laisser entrevoir la moindre bribe de faiblesse en elle. Elle se sentait plus forte quand on la croyait maîtresse de ses émotions.

— On ne peut rien vous cacher.

— Ça doit bien faire la quatrième ou la cinquième fois que je vous vois ici. Je ne vous imaginais pas avec un tel prénom. Vous êtes espagnole ?

— D'origine vénézuélienne.

— Incroyable.

Elle eut envie de se moquer.

— Jamais rencontré de Sud-Américain ?

— On ne peut rien vous cacher ! la paraphrasa-t-il en souriant.

— Puisque je n'ai presque plus de secrets pour vous, quel est votre prénom ?

Il eut l'air d'hésiter avant de lui répondre.

— Euh... Armand !

Paquita haussa un sourcil.

— Vous n'en avez pas l'air certain.

Il lui sourit de façon séductrice. Elle y était très sensible, trop.

— Si, si, je m'appelle Armand.

— Eh bien, enchantée, Armand, et à bientôt peut-être.

Son regard se fit plus intense, insistant, c'était troublant.

— Je l'espère.

Paquita avait les jambes en coton quand elle lui tourna le dos. Elle était sûre qu'il la suivait des yeux, et à cet instant précis, elle sentait la brûlure de son regard sur elle et elle aurait donné n'importe quoi pour avoir ne serait-ce que trente kilos de moins.

Elle pensa à lui pendant toutes ses courses, remplissant distraitement son chariot, le cherchant au détour d'un rayon, mais sans le recroiser. Elle avait aimé la façon dont Armand lui avait parlé, cette excitation au creux de son ventre, elle ne l'avait pas ressentie depuis très longtemps.

Quand elle voulut sortir du supermarché, il pleuvait des cordes, une pluie glaçante comme seuls les hivers savaient le faire. Elle fit un pas en avant, prête à courir un peu, et puis soudain…

— C'est mieux ainsi, non ?

Un parapluie au-dessus de sa tête. C'était encore lui, son sauveur du jour. Elle était au sec, et lui se retrouva trempé en quelques secondes, mais il souriait toujours.

— Oh, mais vous… Non, gardez votre parapluie !

— Jamais de la vie ! Où est votre voiture ? Je vous accompagne.

Elle la pointa du doigt et l'ouvrit à distance. Il alla même jusqu'à l'aider à mettre ses courses dans le coffre.

— Vous êtes vraiment gentil, merci.

— Vous voulez me rendre service à votre tour ?

Elle dut se battre pour ne pas hausser un sourcil. Malgré tout le bien qu'il lui inspirait, elle se méfiait un peu.

— Si c'est dans mes cordes… dites toujours.

— Allons prendre un café.

Paquita l'aurait bien fait répéter tant elle était surprise, mais il ne lui en donna pas l'occasion.

— Il y a un bar, juste là à l'angle de la rue. Il est à peine 10 heures, alors si vous n'avez rien de prévu… ils y font de très bons expressos.

Abrités sous le coffre ouvert de sa voiture, le temps semblait s'être suspendu. Il attendait sa réponse, elle essayait de comprendre. Elle n'avait jamais attiré les hommes minces, que se passait-il ?

Et puis, quelle importance après tout ? L'essentiel était qu'elle avait envie d'être avec lui.

— Alors ? insista-t-il.

Elle lui sourit.

— C'est d'accord !

CHAPITRE 12

— QUELLE CHANCE que vous n'ayez pas une seule goutte de pluie et qu'il fasse chaud ! Rha là là, ma mère et ses raccourcis météorologiques.

— On est dans les Hauts-de-France, maman, pas en Alaska.

— Oui, oui, mais tout de même, le Nord n'est pas connu pour son soleil. Tu rentres quand ?

Le Pas-de-Calais…

— Probablement vendredi.

— Ah oui, sacrée parenthèse ! C'est quand mêmc curieux que tu sois partie sans Eliott…

— C'est le principe d'un *road trip* entre filles…

— Tu ne lui manques pas trop ?

— Si si, même qu'il m'a menacée de se suicider si je ne rentrais pas tout de suite, alors j'hésite quand même un peu…

Au blanc qui s'ensuit, je comprends que, chez ma mère, à près de soixante-dix ans, le mode second degré n'est pas toujours activé.

— Je plaisante, maman, il va très bien et il s'éclate de son côté.

— Ah... bon d'accord. Tu l'as rencontrée où déjà, ton amie ?

Je jette un œil derrière moi, Fran est en train de sortir du Carrefour Market d'Étaples.

— Dans un groupe de discussion. Je dois te laisser, maman. On se rappelle à mon retour ?

— Oui, bien sûr, et sois sage !

Je lève les yeux au ciel. Comme si...

— Bisous, maman.

Je soupire en raccrochant. Ma mère n'a pas compris mon périple. Eliott est resté vague et lui a expliqué que c'était un genre de retour aux sources, ce à quoi elle a répondu que j'étais née à Versailles, pas à Calais ! Ma mère quoi... Difficile pour moi de lui expliquer les raisons de ce voyage. Jusqu'à la puberté, elle ne m'a jamais fait une seule remarque sur mon poids, sans doute pensait-elle que je n'avais pas fini de grandir et que ça s'arrangerait. Puis vers l'âge de quinze ans, elle a commencé à focaliser, à me répéter que je devais faire attention, des petites remarques pas méchantes, mais bien existantes. Il y a eu l'épisode avec le nutritionniste, mon échec – et le sien – à tenter de me rendre plus mince, et puis du jour au lendemain, quand elle a compris que je ne changerais pas, pire, que je grossissais toujours plus, mais que mon poids ne m'avait pas empêchée de trouver un travail et d'avoir une vie normale, elle s'est mise à ne plus en parler du tout. Aujourd'hui, quand je suis un peu dans le doute, elle termine même ses phrases par un : « Tu es magnifique, ma fille ! »

Les relations humaines, particulièrement celles entre une mère et sa fille, sont un éternel paradoxe... Ma mère m'aime, je n'en ai absolument jamais douté, et je l'aime aussi, c'est sans doute ce qui rend mon amertume encore plus difficile, parce que je n'ai jamais su lui dire que c'était quand j'étais adolescente que j'aurais eu besoin d'être valorisée et d'apprendre à m'accepter.

— Heureusement qu'il ne fait pas trop chaud aujourd'hui, je suis interdite de baignade, s'exclame Fran en entrant dans la voiture.

Elle secoue le paquet de protections périodiques qu'elle vient d'acheter et me sourit.

— Une idée de ce qu'on fait ? Une envie particulière ?

— Je ne suis jamais montée sur un terril. Il paraît que celui de Sabatier à Raismes est super sympa et pas trop difficile d'accès.

Elle fait tout pour le cacher, mais à son regard, je la vois se crisper un peu.

— Si ça ne te branche pas, on fait autre chose, pas de souci.

— Non... c'est le deal. La thalasso ne t'emballait pas non plus et tu n'as pas refusé.

— Certes, mais c'était peut-être un peu moins contraignant... On va faire autre chose.

Comme une idiote, je n'ai pas réfléchi que si, pour moi, grimper en haut d'un terril était déjà une épreuve, pour Fran, ce serait certainement pire.

Elle allume le moteur.

— Non, on y va. Ce sera mon défi.

— Tu es sûre ?

— Que c'est un défi ? Absolument, répond-elle avec un clin d'œil. Allez, go !

On arrive à Raismes presque deux heures plus tard, les kilomètres forment la jeunesse ! Le parking de la base de loisirs est presque vide. De toute évidence, les gens du coin sont plus avisés que nous… À voir l'état du ciel, on va se prendre une drache dans pas longtemps.

— On tente quand même le coup, s'enthousiasme Fran. Je me change et go !

Moi, j'avais prévu un pantalon ample, un tee-shirt et des baskets, mais Fran est cent fois plus coquette que moi. Ce matin, elle est sortie de la chambre d'hôtel dans une longue robe à fleurs, ravissante, mais loin d'être idéale pour aller marcher.

Elle se contorsionne dans la voiture pendant que je l'attends dehors, puis nous voilà parties.

Forêt, étang et terril sur 85 mètres de dénivelé, c'est la promesse du circuit que nous allons suivre, chacune équipée d'un mini sac à dos.

D'abord, on avance sur un joli sentier pavé à travers bois, la montée est douce, l'air est frais, j'ai l'impression que ça se fait tout seul, mais au bout de vingt minutes, ça se corse, Fran respire particulièrement fort et transpire beaucoup.

— Ça va aller ? Tu veux qu'on s'arrête quelques minutes ?

Elle est toute rouge, ses cheveux lui collent au front, mais elle secoue la tête.

— Non, j'ai une revanche à prendre !

— Une revanche ?

— On arrive en haut et je te raconte !

On continue. Le sentier fait quatre kilomètres et va encore grimper. Je suis collante de sueur, et mon rythme cardiaque s'accélère. Je ne suis plus du tout dans ma zone de confort, mais l'effort que fournit Fran semble être bien plus intense que le mien. Elle a de plus en plus de mal, alors qu'on est loin d'être arrivées.

Tout en marchant, je fouille dans mon sac à dos et lui tends ma gourde, qu'elle refuse. Elle continue droit devant elle, le pas lourd et désordonné.

Je fronce les sourcils, ai envie de lui dire qu'elle n'a rien à prouver, mais je m'abstiens, parce que je n'ai aucune idée de ce qui se passe dans sa tête ni à quel point le défi qu'elle s'est finalement lancé toute seule est important. Nous marchons sans prononcer un mot, je la regarde toutes les cinq minutes et en oublie que moi aussi, je manque un peu d'air.

On arrive au pied d'un sentier en terre, celui qui conduit à l'observatoire, et le moins qu'on puisse dire, c'est que la pente est encore plus raide. Il reste au moins quarante-cinq minutes de marche. Je jette un œil inquiet à Fran, à bout de souffle, elle lève la tête et s'effondre de découragement sur la côte tapie de terre noire.

— Je n'en peux plus…

Penchée en avant, les mains sur les cuisses, elle crache littéralement ses poumons.

— Fran ? Tu es OK ?

— Je vais crever…

On est encore dans les bois, pas un banc ou un rocher sur lequel nous asseoir.

— Bois un coup, déjà, on va s'installer là.

Un tronc de frêne fera bien l'affaire.

Bien adossée, Fran reprend un peu son souffle.

— Tu te sens mieux ?

— Ouais…

— On va faire demi-tour, c'est déjà bien qu'on soit montées jusqu'ici.

— Jamais de la vie, on continue.

Dire que je suis incrédule est un euphémisme.

— Mais… pourquoi ? Si c'est pour moi, c'est pas la peine.

— Pas juste pour toi. T'as pas fait exprès de choisir ce terril, tu ne pouvais pas savoir, mais j'ai une histoire avec lui.

— Ah ?

Elle rejette la tête en arrière en fermant les yeux.

— J'avais douze ans la dernière fois que j'y suis venue, c'était pour une sortie scolaire. Ceux de ma classe grimpaient, discutaient en même temps et se foutaient un peu de ma gueule parce que j'étais à la traîne. Je ne voulais pas montrer que pour moi c'était super dur, mais je n'ai pas tenu plus de trente minutes à ce rythme. J'ai fait une crise d'asthme, c'était la première fois, et les profs ont dû appeler les secours. On m'a ventilée et je suis partie sur un brancard. Je devais déjà peser quatre-vingts kilos à l'époque. Dans la pente, les secouristes ont eu un mal de chien à me porter. Plus tard, dans le bus, les élèves n'arrêtaient pas d'en parler. La grosse s'était fait remarquer.

— Je suis désolée…

Je ne sais pas quoi dire d'autre, je n'ai jamais eu à vivre ça, mais chaque situation que Fran me raconte est pour moi une leçon de plus. Parce que si moi je ne me suis jamais aimée, Fran elle, c'était la double peine : les autres non plus ne l'aimaient pas.

— C'est la vie ! On continue ?

— Tu es sûre ? Prends encore un peu de temps.

— Non, c'est bon !

Elle se lève. On a les fesses pleines de terre et la tête de deux meufs qui sortiraient d'un four, mais Fran est magnifique, drapée dans son courage et sa détermination.

— Fran…

Elle me regarde.

— Quoi ?

— Je t'admire…

Elle secoue la tête.

— C'est parce que tu ne connais pas mon côté sombre. Allez, on y va.

— Doucement, d'accord ? Tu vas y arriver.

Elle me sourit.

— Bien sûr, puisque je suis avec toi.

Cette phrase me cueille au cœur. Elle fait même plus que ça, elle me nourrit et me donne envie de faire bien plus que participer à un *road trip* au pays du maroilles. Elle me donne envie de me dépasser, pour elle, pour tout ce qu'elle a vécu et enduré. Fran est devenue une amie, et à cet instant, je sais que ce que je pense ce n'est pas que des mots. Elle compte, et je veux qu'elle sache que oui, tout est possible, que la honte n'est jamais une excuse et encore moins une bonne raison pour ne pas croire en soi. Je veux qu'elle sache qu'elle a raison d'y croire, et que ce n'est pas qu'une chimère. Je peux et veux le faire aussi.

— La dernière arrivée paie le resto à l'autre !

Expédition qui dézingue ! On arrive au sommet pile en même temps, et dans un état qui dépasse la raison. On dirait deux grosses dindes déplumées après une traversée du désert. On jette nos sacs à dos par terre et nous laissons littéralement tomber au pied de l'observatoire, face au ciel, bras et jambes écartés. Pour la vue panoramique, on verra plus tard. Pour les fringues immaculées aussi. J'ose à peine imaginer l'état dans lequel elles vont être après cette petite séance de détente dans la terre noire.

— Tu l'as fait… réussis-je à dire entre deux hoquets.

Fran ne répond pas.

— Tu es morte ?

— Presque…

Je ferme les paupières et tâche, moi aussi, de retrouver un souffle normal. Mes vêtements sont peut-être dégoûtants, mais moi, je me suis carrément décrassé les bronches.

— Il pleut, dit Fran.

— Ah oui…

Une goutte, deux gouttes, trois gouttes et c'est le déluge. On n'a pas le temps de réagir qu'on se prend la saucée du siècle. On se lève d'un bond, et on se pétrifie l'une devant l'autre avant de partir dans un éclat de rire asthmatique impossible à calmer.

Il y a un jeu qui circule sur les réseaux sociaux, une nana dégoulinante de boue, les cheveux tout emmêlés, qui entre dans un salon de coiffure pour se faire ravaler la façade. C'est nous ! Les sièges de la New Beetle vont a-do-rer.

— Attends, me dit Fran en s'approchant, il t'en manque un peu ici.

Elle se baisse pour ramasser de la terre et me l'étale sur la joue.

— Hé ! Ça va pas ?

— Chouine pas, c'est bon pour le teint.

— Ah ouais ?

J'en prends une bonne poignée à mon tour et la lui écrase dans les cheveux et sur le front. La pluie aidant, Fran se retrouve vite avec un masque intégral. Le feu vert est lancé. Les cinq minutes suivantes, on les passe à se balancer des mottes de terre, se courant après autour de la table d'observation qu'on n'a pas consultée une seule seconde.

On est là, à glousser et s'ébattre comme des pintades quand débarquent deux promeneurs bien mieux équipés que nous : K-Way, bâtons de marche, chaussures de rando et tout le tralala. Ils s'immobilisent et hallucinent en nous découvrant. À leur décharge, il faut voir de quoi on a l'air !

— On est esthéticiennes, et on est venues là pour essayer les bains de boue, leur lance Fran sans se démonter, le plus sérieusement du monde. Vous voyez ?

Et du bout des doigts, elle fait des petits mouvements circulaires sur ses joues. Je me retiens pour ne pas rire. Les deux randonneurs, muets, se regardent, incertains. Lard ou cochon ? Cochon ou lard ? Ils donnent vraiment l'impression de ne plus savoir où ils sont.

— Bon, ben on y va ! annoncé-je en souriant. Et vous devriez essayer, ça fait un très joli teint. Au revoir !

Ils nous suivent du regard jusqu'à ce qu'on ait disparu dans la descente.

— Dépêchons-nous, car on risque d'être accueillies en bas par une équipe médicale. Je suis sûre qu'ils ont dû appeler les services psychiatriques !

Mais Fran s'arrête soudain pour me retenir par le bras. Même avec la pluie qui lui coule sur le visage, je vois qu'elle a les yeux tout humides.

— Merci…

Je lui souris.

— C'est moi qui te remercie. Pour ce voyage et pour tout ce que je découvre avec toi. J'ai faim, on va manger ?

Elle me dévisage un instant, pleine d'émotion, puis elle hoche la tête.

— On va manger !

Mémorable ! On a dégoté un estaminet dans un village alentour où on a pu constater que l'accueil des gens du Nord n'était vraiment plus à démontrer. On s'était débarbouillées un peu avant d'entrer, mais pas suffisamment, et les gérants, un couple aux sourires inoubliables, ont cru qu'on était tombées en descendant du terril. Ils ont absolument tenu à ce qu'on utilise leur salle de bains à l'étage pour faire une toilette et nous changer. Il est bientôt 15 heures quand on se met à table, et il n'y a presque plus un chat dans la salle, juste quelques randonneurs qui terminent leur dessert, dont une famille avec un bout de chou d'à peine deux ans.

— Potjevleesch, flamiche au maroilles, waterzoï de poulet, welsh, carbonade flamande et chicons au gratin. Prenez votre temps, nous dit le patron en nous servant la gigantesque assiette découverte que Fran a eu envie qu'on partage. Je vous apporte des frites pour faire passer tout ça.

Mes artères ne vont jamais s'en remettre. Ma honte non plus. Je n'ose pas me retourner. Qu'est-ce que les gens sont en train de penser en voyant le plat gargantuesque devant nous ? Je suis prise d'une bouffée de chaleur incontrôlable, avec l'impression d'avoir un gros noyau coincé dans la gorge. J'aurais dû prendre une salade composée.

— Sers-toi ! m'invite Fran.

Il y a de la laitue et des tomates cerises en guise de déco. Je les mets dans mon assiette.

— Euh… Tu vas vraiment manger que ça ?

— Je n'ai pas très faim.

— Menteuse ! Tu m'as dit le contraire il y a moins de deux heures. Si ça peut te rassurer, personne ne fait attention à toi, mange, insiste Fran en trempant un morceau de pain dans le welsh.

Ça dégouline de gras… Je regarde discrètement autour de nous et me décide à prendre un petit morceau de potjevleesch. C'est de la viande blanche en gelée, on ne va pas me juger avec de la viande blanche en gelée, si ? Dieu que je suis crispée.

— Cette légende comme quoi les gros sont gros parce qu'ils mangent trop et n'importe quoi, tu n'as pas envie de lui botter le cul ? demande Fran à qui l'appétit ne fait pas défaut.

Je ne réponds rien. Je mastique.

— Sans compter que, si tu veux mon avis, un gros qui mange systématiquement une salade au resto, c'est tout aussi étrange. On le regarde avec pitié, et crois-moi, il vaut mieux faire envie que pitié. D'ailleurs, comme le disait ce bon vieux Daniel Cleaver dans *Bridget Jones*, les hommes aiment les derrières rebondis où on peut garer son vélo et poser son verre de bière !

J'en reste bouche bée. L'autrice Helen Fielding lui a vraiment fait dire ça ?

Sur ce, le patron arrive avec un saladier plein de frites, tandis que la femme à la table d'à côté nous sourit. Si ça se trouve, elle a tout entendu, le vélo, les gros, tout ça. La honte…

— Vous verrez, elles sont excellentes ! lance-t-elle. On en a repris deux fois.

— Au blanc de bœuf ! répond le patron. Et épluchées à la main. On en fait à peu près dix kilos à chaque service, vous savez. Allez, dites-moi ce que vous en pensez.

Je suis polie, je tends les doigts pour en piquer une. Oh, bon sang ! Ce sont les meilleures que j'ai jamais mangées.

— Délicieuses…

— Prenez la carbonade avec, vous m'en direz des nouvelles, m'encourage le patron. Et je vous préviens, ne laissez rien dans vos assiettes, sinon ma femme serait fâchée. Elle déteste gâcher !

Il tourne les talons sur cet avertissement, le plus sérieusement du monde. Fran pince les lèvres tout en penchant la tête de côté.

— Tu as entendu ce qu'a dit le monsieur ?

Je lui tire la langue comme une gamine, regarde la petite famille souriante à côté de nous, les quelques personnes occupées à manger leur dessert et se moquant bien de ce qu'on fait, j'avise mon assiette dans laquelle les feuilles de salade courent après les tomates cerises, et j'abdique.

J'abdique et c'est bon.

Délicieux même.

Parfait.

CHAPITRE 13

*L*ES GENS DU *NORD* *ont dans le cœur le soleil qu'ils n'ont pas dehors, la la, la la !*

Qui a écrit une connerie pareille déjà ? Aujourd'hui il fait 32 °C alors qu'il n'est pas encore midi, et pas un nuage. J'annonce d'entrée de jeu la couleur à Fran : mes chevilles ne vont pas survivre à un tel traitement. Si ça continue comme ça, dans moins d'une heure elles vont exploser et on va se retrouver avec des morceaux de moi partout sur les sièges en cuir de la voiture.

Et dire qu'hier on s'est fait rincer par une drache du tonnerre de Dieu... On n'a pas idée d'avoir détraqué le climat à ce point, c'est n'importe quoi.

— Il y a toujours du vent sur la côte, t'affole pas, me rassure Fran en souriant. On sera à Ambleteuse dans quinze minutes. À la fois, si tu avais mis quelque chose de plus léger, tu te sentirais mieux.

Je l'ignore. J'ai pas eu envie de me remettre en short. J'ai enfilé un pantalon en lin et un tee-shirt en coton avec des manches trois-quarts. Oui, j'ai chaud, mais au moins, je ne vois rien de mon gras. Aujourd'hui, je n'ai pas envie.

On est en train de longer la Côte d'Opale à l'allure d'un escargot neurasthénique, histoire de profiter du panorama. Une centaine de kilomètres de plages de sable fin, de goélands qui percent le ciel en hurlant, de falaises de calcaire et de prairies vallonnées verdoyantes surplombant la Manche. Chaleur ou pas, pluie ou non, il faut bien avouer que les paysages du nord de la France n'ont rien à envier au reste du monde. J'en oublierais presque que j'ai mal dormi, que mes malléoles se prennent pour des ballons de baudruche, et que je suis d'une humeur de dogue. C'est une de ces journées où j'ai l'impression d'être la personne la plus moche du monde, où les vêtements qui m'allaient la veille semblent me dire que ce n'était qu'une illusion et que je suis toujours aussi dégueulasse à regarder. J'ai serré les dents devant le miroir, j'ai essayé de me maquiller un peu, de coiffer mes cheveux trop longs, et je me suis dépêchée de sortir de la chambre pour aller déjeuner. J'ai mangé trois fois rien, parce qu'en plus, je vais avoir mes règles et je me sens ballonnée.

— C'est beau, hein ? dit Fran en souriant, ignorant à quel point je suis taciturne. Je pense qu'un jour, j'adorerais m'installer ici.

Je ne quitte pas la route des yeux.

— Hum…

Je n'ai presque pas desserré les lèvres depuis qu'on a quitté le gîte dans lequel on a dormi hier soir. Mais Fran, je me demande comment elle fait pour toujours avoir un ton égal. Elle est quotidiennement de bonne humeur, souriante et prête à croquer la vie. En vérité, ça me saoule, parce que j'aimerais trouver ça louche, mais j'ai vite compris que Fran était intrinsèquement ce genre de personne et moi pas. Je râle tout le temps et ne parviens pas à prendre le dessus sur mes émotions et ça conditionne mes journées, c'est chiant.

Elle me regarde furtivement, je fais la moue.

Tout à coup, elle met son clignotant et s'engouffre sur un chemin de terre en direction de la plage. Je hausse un sourcil.

— Un petit détour par la mer ? demandé-je, mi-figue mi-raisin. Je te préviens, je n'ai pas pris mon gilet de sauvetage.

Non parce qu'avec Fran, il est plus que permis de s'attendre à tout.

— Ce matin, au gîte, j'ai lu dans un dépliant qu'on pouvait voir des veaux marins à marée basse depuis la plage de Slack. J'ai des jumelles dans le coffre, on regarde si on peut les approcher ? Tu n'as pas l'air dans ton assiette, ça te changera les idées.

Je ne développe pas, j'acquiesce.

Fran se gare à côté des voitures déjà présentes. Juste deux. Force est de constater qu'ici non plus, ça ne grouille pas de touristes. À part au Mont-Saint-Michel, partout où on est allées, on n'a eu aucun mal pour trouver un endroit où dormir au dernier moment, et jamais eu de problème pour stationner. La saison semble rude pour les commerçants.

On descend de la New Beetle et suivons un sentier relativement plat qui serpente entre les dunes, au milieu des chiendents piquants et autres joyeusetés qui attaquent les chevilles si on n'y prend pas garde. On est à deux pas de la plage, c'est un peu escarpé, mais tout à fait accessible. Sauf que la marée est si basse qu'il nous faudrait bien trente minutes avant de réussir à atteindre l'eau. Cette étendue immense et dorée est impressionnante.

On est souvent venus se promener par ici avec Eliott, entre les deux caps Gris-Nez et Blanc-Nez. Un nom rigolo pour ces falaises qui, à une époque très très lointaine, reliaient l'Angleterre au reste de l'Europe. Et aujourd'hui le ciel est si dégagé qu'on voit la côte britannique. Elle est si nette qu'on a l'impression de n'avoir qu'à tendre le bras pour la ramener vers nous et se retrouver sur les genoux du roi Charles III en moins de deux, une tasse de thé à la main.

— Ici on sera bien, dit Fran en atteignant un plat rocheux.

Elle ouvre son sac à dos et en ressort un paréo épais qu'elle installe sur le sol et s'y assoit.

— Regarde, je crois qu'il y a une petite colonie là-bas. Les taches sur le banc de sable.

— Ce ne sont pas des bouées ?

— Je ne pense pas.

Elle se colle les jumelles sur les yeux, les règle un peu et lâche un petit cri de satisfaction strident. Le même qu'aurait poussé une enfant en découvrant un paquet de bonbons sous son oreiller.

— Il y a même des blanchons, regarde !

Je les observe, attendrie. C'est tout mignon.

— Tu vois, il n'en fallait pas plus pour te faire sourire ! Et si tu me racontais ce qui ne va pas ?

— Hum… Je ne suis pas sûre qu'en parler soit bénéfique, mais c'est un jour sans. Tu sais, une de ces journées où tu te dis que « plus moche que moi, tu meurs ».

— Je meurs ! s'exclame Fran en se laissant tomber sur le dos. Je meurs… arg… je meurs…

Je lève les yeux au ciel en riant.

— T'es bête…

— Ben quoi, j'ai bien le droit de me sentir plus moche que toi.

— Pff. Tu n'es pas de ce bois...

— Bien sûr que si, comme tout le monde, sauf que je n'en fais pas mon leitmotiv, tout comme je ne me répète pas sans cesse que je suis la bombasse la plus attrayante que la Terre ait créée, même si c'est vrai ! Rappelle-toi cette conférence que j'ai donnée sur la neutralité corporelle. Tu n'as pas à voir ton corps comme s'il était un genre de chef-d'œuvre ou de septième merveille du monde qu'il faut absolument entretenir. Laisse ça à Eliott, c'est ce qu'il pense chaque fois qu'il te met une main au cul et qu'il a envie de s'occuper de toi.

— Alors toi !

Je souris encore.

— Écoute, ma grande, c'est bien de se sentir moche, parfois, comme ça les jours où on se sent belle, on apprécie vraiment. Et dans l'intervalle, quel soulagement de se dire que, quel que soit le regard qu'on porte sur soi, ce n'est pas grave, on n'est pas plus ou moins limité dans nos capacités. Notre corps n'a pas ce genre de considération, on est toujours pareil, quoi qu'il arrive.

Je soupire.

— Tu as encore raison.

— Je sais ! Tu sais pourquoi je me maquille ?

Je répondrais bien « pour te sentir plus jolie », mais ça ne colle pas au personnage.

— Dis-moi.

— Parce que certains jours, j'ai envie que mon visage soit coordonné à mes vêtements. Parce que certains jours, je me sens fatiguée, et mettre de la couleur sur mon visage me donne envie de sourire, ou parce que d'autres fois, moi aussi je me sens super moche et j'ai l'impression qu'avec du *make up*, j'ai une attitude plus positive et je me souviens que les thons n'existent que dans la mer.

— Ou en boîte.

Fran éclate de rire.

— Chérie, le plus important est que tu comprennes que personne n'est obligé de performer avec son physique, ça, c'est un truc typique du XXIe siècle. On a juste à être qui nous sommes.

Elle me sourit.

— Allez, apprécie de te sentir moche aujourd'hui, dis-toi que c'est reposant, que c'est plus facile d'être laid que d'être beau en permanence, ça demande moins d'efforts et d'entretien.

Ce que dit Fran est tellement vrai. Notre corps est fonctionnel, il n'est pas fait pour être esthétique. Comme beaucoup, c'est une notion élémentaire que j'oublie trop souvent.

Cette conversation m'a fait du bien et m'a donné envie de sortir de ma coquille. Je la regarde droit dans les yeux, louche et tire la langue en fronçant le nez pour lui montrer mes canines.

— Je me plais !

— Tu me plais aussi !

Elle attrape son portable, grimace à son tour et prend le pire, non, le meilleur selfie de nous deux.

Promis, juré, craché !

On entre dans Ambleteuse une petite heure plus tard. C'est la première fois que j'y mets les pieds. C'est un ancien village de pêcheurs niché entre le Cap Gris-Nez et la baie de la Slack, et Fran m'a appris que c'est l'un des plus beaux du Pas-de-Calais.

Pas étonnant, il y a un monde pas possible, impossible de se garer.

— En fait j'ai compris, lancé-je. Tous les touristes des Hauts-de-France ont décidé de se retrouver ici, c'est pour ça qu'il n'y a personne ailleurs. J'ai l'impression que même Le Touquet n'était pas aussi fréquenté.

— J'essaie ici, on verra bien, dit Fran.

Elle prend une rue à gauche et dégote une place au bout du monde, de l'autre côté du village, pas loin d'un camping dans lequel Fran dit qu'elle aimerait bien passer la nuit. Je ne raconte pas ma tête, je suis peu motivée à l'idée de me retrouver une nouvelle fois nez à nez avec un animal sauvage. Ce qui est tout à fait possible dans la mesure où le camping est installé aux abords d'un genre de lande broussailleuse.

Tandis qu'on marche en direction de la mer, on réalise pourquoi il y a autant de monde. C'est un jour de fête locale, la ville organise une ducasse, il y a des panneaux partout. Cochons grillés, frites, tartes, café, jeux, trampoline et structures gonflables. S'il nous vient à l'idée de nous envoyer en l'air, on saura où aller.

On se dégotte un petit restaurant qui ne paie pas de mine sur le front de mer, dans lequel on mange des moules délicieuses. On flâne sur la digue au milieu des touristes, on va visiter le fort Vauban tout arrondi juste en contrebas, là où la Slack se jette dans la mer, et découvrons une plage aussi jolie qu'étonnante, la seule de la Côte d'Opale couverte de galets, mais qui, à marée basse, dévoile une multitude de rochers polis enfoncés dans un lit de sable fin. Avec Fran, pantalons remontés jusqu'aux genoux, on ne résiste pas à l'envie de les parcourir alors que l'eau est déjà en train de remonter.

On va manger une glace sur un banc, on discute avec une vieille dame qui promène son chien, avec un vieux monsieur qui nous raconte que la flotte de César est partie d'Ambleteuse pour envahir l'Angleterre, et qu'aujourd'hui, ce sont les Anglais qui envahissent

Ambleteuse. En fin d'après-midi, Fran réussit à me convaincre de dormir au camping. J'expérimente un peu plus les joies du couchage en plein air quand on visite les douches collectives, les toilettes, et l'endroit où on peut prendre un petit déjeuner correct. Un autre monde pour moi qui n'aime rien de mieux que poser mes fesses sur un matelas douillet et profiter d'une vraie salle de bains. Mais le gérant nous assure qu'il n'y aura ni fouine ni sanglier, c'est déjà ça.

Le soir, surprise ! Il y a aussi une animation au camping. Soirée grillades et karaoké, tout ce que je veux éviter, mais je ne vais pas y couper, je le sens. Je m'y prépare. J'attends.

— On y va ? demande Fran, plus motivée que jamais.

Bingo !

Je retrouve espoir en entendant le gérant dire qu'il aurait fallu réserver, mais déchante lorsqu'il annonce que deux personnes en plus, c'est gérable. Dommage. Donc, on nous installe sur une table à tréteaux, avec une dizaine de personnes qu'on n'a bien sûr jamais vues de notre vie.

— C'est le camping ! s'enthousiasme d'abord Fran.

Fran est particulièrement en forme, ce soir, elle n'arrête pas de parler et enchaîne les verres de vin à une allure vertigineuse, j'ai arrêté de les compter au bout du cinquième. Elle rit et parle fort, fait de grands gestes et mange avec un appétit féroce. Les gens autour de nous sont plutôt amusés par ses blagues et personne à part moi ne semble remarquer qu'elle a peut-être un peu trop bu et qu'elle n'est plus du tout dans son état normal.

— Et puisque ce soir il n'y a pas de trou normand, nous allons faire une petite pause avec une séance de karaoké ! annonce au micro le gérant du camping.

Chantez ou… bouchez-vous les oreilles. C'est parti. Qui commence ?

Trois femmes se lèvent comme sur des ressorts et foncent sur le micro pour massacrer *I Will Survive.* J'ai mal à ma Gloria Gaynor.

Fran se tourne vers moi, elle a les yeux brillants et les joues toutes rouges.

— Ça va ? lui demandé-je.

— Impeccable ! On va y aller nous aussi, hein ?

Il faut vraiment qu'elle ne soit pas dans son état normal pour me poser la question avec autant de désinvolture. Chanter en public, c'est vraiment une lutte pour moi, elle a pu s'en rendre compte. À ses dépens…

— Je ne suis pas emballée.

Elle éclate de rire.

— Ce que tu es rabat-joie ! Il n'y a même pas à discuter, je te mets au défi d'y aller.

Ronde comme une queue de pelle, on dirait qu'elle est vraiment décidée à me faire faire tout ce que j'ai écrit sur ma liste. Encore heureux qu'Eliott ne soit pas avec nous, sinon elle se serait arrangée pour me faire mettre une nuisette à brides sur des porte-jarretelles rouges, elle aurait insisté pour qu'on s'accouple en plein jour, qu'on prenne une douche ensemble pour se remettre de nos émotions, aurait pris une photo pour immortaliser tout ça, et après ça, je me serais retrouvée enceinte, aurais annoncé à ma mère la nouvelle, et sous le coup des hormones, lui aurais dit tout ce que je n'ai jamais osé lui dire. Une pierre, sept coups. J'aurais presque coché toutes les cases. Mais Dieu soit loué, Eliott doit être en train de regarder une étape du Tour de France en différé. Amen.

Je laisse échapper un profond soupir. Je manque de courage, mais je suis une femme de parole, alors…

— OK… je viens.

J'irai où tu iras, Céline Dion et Jean-Jacques Goldman. Je transpire, j'ai les mains qui tremblent, les jambes flageolantes et très certainement un cactus au fond de la gorge. Et en plus, c'est moi qui dois commencer...

Je connais les paroles par cœur, alors je m'accroche au regard brillant et un peu aviné de Fran.

— *Chez moi les forêts se balancent et les toits grattent le ciel...*

C'est quoi cette voix ? Les clients du camping chantent plus fort que moi. Un effort, Marnie !

— *Les eaux des torrents sont violence et les neiges sont éternelles.*

Au secours... Je n'ose pas me retourner pour regarder les gens, ils doivent me trouver tellement nulle...

— *Chez moi les loups sont à nos portes et tous les enfants les comprennent. On entend les cris de New York et les bateaux sur la Seine.*

Au tour de Fran qui va me sauver la mise, je suis littéralement en nage et morte de honte. À se demander comment j'ai pu bosser dans un piano-bar un jour... Je l'écoute chanter, j'adore sa voix grave un peu soul, elle aurait très bien pu faire le job toute seule, en fait.

C'est de nouveau à moi. Je ferme les yeux et essaie d'oublier qu'il y a cinquante personnes derrière moi. Ils chantent eux aussi et n'écoutent pas vraiment, je me fixe là-dessus.

Je souffle. J'y vais.

— *J'irai où tu iras, mon pays sera toi. J'irai où tu iras, qu'importe la place, qu'importe l'endroit.*

Oublier. Oublier qu'on me regarde. Chanter. Oublier.

Alors j'oublie. J'oublie qu'on me regarde. Je chante. J'oublie et quand je rouvre les yeux, je suis tellement dedans que je ne me rends pas compte du silence derrière moi, plus personne ne m'accompagne. Les gens écoutent. C'est quand je me tais et qu'ils applaudissent en scandant « une autre, une autre ! » que je réalise.

— Ce soir on a de vraies chanteuses ! s'extasie le gérant. Bravo, mesdemoiselles, après vous, ça va être compliqué de faire mieux ! Qui veut tenter le coup ?

Moi j'ai les jambes qui flagellent encore, et même si j'y ai pris du plaisir, je ne suis pas sûre de vouloir recommencer. C'est comme le sport, on ne court pas un cent mètres sans s'être entraîné avant.

Fran me regarde d'une façon que je n'oublierai jamais, puis elle se jette contre moi pour me serrer fort.

— Bravo, tu l'as fait ! Tu es merveilleuse, tu es belle, tu chantes bien, tu as tout pour toi, et tu ne t'en rends même pas compte.

Je me crispe tandis qu'elle s'agrippe à mes épaules. Puis elle enfonce son visage dans mon cou et se met à pleurer à gros sanglots.

— Hé, Fran...

Elle se redresse d'un coup, me lâche et part en courant en direction de la tente.

Merde !

Armand n'était pas libre, c'était son seul défaut. Il partageait sa vie avec une femme depuis plusieurs années et disait que leur couple ne fonctionnait plus que par habitude, la passion entre eux avait disparu.

Paquita avait beaucoup culpabilisé et s'était dit qu'elle était devenue le genre de femme qu'elle avait toujours détestée. Jamais elle n'avait envisagé d'entretenir une relation avec quelqu'un qui n'était pas libre. Mais... car il y en avait toujours un, elle était tombée éperdument amoureuse et ce sentiment semblait partagé. Armand n'était pas un coureur, il était gentil, respectueux, posé. Il n'avait encore jamais trompé sa compagne et ne comprenait pas ce qui l'avait poussé dans les bras de Paquita. Jusqu'à ce qu'il la rencontre, il pensait que sa petite vie tranquille lui allait bien.

Armand s'arrangeait pour être en télétravail le mardi, et ces après-midi-là, il les passait avec Paquita, de 12 à 18 heures. Elle s'arrangeait pour ne pas travailler et faisait de ce moment un rêve. Son appartement était devenu leur nid d'amour, un endroit secret où personne ne pourrait les surprendre ni les déranger. Armand sonnait à l'interphone, elle ouvrait, et il montait directement au troisième étage où elle l'attendait chaque fois avec une joie toujours plus grande. Ce qu'elle ressentait pour lui était intense, démesuré, beau et pur.

Ce mardi, elle avait cuisiné pour lui, un plat vénézuélien. Il lui avait avoué que ça lui faisait très envie, et rien n'était plus important pour elle. Il était arrivé à l'heure avec une bouteille de champagne. Ils avaient fait l'amour, et avaient bu au lit en parlant, longtemps, comme chaque fois. Avec Armand, Paquita découvrait tout ce qui lui avait longtemps été inaccessible, le partage et l'égalité. Il la trouvait belle, alors elle se donnait à lui sans retenue

Elle exultait, elle vivait. Elle était heureuse pour la première fois de sa vie.

Ce n'était pas un crime, c'était une bénédiction.

CHAPITRE 14

Je rattrape très vite Fran, elle s'est abritée sous un arbre, adossée contre le tronc, et pleure toutes les larmes de son corps.

— Hé… mais que se passe-t-il ?

Elle renifle et s'essuie le nez du dos de la main.

— J'en ai marre…

Ça me met un coup au cœur de l'entendre dire ça, elle qui est toujours si joyeuse et exemplaire pour moi. La découvrir subitement malheureuse me fait un choc.

— Tu en as marre de quoi ? Tu veux qu'on en parle ? On peut aller dans la tente si tu veux.

Elle hausse les épaules

— Je préfère marcher.

Sa voix est pâteuse, ses gestes incertains. Elle fouille dans son sac et en sort une lampe torche. Fran est complètement pétée, mais prévoyante.

Nous traversons le camping silencieusement, puis empruntons un sentier non éclairé à travers la lande dunaire qui conduit jusqu'à la mer. D'ici, on entend déjà les vagues lécher le rivage. C'est très praticable, il nous faut dix minutes pour atteindre la plage. L'eau est si proche qu'on a du mal à croire que, quelques heures plus tôt, elle s'était retirée sur au moins deux kilomètres. Il fait nuit noire, Fran illumine un rocher plat où nous nous installons.

— Qu'est-ce qui t'est arrivé tout à l'heure ?

— Tu sais, il est chouette ce *road trip* avec toi… Mais moi, j'en ai vraiment marre de te voir mal dans ta peau.

Boum ! Dans les dents.

— Oh… désolée.

— Moi, j'ai passé plus de la moitié de ma vie à devoir prouver que je suis autre chose qu'une grosse, que j'ai de la valeur, du talent, et un cœur… J'ai un cœur, Marnie ! Un cœur gros gros gros… Et je te vois, toi, tu as tout pour être heureuse et tu luttes quand même. On peut pas simplement être bien ? Pourquoi on doit souffrir de ce qu'on est ? Parce qu'on est des femmes ?

L'alcool la rend littéralement emphatique et de moins en moins compréhensible. Je ne sais pas quoi dire, à part que je culpabilise. Si ça se trouve, je suis tellement chiante avec mes complexes que j'en deviens écrasante pour Fran.

Mais soudain, elle embraye sur autre chose.

— C'est comme les hommes, tous des sales cons… Ils disent qu'ils aiment les minces, mais c'est pas vrai ! Ils préfèrent les grosses. Tu sais pourquoi ?

Je secoue la tête, je ne sais pas à quoi m'attendre.

— Ils nous trouvent « exotiques », et pensent qu'on est meilleures au lit parce qu'il nous reste que ça dans la vie.

— Pas tous, Fran…

— Non… mais beaucoup.

Sa voix déraille complètement, ses propos aussi.

— Et moi, depuis Fred, j'arrive pas à avoir une relation sérieuse. Je voudrais un prince charmant. Un beau prince charmant...

— Fred, c'est ton ex-mari ?

— Ouais. Il était adorable, gentil, doux, généreux. C'était un mec bien.

— Tu regrettes votre relation ?

— Ah non ! Je l'aimais comme un ami, il méritait une femme vraiment amoureuse de lui, et moi, j'avais pas envie d'être avec un ami. Toi, tu as de la chance d'avoir Eliott et qu'il t'aime. J'aimerais que tu me dises, dit-elle en chuchotant comme si quelqu'un pouvait nous entendre, lui, il était attiré que par le sexe avec toi aussi, avant que vous soyez vraiment ensemble ?

La question me prend de court.

— Euh... Je crois qu'il avait envie de construire quelque chose. Enfin... On a toujours été attirés l'un par l'autre, hein, mais il n'y avait pas que ça.

Elle regarde en direction de la mer et se remet à pleurer.

C'est Jean qui rit, Jean qui pleure, ma parole !

— Je suis vraiment désolée d'avoir cassé l'ambiance, ce soir... je suis nulle.

— Hé... ça va aller.

Et je lui passe un bras autour des épaules.

— Je suis là, Fran et puis, toi au moins tu chantes juste, tu n'as cassé les oreilles de personne.

Une vague un peu plus grosse que les autres vient se jeter en contrebas du rocher où nous sommes installées et se retire aussitôt.

— Ouais, je suis la plus bombasse des karaok..., des karaokete..., des karaoketeuses. Non, des filles qui chantent bien ! Désolée, je suis un peu bourrée.

Sans déconner ?

— Je peux te poser une question ?

— Bien sûr, Fran.

— Pourquoi tu as peur de faire un bébé ? Je l'ai lu dans ta liste.

Je soupire, je vais lui répondre très sérieusement, qu'importe qu'elle soit pompette.

— C'est simple et compliqué à la fois. Tomber enceinte, c'est prendre davantage de poids, c'est encore moins maîtriser mon corps qu'aujourd'hui et perdre un peu plus d'estime. C'est... avoir peur que le bébé soit si bien caché sous le gras de mon ventre qu'on ne voie pas que je suis enceinte et qu'on ne me donne aucune excuse d'être encore plus grosse. Oh et, depuis peu, j'ai peur de faire du mal à l'enfant que je porterais, justement parce que je suis grosse. Et si par hasard je réussis à combattre mes craintes, je serai fliquée à mort par les médecins. Merci au Dr Cuissard d'avoir soufflé un vent de légèreté sur ma vision déjà bien plombante.

Le nom du gynéco ne la fait même pas sourire.

— T'es pas si grosse que ça, tu pourrais... Cuissard est un sale con.

Je hausse les épaules.

— Ça c'est certain ! En fait, je n'ai jamais vu de femme enceinte obèse, je ne sais pas à quoi elles ressemblent, on ne les montre jamais.

— Mais moi je te dis... on s'en fout.

Je souris, elle est vraiment pleine de vin, au sens propre, c'est limite drôle.

— Tu crois que si on avait l'habitude de montrer que des femmes grosses enceintes, tu culpabiliserais un peu moins ?

— Peut-être...

— C'est nul, faut pas culpabiliser...

Plus facile à dire qu'à faire.

Fran ferme les yeux et respire profondément l'air marin.

— Moi, je me souviens de cette femme que j'ai rencontrée à l'asso un jour. Elle était obèse et avait eu quatre enfants et chaque fois, les médecins lui ont dit que c'était pas bien et que son bébé pourrait mourir. Ils lui ont dit qu'il fallait qu'elle maigrisse en étant enceinte. Et elle a raconté que ses trois grossesses étaient horribles, parce qu'elle culpabilisait tout le temps. Faut pas culpabiliser ! Pour la quatrième, elle a changé de gynécologue qui lui a dit qu'elle méritait d'être considérée comme n'importe quelle autre femme. Parce que tu sais, Marnie, on choisit d'être con, c'est une résolution ! On ne choisit pas d'être gros, c'est une adaptation !

— Euh... OK, si tu le dis.

— Alors... il faut choisir les bonnes personnes pour t'accompagner, elles vont t'aider à mieux te traiter et à avoir confiance en toi, ajoute-t-elle avec un bon sens qui me ferait presque oublier qu'elle est ivre.

— Comme toi, Fran, murmuré-je. Tu m'aides à reprendre confiance en moi.

Elle se tourne pour me regarder.

— Tous tes préjugés, c'est de la merde. Tu es une femme formidable, Marnie, et tu feras une maman formidable !

Ses mots me touchent énormément, mais vu l'état dans lequel elle est, je ne suis pas certaine qu'elle s'en souvienne encore demain. Elle ferme de plus en plus les yeux, semble avoir la bouche pâteuse et tangue sensiblement.

— On rentre ? suggéré-je.

— On peut dormir sur la plage aussi.

Même pas en rêve !

— Allez, viens, je te chanterai une chanson sous la tente.

Paquita avait encore pris six kilos. Le regard d'Armand était devenu pour elle le plus important, alors elle lui avait demandé ce qu'il pensait d'elle et si ça ne le dérangeait pas qu'elle ait encore grossi.

— Certainement pas ! Tu es ma déesse à moi, je ne me pose pas ce genre de question, j'ai toujours envie de toi, c'est tout ce que tu dois savoir.

Armand était avare en mots tendres, mais ce qu'il venait de dire était la plus belle déclaration qu'il pouvait lui faire.

— Je t'aime…

— Mon adorable romantique, se moqua-t-il gentiment en lui caressant les cheveux.

Sur le lit, elle se souleva un peu et s'appuya sur le coude pour mieux le regarder.

— Mais c'est parce que toi et moi, nous sommes la plus belle histoire d'amour de l'Univers.

— Alors merci l'Univers, dit-il en souriant.

Armand plaisantait souvent, il ne se rendait pas compte, mais ce qu'elle vivait avec lui ne lui était arrivé avec aucun autre homme. Elle brûlait à son contact et s'épanouissait comme une fleur.

— Je suis bien avec toi, dit-elle en se blottissant contre lui.

— Moi aussi, mon adorable amour romantique, moi aussi…

CHAPITRE 15

Le temps est si mauvais qu'on passe toute la journée du lendemain à visiter les musées de Calais et ses salles de cinéma. Inutile d'espérer une accalmie, ça craque sur tout le territoire. C'est gris, le ciel est bas, c'est déprimant, on se croirait en automne. Même les goélands ne montrent pas le bout de leur bec, c'est dire.

On se console en finissant dans une chambre d'hôtes géniale et pleine de chats, dégottée un peu au hasard. Chacune la sienne, j'ai besoin de passer une longue nuit à gigoter, ronfler et regarder des reportages « chasse et pêche » soporifiques si ça me chante.

On mange sur place des plats achetés chez le traiteur chinois, et dès que je suis seule, j'appelle Eliott pour lui raconter tout ce qu'on a fait. Il s'impatientait, le pauvre chou, je ne lui avais pas parlé depuis deux jours. De façon puérile, j'éprouve un malin plaisir de savoir que le dieu Tour de France n'a pas eu assez d'arguments pour se battre contre moi et me mettre au placard.

Bien fait !

Quant au déplacement qu'il voulait faire, il remettra ça à dans quinze jours.

On parle pendant une bonne heure, puis je tombe dans les bras de Morphée, sans télé, sans bouger, sans ronfler.

Journée pliée.

Au réveil, pour notre avant-dernière journée, on décide d'aller visiter Dunkerque, je n'y ai jamais mis les pieds de ma vie et Fran non plus. Bipolarité du climat oblige, aujourd'hui, il fait très beau. Tant mieux, on préfère, mais nom d'un chien, qu'est-ce qu'il y a comme vent ! Le taux de cocus décornés doit être impressionnant par ici.

D'abord, on traîne un peu dans le centre-ville. Petit, propre, sobre et efficace. Tout est à portée de main, restos, magasins, parkings, musées, monuments historiques et... goélands. Premier constat : j'aime bien Dunkerque, c'est super mignon pour une ville presque complètement détruite pendant la Seconde Guerre mondiale.

En fin de matinée, on se paie le luxe de faire une visite guidée de la ville en autocar, accompagnées de touristes anglais, histoire de ne rien rater et de se faire une idée, tout ça dans la langue de Shakespeare. Et on ne manque rien : le beffroi, l'hôtel de ville, le port historique et le trois-mâts qui y mouille, l'église Saint-Éloi, le cimetière du Commonwealth, Malo-les-Bains, le quartier de Rosendaël... Parce qu'on est un peu dingues, on se lance aussitôt après dans la découverte du port industriel, mais décidons tout de même de faire l'impasse sur la visite de la centrale nucléaire EDF un peu plus loin, faut pas déconner.

Quand on revient à 15 heures, je meurs littéralement de faim, au point où si Fran décide d'aller manger un énorme burger dégoulinant de fromage, faute de mieux, je la suivrai sans discuter. Mais finalement, et malgré l'heure tardive, on trouve une table dans une brasserie. Là, en attendant que nos plats arrivent, pour accompagner nos verres de vin, le patron nous sert une assiette avec des morceaux de pain grillé, du sel, du poivre et un petit pot en grès rempli d'un truc indéfinissable, mais qui ressemble quand même pas mal à du saindoux.

— C'est du gras ? demandé-je à Fran.

On y plante toutes les deux notre couteau. C'est moelleux et soyeux.

— Je crois oui, me répond-elle. On dirait le même truc que dans les rillettes.

— Si je comprends bien, ici, les gens mangent du gras en tartine ? Pour l'apéro ?

— Oui, mais avec du sel et du poivre.

Dingue… J'adorerais écouter ma mère me dire : « Je t'avais dit qu'il faisait froid dans le Nord ! Les gens d'ici font des réserves. »

— Mais c'est du gras de quoi ? insisté-je.

— De goéland. T'as pas vu qu'il y en avait en pagaille ici ? Ils ne savent sûrement plus quoi en faire.

N'importe quoi… Je cherche sur mon téléphone. Cette substance 100 % lipidique s'appelle du smout. De la graisse de porc, sans viande. Eurk.

Fran ne se laisse pas démonter et se fait un petit toast, là, comme ça, détendue des ovaires. Un peu de gras, un peu de sel, un peu de poivre et hop, elle croque.

Je lève les sourcils et attends son verdict.

— Alors ?

— Ch'est bon !

Je suis sceptique, donc je teste.

Bis repetita, un peu de gras, un peu de sel, un peu de poivre et hop, je croque du bout des dents.

— Alors ?

— C'est gras.

— Ouais, et tu sais ce qu'on dit ?

— Le gras c'est la vie ! chantonnons-nous de concert en souriant.

Moralité ? Nous sommes la vie, et avec Fran, je commence vraiment à savoir ce que ça veut dire.

Je crois que ce repas est le meilleur qu'on ait pris depuis qu'on a commencé ce *road trip* improbable, mais je crois aussi qu'on a toutes les deux un peu trop abusé sur la nourriture. On a terminé par des doigts de Jean Bart et sa boule de glace. Je ne sais pas qui était ce monsieur, mais il avait de sacrées phalanges.

En sortant sur le trottoir, j'ai l'impression que je vais littéralement rouler. Aussi, on se décide à marcher jusqu'à Malo-les-Bains, et aller voir de plus près la digue et l'architecture balnéaire qu'on nous a vantées quand on était dans le bus. Bien quarante minutes de marche quand même !

Il n'y a pas à dire, le quartier de Malo-les-Bains, c'est super joli. Ici, la plupart des villas du front de mer sont colorées, ornées de briques, de balcons en bois, de bow-windows et de fenêtres à croisillons. On se croirait dans les années folles, c'est étonnant.

La digue aussi est très sympathique. On s'y promène avec Fran, les cheveux au vent sans que ce soit une métaphore, passons devant une ribambelle de restaurants et apprécions la beauté sans pareille de la plage de sable fin. La marée est haute, les vagues s'agitent, il y a des touristes partout, des animations, cette ville me fait décrocher un sourire presque non-stop.

Puis tout à coup, là, devant nous, une nana sur des rollers, en minishort, crop top, casque et genouillères, s'amuse à faire des cercles autour de Fran et moi. On s'immobilise, un peu déstabilisées.

— Vous habitez Dunkerque ? nous demande-t-elle sans s'arrêter.

— Non, on est là pour la journée.

— Oh, cool ! Tenez, c'est portes ouvertes jusqu'à 19 heures, allez-y et prenez le flyer avec vous.

Elle nous colle le papier dans les mains et repart aussi sec.

J'aimerais bien voir la tête que je fais quand je me rends compte de quoi il s'agit.

— Non, mais… elle nous a bien vues ? demandé-je à Fran.

« Vous aimez danser, bouger et vous étirer ? Venez découvrir la pole dance et essayez un cours gratuit ! »

— Elle s'est foutue de nous, non ?

— Ben non, pourquoi ? me répond Fran, toujours aussi optimiste. En plus, j'ai toujours eu envie d'essayer.

Ma tête en photo, *please* !

— Tu plaisantes ?

— Pas du tout. On essaie ?

Arg. Uh. Brr.

C'est ce que m'inspire son idée.

— Allez ! Tu as écrit « Aller dans une salle de sport » dans ta liste, tu pourras rayer ça.

Mais elle l'a apprise par cœur, ma parole !

— On va se ridiculiser…

— Et comme le ridicule ne tue pas, tu es d'accord, alors ?

Comment dire non à ces yeux de Chat Potté, sérieux ?

Je suis faible.

Non, je suis lâche. Je vais détester et on va s'humilier, c'est certain.

J'ai peur.

Le club est à vingt minutes de Malo-les-Bains, et quand on y arrive, à part trois filles qui ont l'air d'être des habituées et les cinq barres de pole métalliques disposées au milieu de la salle, il n'y a pas un chat. Pour autant, je suis vraiment dans mes petits souliers et me fais l'effet d'un éléphant dans un magasin de porcelaine.

Les trois nanas, là, faut voir comme elles sont gaulées. Pas un pet de gras à l'horizon, des cuisses parfaites et un fessier que je n'aimerais pas présenter à Eliott.

Je ne les lâche pas des yeux. Si jamais leurs regards montrent la moindre surprise ou moquerie, je me casse. Mais pas du tout, elles nous font de grands sourires.

— Bonjour ! nous salue la responsable du cours, je suis Sandy et c'est moi qui anime la journée portes ouvertes.

— On a un flyer, dit Fran d'une voix chantante en le lui donnant.

— Super ! Vous vous appelez comment ?

— Moi c'est Fran, et le lutin grincheux à côté de moi, c'est Marnie.

Quoi ?

— Fran et Marnie, ça pourrait être le titre d'un film, ça non ? Venez, je vais vous présenter l'équipe. Voici Julie qui pratique la pole dance depuis trois ans, et Sonia qui a commencé il y a deux mois, mais qui avait envie de nous accompagner aujourd'hui.

On se salue, puis Sandy nous détaille. Je commence méchamment à grincer des dents. Qu'est-ce que je fais là ? Je suis incapable de monter à l'un de ces machins, c'est ridicule.

— Salopette en lin pour vous, me dit-elle, jupe et legging pour vous, Fran, c'est parfait pour faire un essai. On y va ?

— Vous êtes sûre ? On n'a quand même pas le profil de l'emploi...

Sandy – du haut de ses, quoi ? Un mètre cinquante-cinq et quarante-cinq kilos à tout casser ? – me regarde avec étonnement.

— Ah bon ? Moi je trouve que oui. Vous avez des bras ? Vous avez des jambes ? Vous avez des muscles ? Vous pouvez faire de la pole dance.

Dit comme ça...

Et Fran qui se marre.

D'abord, on commence par une séance d'échauffement tout ce qu'il y a de plus classique. Je crois que, ronde ou pas, je suis pleine de préjugés, parce que je n'arrête pas de regarder Fran, persuadée qu'elle doit en baver. Eh bien, pas du tout, elle s'en sort mille fois mieux que moi qui suis aussi souple qu'un manche à balai. Avec du ventre ou pas, elle arrive à toucher ses orteils sans plier les jambes, s'étire, réveille ses muscles et articulations avec une facilité déconcertante.

Je fais ce que je peux pour suivre la cadence, mais c'est pas gagné.

— Allez, c'est bien. Vous allez commencer par vous familiariser avec la barre, comme ça.

Elle la tient dans une main et se met à marcher autour au rythme des premières notes de *Last Dance* de Donna Summer. Parfois, elle s'étire sans lâcher la barre et jette la tête en arrière. C'est tout doux, je me prends au jeu, j'aime bien.

— OK, on y est ?

Fran et moi on se regarde, ça va.

— On va faire notre premier step, le *step around*. Vous vous tenez au pole de la main droite, le plus haut possible, vous écartez les jambes, vous vous mettez sur la pointe des pieds, comme ça, balancez la jambe gauche sur le côté en vous mettant légèrement en avant, et laissez la jambe droite prendre tout le poids de votre corps. Et hop ! Avec le mouvement de balance, on tourne autour du pole.

À la voir, c'est super facile. Dans les faits, c'est la cata.

Je fais exactement ce qu'elle dit. Je bascule en avant, perds l'équilibre, me retiens de justesse des deux mains à la barre, me cogne le genou, glisse et m'explose les fesses sur le sol. Plaf !

Des jambes, des bras et des muscles, hein ?

Je suis tombée comme une grosse crotte face au miroir. Humiliation totale.

— Le métier qui rentre, dit Sandy sans se formaliser alors que Fran, elle, donne vraiment l'impression d'avoir fait ça toute sa vie.

Il faut croire qu'elle sait mieux se servir de ses membres que moi.

— Essaie encore, m'encourage-t-elle. Dès que tu chopes le truc, c'est génial, tu verras. J'ai l'impression d'être légère comme une plume.

À ce point ? Bon…

Sandy me redonne deux trois conseils, je retente le coup, et même si ce n'est pas très gracieux, je ne tombe pas. Je fais même ça plusieurs fois d'affilée tant je trouve ça génial. Je suis super fière de moi.

— Pas mal ! On va essayer le *back hook* maintenant.

Forcément, je suis méfiante…

— Je prends la barre à deux mains, comme ça. Je place la jambe gauche devant elle, l'enroule et la cale derrière mon genou en même temps que je me soulève. Et hop, je croise les chevilles et je tiens !

Je vais encore me vautrer, je pourrais le parier.

Docile, je m'exécute et pousse un cri de joie.

— J'y suis arrivée du premier coup !

Une vraie gosse, mais bon sang, ça c'est cool à faire, et quand je me regarde dans le miroir, je trouve la position super esthétique. C'est dingue ce truc !

Pendant quinze minutes, on ne fait qu'enchaîner. *Step around, back hook, step around, back hook,* c'est l'éclate totale ! Pour la première fois de ma vie, j'ai l'impression que mon poids n'est pas un problème et que je peux presque tout faire. La sensation de légèreté et l'assurance que j'en retire sont complètement inespérées pour quelqu'un de mon gabarit.

Lorsque je descends du pole, je suis essoufflée, j'ai mal partout, et des auréoles sous les aisselles, mais j'ai une pêche d'enfer !

— Alors ? demande Sandy quand la session se termine.

— Vendu ! lance Fran qui a l'air aussi enchantée que moi. De chez nous, ça fait un peu loin pour s'inscrire ici, mais à Amiens, je vais essayer, j'ai adoré !

— Et vous, Marnie ? Vos muscles fonctionnent parfaitement bien, ça doit vous faire plaisir, se moque-t-elle gentiment.

— C'était génial ! Merci beaucoup pour le cours.

— Vous m'en voyez ravie. Et qui sait, on se recroisera peut-être en championnat un jour ?

J'éclate de rire.

— L'espoir fait vivre !

J'étais surexcitée lorsque j'ai fait mon rapport à Eliott en entrant dans ma chambre d'hôtel. Il a eu beau me charrier en m'imaginant me trémousser sur cette barre en métal, moi j'ai eu l'impression d'avoir réalisé quelque chose de très important.

J'ai réalisé que je n'avais pas à vivre mon poids comme une épreuve, mais comme une possibilité.

J'ai réalisé que nous ne serons jamais des clones, que je suis grosse comme d'autres sont minces et que le monde ne s'arrêterait pas de tourner pour autant.

J'ai réalisé que j'avais le droit de tout essayer.

Et j'ai réalisé que j'étais capable d'être fière de moi.

Il est 20 heures quand je sors de la douche, Fran m'attend dans le hall. Je suis en retard.

Il ne fait plus si chaud que ça dehors, mais j'ouvre ma valise, en ressors le large short en lin bleu marine que j'ai acheté à Caen et que je n'ai encore jamais osé porter, je déplie le marcel marin supposé aller avec, et le long gilet en grosses mailles que j'ai mis dans mes affaires, au cas où il ferait froid. Je m'habille et je descends, comme ça, avec un slogan en tête que je n'avais jamais trop expérimenté jusque-là.

« Parce que je le vaux bien ! »

CHAPITRE 16

NUIT CATASTROPHIQUE. Les clients de la chambre d'à côté n'avaient pas dû se voir depuis une éternité, ou alors, le monsieur venait de se faire prescrire sa première plaquette de Viagra et avait une revanche à prendre sur lui-même. Quel boucan ils ont fait ! Ça a duré des plombes. Puis aux premières lueurs du jour, ce sont les goélands qui se sont organisé un meeting sur le toit juste en face de ma fenêtre.

J'abdique. Inutile d'essayer de faire la grasse mat, c'est mort.

Je n'ai pas dû dormir plus de quatre heures, j'ai mal au crâne, les yeux bouffis et la tête de quelqu'un qui a un peu trop abusé du vin, la veille – ce qui est vrai –, mais je ne vais pas me laisser gâcher cette dernière journée.

Jamais une semaine ne sera passée aussi vite, déjà jeudi et on rentre demain. Je suis contente à l'idée de retrouver mon chez-moi, mais ça me fait quand même quelque chose de me dire que c'est presque fini. Cette aventure avec Fran, c'était génial. Elle et moi on se connaissait à peine, je ne m'attendais à rien de spécial, j'étais même craintive, mais elle est devenue une véritable amie avec qui j'ai passé des moments incroyables. Sa toile de tente va même me manquer.

Non, je déconne.

Je passe sous la douche en vitesse, m'habille et descends rejoindre Fran qui est sûrement déjà en train de prendre son petit déjeuner. L'expérience m'a montré qu'elle était bien plus lève-tôt que moi. Mais, surprise, je suis la première. En attendant, je me sers un café, incapable d'avaler autre chose, et regarde autour de moi si je vois les deux hurluberlus qui m'ont pourri ma nuit, mais à part un couple qui se fait la gueule des mauvais jours, il n'y a personne.

Fran arrive, son téléphone à la main, guillerette et d'un pas si léger que, pas de doute : elle a dormi pour deux.

— Ouh… Tu en fais une tête.

— Hum… J'ai passé la nuit à écouter un porno sans images.

— Quelle tristesse. Un croissant ?

Je secoue la tête, toujours pas faim.

Elle se tourne vers le buffet et revient avec un plateau chargé à bloc.

— La Panne, ça te dit ?

Deux croissants, deux pains au chocolat, une grosse assiette d'œufs brouillés, plusieurs tranches de fromage, du café, du jus d'orange et des madeleines.

— Tu vas vraiment manger tout ça ?

— J'ai une faim de loup, mais quand même. Non, c'est pour partager avec toi et ton appétit de moineau. C'est notre dernier jour, profite.

Je lui souris et pique un croissant que je trempe dans mon café au lait.

— Pour te faire plaisir, et d'accord pour la Belgique, on ira manger des frites.

Elle se met à rire.

— Oh le cliché ! Il y a des moules aussi.

— Va pour les moules-frites !

On arrive à La Panne un peu avant midi. Comme pour Dunkerque, première fois que j'y mets les orteils.

C'est une station balnéaire comme il en existe beaucoup sur la côte flamande, le charme de Malo-les-Bains en moins, le parc d'attractions et la réserve naturelle en plus. Des rangées d'immeubles en bord de mer, des restaurants, des boutiques, des marchands de gaufres, une plage de sable fin à perte de vue... Certains sites Internet annoncent la commune comme surfaite, moi je dis que c'est parfait pour des vacances et pour notre dernier jour de *road trip* !

On avance d'un pas tranquille dans la rue principale, jusqu'à la grande place en face de la mer. Il y a un monde de dingue, des cerfs-volants partout qui s'élèvent au-dessus de la plage, des enfants qui hurlent pour aller sur le carrousel vintage et, à une dizaine de pas de nous, un attroupement qui nous intrigue. Avec Fran, on s'approche. Un gars à l'énorme moustache blanche hurle, successivement en néerlandais, en français et en anglais.

— La moitié de votre poids additionné, vous avez bien entendu ! L'équipe gagnante remportera la moitié de son poids en chouchous au bon sucre de Tirlemont !

Je me tourne vers Fran.

— De quoi il parle ?

— Aucune idée, mais si toi et moi on participe à leur concours, on va leur faire faire faillite.

Cynisme quand tu nous tiens.

— Viens, on va voir, dit Fran en m'entraînant avec elle.

Le monsieur moustachu qui prend les inscriptions se tient derrière un pupitre en carton qui semble tenir debout par l'opération du Saint-Esprit. Autour de lui, plusieurs kakemonos annoncent que le concours de plage est organisé par la ville, en association avec le plus gros confiseur de la région. On comprend vite qu'il s'agit d'un parcours réunissant plusieurs étapes : course de rosalies, enchaînement de pâtés de sable en un temps record, lancer de tongs et série de tirs au panier de basket.

— Viens, on le fait ! s'excite Fran.

Je ne sais pas ce qui me donne le plus envie de rire, moi en train de m'échiner à faire avancer une rosalie sous 30 °C, ou moi qui shoote partout ailleurs que dans le panier.

— Il y a peut-être une limite d'âge, non ?

— On va demander.

Il faut avouer qu'il n'y a pas foule au portillon pour s'inscrire et que les gens qui s'agglutinent sont surtout des curieux. On s'approche du monsieur à moustache.

— Bonjour ! lance joyeusement Fran. Il vous reste des places ?

Il nous regarde en fronçant les sourcils.

— Encore quatre, c'est pour vos enfants ?

— Non, c'est pour nous.

Un blanc.

Le gars se crispe. Je dirais même que je le sens carrément en panique.

Il se tourne vers le jeune homme qui l'assiste et échange avec lui un regard pour le moins agaçant. Genre : les deux grosses veulent vraiment participer ?

— Il y a une limite d'âge peut-être ? continue Fran sans se départir de son sourire.

— Non, mais… c'est-à-dire que…

Sa gêne me monte aux narines, aussi violemment que si je venais d'ingurgiter une bonne cuillère de moutarde extra-forte. Il y a quelques jours encore, j'aurais eu envie de me cacher dans un trou de souris, non, je n'aurais même pas approché ces types, mais là, j'ai carrément envie de lui retourner une baffe pour lui remettre les idées en place. Merde, on va nous foutre la paix avec notre poids un jour ou ça se passe comment ?

Je regarde le type droit dans les yeux en m'adressant à Fran.

— Le monsieur ne sait pas comment te dire que nos deux fessiers ne vont jamais entrer dans la rosalie, même pire, qu'ils pourraient l'abîmer.

Fran leur offre son sourire le plus exagéré.

— Vraiment ? Je suis sûre que non, voyons. Il est juste perturbé de voir arriver deux concurrentes aussi canon.

Les deux gars se regardent encore. Ils ne savent pas trop comment dire non.

— Mademoiselle… commence le plus vieux.

— Combien tu pèses ? l'interrompt Fran en me regardant.

— Quatre-vingt-douze kilos.

Et même pas honte.

— Et moi cent trente-deux, sûrement plus, mais enregistrez-moi pour cent trente kilos, laissez-moi rêver. Donc si mes calculs sont bons, ça fait cent onze kilos de chouchous si nous gagnons. Miam, miam, miam !

Même moi, j'en ai le vertige, mais Fran en rajoute exprès. Quant aux deux organisateurs, ils sont plus blancs que neige. Il faut dire que la majorité des inscrits forment des équipes père/fils, mère/fille qui ne doivent pas excéder les quatre-vingt-quinze kilos dans la barre haute.

— Fran, tu es sûre de ton coup ?

— Plus que jamais ! C'est bon pour vous, monsieur ?

Il crève d'envie de dire non, mais se faire traiter de vieux mâle blanc grossophobe en pleine rue et devant des centaines de touristes, j'imagine que ça le fait moyen. Il hoche la tête, prend nos deux noms et nous donne à chacune un brassard. Nous sommes l'équipe numéro 8.

Pour la suite, c'est très simple. Ou pas. Ça dépend du point de vue.

D'abord, course de rosalies. La première voiturette à arriver devant le panneau rouge « *aankomst* », cinq cents mètres plus loin, gagnera un maximum de points. Ensuite, concours de pâtés de sable. Pendant trois minutes, on doit en faire un maximum. On continue avec un lancer de tongs, assurément le truc le plus débile que j'aurai jamais fait. Du pied, les participants lancent leurs tongs le plus loin possible. Après ça, course à pied dans le sable jusqu'à la dernière épreuve : humiliation garantie ! À mon avis, c'est là que les arbitres vont sacrément égrainer. Et enfin, dernière épreuve pour laquelle je suis absolument sûre de faire perdre notre équipe : tir au panier. Le plus de lancers possible en cinq minutes. À la fin, on fait les comptes. L'équipe qui aura cumulé le plus de points remportera la moitié de son poids en chouchous.

« Fingers in ze nose! »

Le concours est dans quinze minutes, comme les organisateurs ne fournissent pas les tongs, on file en acheter une paire qu'on ne remettra sûrement jamais. On prend les moins chères et les plus moches qu'on trouve, on laisse nos chaussures à l'organisateur, puis on va rejoindre les équipes autour des rosalies.

Je fais le tour vite fait : six équipes familiales, un couple d'amoureux, deux kékés d'une vingtaine d'années avec des abdos en carton, deux copines en minishort et qui font les midinettes devant les kékés, et nous. On est au complet, on écoute une dernière fois le règlement, et c'est parti !

C'est une catastrophe ! Fran et moi arrivons à peine à tenir sur les sièges de la rosalie, j'ai la moitié des fesses dehors et l'engin tangue méchamment. Ces trucs-là, c'est vraiment pas fait pour les rondes, nom d'un chien ! On pédale comme des dératées en se frottant sans arrêt les genoux l'une contre l'autre, alors qu'une rosalie familiale nous double. À bord, un papa format crevette et un gamin de douze ans qui nous tire la langue. Petit con !

— Pédale, pédale ! je hurle à Fran. Je vais me le faire !

— Je fais ce que je peux !

— Allez, allez, allez ! On ne va pas se laisser doubler encore une fois !

Je suis en totale perte de contrôle et montée d'adrénaline, je crois que je me moque bien que Fran soit en train de cracher ses poumons. Pas bien.

— Putain, mais ça n'avance pas ce machin ! braillé-je alors qu'on est à deux doigts de doubler le marmot et la crevette.

Je donne tout ce que j'ai, je souffle, je tire la langue, mes muscles sont en feu, et au final, on arrive avant-dernières, juste après le sale mioche, j'ai les boules.

— Équipe numéro 8, quatre points ! hurle un arbitre.

Gnagnagna.

On se dépêche et on rejoint l'aire de pâtés de sable sur la plage. Ils ont divisé la zone en dix grands carrés. Ça, je peux dire que c'est dans mes cordes, quand j'étais gosse, la killeuse du bac à sable, c'était moi !

— Ça va ? demandé-je quand même à Fran qui transpire tout ce qu'elle peut et peine à retrouver son souffle.

— Tyran ! Oui, ça va, je vais survivre.

— Tout le monde est prêt ? demande un autre arbitre.

Un chœur de oui lui répond.

— Go !

Et là, c'est de la folie douce. Je crois, non, je suis sûre qu'on est les meilleures. Fran met le sable dans le seau, le tasse, je le retourne et hop ! Super pâté que je consolide sur les bords. Et on recommence. À la fin du temps réglementaire, on a fait quinze pâtés, alors que l'équipe des kékés et celle des kékettes n'en ont fait que dix à eux quatre réunis. Dans leurs dents !

— Bravo l'équipe numéro 8 ! Vous cumulez vingt-neuf points.

Ce qui nous met en troisième position malgré l'échec de la rosalie. C'est que ça commence à ressembler à quelque chose. Yeah !

On avance jusqu'à l'espace « lancer de tong », toutes les équipes ont terminé leurs pâtés et attendent en rang d'oignons devant la ligne de jet.

On nous réexplique les règles. Facile.

On se met en position :

— Équipe numéro 1.

La mère jette sa tong et se la prend en pleine tête, déclenchant les rires de tout le monde, et sa fille, une grignette de dix ans, l'envoie à moins d'un mètre. Raté. Mais l'affaire n'est pas si évidente que ça, on voit les équipes se planter les unes après les autres. Même les kékés donnent l'impression d'avoir deux tongs gauches, c'est dire. Quant à nous… RI-SI-BLES.

Fran lance son pied droit, la tong décolle à trois mètres du sol et atterrit juste à côté de son pied. Au deuxième lancer, la tong reste accrochée à son orteil. Alors, je joue mon meilleur va-tout et mise tout ce que j'ai. Je me concentre, regarde ma tong droite, l'endroit où je veux qu'elle atterrisse et hop ! Au moins deux mètres, yes ! J'ai sauvé les meubles. Et tant mieux, parce que la deuxième, je me l'envoie par-dessus la tête. Nul.

Devant les scores affligeants – trois points pour nous –, mais qui ont fait rire la moitié des badauds qui nous regardent, on se prépare pour la suite. Et c'est maintenant que ça se corse… le sprint dans le sable.

Les deux copines en minishort nous regardent en ricanant, certaines qu'on va se planter comme elles ont planté leurs tongs dans le sable. Connasses.

— Juste deux cents mètres, murmuré-je à Fran, ça ne peut pas être pire que le terril, si ?

— Là-bas, j'étais « presque » morte, mais ici… j'espère que tu sais faire du bouche-à-bouche.

— Ça va le faire.

— Je ne parierai pas un billet là-dessus…

L'arbitre siffle le départ.

Au début, je fais la bêtise de courir avec mes tongs, je dois avoir l'air d'un pantin désarticulé. Je les retire et les jette derrière moi pour sprinter aussi vite que je peux. Je sue, je souffre, j'étouffe. On est loin du footing tranquille avec Eliott.

Quand j'arrive au bout, tout le monde est déjà là, sauf Fran. On est les dernières. J'ai mal en voyant ma copine sur le point de déclarer forfait. Elle est toute rouge et semble littéralement se traîner.

— Vas-y, Fran, tu y es presque, ne lâche rien ! Allez ! je crie pour l'encourager.

Il lui reste peu de distance à faire, mais elle semble vraiment en détresse. C'est là que l'incroyable se produit, les gens qui la regardent passer l'encouragent et l'applaudissent. Franchement, c'est beau à voir, mais tout le monde n'a pas le cœur sur la main.

— Quand on est gros, on n'est pas fait pour courir, dit l'une des filles en minishort, alors qu'elles se sont assises par terre pour mieux profiter du spectacle.

— Pauvre fille, j'ai honte pour elle, dit l'autre.

Je me mets sciemment devant elles pour sautiller et encourager encore plus fort Fran, et ce faisant, leur envoie plusieurs giclées de sable en pleine poire. Je les entends beugler derrière moi. Je ne me connaissais pas un côté aussi peste. Bien fait !

Puis Fran arrive, à bout de souffle, à bout de vie, à bout de tout.

— Hé, ça va ?

Elle s'écroule littéralement sur le sable, dos contre terre, et lève un pouce.

— Même pas mal…

Il lui faut une bonne quinzaine de minutes pour reprendre ses esprits, le temps pour tout le monde de boire un peu d'eau et de se préparer pour la dernière épreuve.

— On en est à combien ? demande Fran.

— Trente-deux. On est avant-dernières, on n'a rien gagné sur cette épreuve…

Elle se lève, déterminée, le regard enflammé.

— On va tous les niquer.

Hein, quoi ? C'est Fran qui parle comme ça ? Je crois qu'elle a dû se griller un ou deux neurones sur le sable…

Il y a dix paniers de basket amovibles sur la plage, tous solidement plantés dans le sable. On se prépare, ça va être un bain de sang. Mais alors que, sans surprise, je rate systématiquement toutes mes cibles, que les deux kékés n'en mettent pas un seul et que toutes les autres équipes en bavent autant, Fran aligne les lancers francs. Elle vise, elle tire, elle marque, elle n'en manque pas un, c'est dingue. Dix au total !

Le chrono des sept minutes s'arrête, je compte dans ma tête : je crois qu'on a marqué cinquante points, et cinquante plus trente-deux, ça fait…

Oh, merde, on a gagné.

— On a gagné ! hurlé-je avant que l'arbitre annonce les scores. Fran, on a gagné !

— Et l'équipe gagnante est… l'équipe numéro 8 !

Fran se tourne vers moi pour me faire un clin d'œil et sourit.

— Qu'est-ce que j'avais dit ?

C'est vrai, elle n'en a jamais douté, mais reste une question subsidiaire : qu'est-ce qu'on va bien pouvoir foutre de cent onze kilos de chouchous ?

C'était plus fort qu'elle, Paquita voulait savoir où il vivait et avec qui il vivait. Elle avait attendu qu'Armand sorte du bureau un soir, elle connaissait ses horaires et savait précisément où il travaillait, et elle l'avait suivi en voiture jusqu'au parking du centre-ville, puis à pied, le plus discrètement possible. Elle l'avait vu entrer dans un vieil immeuble et vu passer devant une fenêtre du troisième étage. Elle était restée plantée là un long moment, le cœur battant.

Et puis un autre matin, alors qu'elle savait que sa compagne et lui commençaient à la même heure, elle s'était garée dans leur rue et avait attendu dans la voiture. L'amie d'Armand était sortie du bâtiment avec lui et Paquita en avait eu le souffle coupé tant elle l'avait trouvée magnifique, elle était bien moins grosse qu'elle.

D'abord, sa beauté naturelle l'avait terrassée et elle s'était sentie minable, insignifiante, dégoûtante. Puis elle les avait regardés et s'était dit que le physique de cette femme n'avait pas suffi pour qu'Armand ne reste accroché qu'à son bras. Paquita possédait quelque chose que la compagne d'Armand n'avait pas et que la vie lui avait appris : la capacité à se battre deux fois plus que les autres et à tout donner pour réaliser ses rêves.

De toutes ses forces.

LA LISTE DES CHOSES QUE JE N'OSE PAS FAIRE

~~Porter une jupe, une robe courte ou un short~~ → Je n'arrive pas à croire que je l'ai fait…

~~Oser un haut à bretelles et des manches courtes~~ → Ouais, je le vaux bien !

Mettre des porte-jarretelles
(le ridicule tue, je le sais)

~~Me faire prendre en photo en maillot de bain~~ → Je me déteste sur cette photo, mais ce sera l'un de mes meilleurs souvenirs.

~~Aller à la piscine sans paréo~~ → Je m'en fous, ça compte quand même, je suis rentrée dans l'eau sans !

Faire l'amour en plein jour

Prendre un bain ou une douche avec Eliott

~~Essayer des vêtements devant une copine~~ → J'avoue, c'était plus facile que je le croyais.

Parler à ma mère

~~Manger un truc gras ou trop sucré en public~~ → Ma vésicule biliaire s'en souvient encore.

~~Me mettre en maillot de bain deux pièces~~ → Et m'affaler devant tout le monde à cause d'un transat grossophobe. Check !

~~Danser en soirée~~ → C'est comme la pole dance, ça, non ? Check !

~~Aller dans une salle de sport~~ → J'ai fait de la pole dance ! J'ai fait de la pole dance !!!

~~Chanter devant des gens~~ → J'ai adoré… J'avais de nouveau 20 ans…

Faire un bébé…

~~Dormir dans une tente et affronter un sanglier~~ → C'était pas sur ma liste, mais je le mets quand même !

~~Faire un concours sur la plage et remporter 111 kg de chouchous !~~ → 111 kg !!! Je peux mourir en paix !

CHAPITRE 17

On est revenues à Amiens avec des souvenirs plein la tête, des rires encore au bord des lèvres et… cent onze kilos de chouchous. Quand il est rentré à la maison, Eliott a halluciné en voyant les onze sacs de cinq kilos qui me revenaient. Impossible de leur trouver une petite place quelque part, j'ai dû en distribuer à tout le monde autour de moi pour m'en débarrasser, les collègues de travail et nos voisins étaient ravis.

Il m'a bien fallu trois jours pour redescendre sur Terre et profiter de mon homme à qui j'avais quand même un peu manqué. On a bougé tout le week-end, resto, ciné, un verre avec Mehdi et Tom, les deux meilleurs potes d'Eliott, un saut chez ses parents, puis lundi, c'est la reprise. Je retourne au bureau, ensevelie sous une multitude de mails et trucs en retard à faire. Mes collègues me sollicitent toutes les cinq minutes, à croire qu'ils veulent me faire payer cette petite semaine de vacances surprises… Tout paraît si urgent que je me demande comment Causeries pourrait se passer d'une perle comme moi.

Et en parlant de perle, je crois que je mérite une couronne de laurier, non, une rivière de diamants, car parmi les dossiers en souffrance, il y a l'irascible et insupportable Sergio Piazzi de chez Giulia Venetta. Je lui envoie le dernier shooting, il n'aime pas, sa réaction est immédiate.

— Qu'est-ce que c'est que ça ? me demande-t-il au téléphone en hurlant presque. Où est-ce que vous m'avez dégotté ces trois boniches ? On dirait des caissières de chez Lidl !

Je manque m'étrangler.

— Les caissières de chez Lidl sont des femmes très bien, et je ne les ai pas dégottées, monsieur Piazzi, vous m'avez vous-même envoyé un book en me demandant de choisir pour vous. Ceci sous-entendait donc que vous l'aviez vous-même consulté et que vous étiez d'accord avec les modèles proposés par l'agence.

— Parce que vous croyez que j'ai que ça à foutre ? Je vous donne la liste qu'on me propose, à vous de faire le boulot.

Inspire, expire… On se calme, je me calme.

— Non, monsieur Piazzi, en réalité c'est *votre* travail, parce que l'agence de mannequins est *votre* client, pas le nôtre. Nous avons la gentillesse de vous rendre service en vous allégeant la tâche, mais nous n'avons pas vocation à faire des sélections en réalité. Je l'ai fait par…

Je cherche mes mots, je cherche mes mots !

— Amitié.

Ça m'écorche la gorge à un point… je n'ai plus qu'à me laver la bouche avec du savon.

— Eh bien, vous avez des goûts de chiottes, mademoiselle Cendret, ces filles sont à chier.

Outrée, j'appuie sur le bouton silencieux de mon téléphone et me tourne vers Bernie, mon collègue graphiste.

— Va me chercher un oreiller pour hurler dedans, sinon dans cinq minutes, la police va arriver en croyant que j'ai égorgé quelqu'un. Et Dieu sait que si je l'avais sous la main, je le ferais sans hésiter, ce type est tout simplement ignoble.

— Je vous ai entendue, mademoiselle Cendret ! dit Piazzi à travers le haut-parleur.

Je deviens toute blanche, je me suis trompée de bouton !

— Vous pouvez penser ce que vous voulez de moi, je m'en moque, continue-t-il. Sachez toutefois que ce n'est pas avec des salamalecs et des courbettes mielleuses qu'on gravit les échelons. Vous devriez en prendre de la graine et espérer devenir autre chose qu'une simple secrétaire.

Là, c'est ma collègue Janine qui s'offusque dans un petit hoquet de surprise, c'est exactement le poste qu'elle occupe ici.

— Je ne suis pas secré…

— Je me fous complètement de ce que vous êtes ! Vous avez une semaine pour me présenter un nouveau shooting digne de ce nom, et avec des mannequins qui ne font pas la promotion de crèmes pour les moches, j'espère que c'est bien clair. Une semaine, sinon, je romps mon contrat avec Causeries pour incompétence, je vous fais payer des pénalités indécentes et vous promets une réputation que vous ne serez pas près de renverser !

Et il raccroche.

Bernie, Janine et moi, on se regarde. Seule la nouvelle stagiaire de la compta tourne la tête ailleurs. Ana vient d'entrer dans l'open space, et vu la tête qu'elle fait, je vais me prendre une soufflante.

— Marnie, venez dans mon bureau, s'il vous plaît.

Qu'est-ce que je disais ?

— Asseyez-vous, dit-elle en s'installant en face de moi.

— Ana…

Elle lève la main pour m'interrompre.

— Marnie, je sais combien Sergio Piazzi est un client difficile. Il est tout ce que vous pensez de lui, et certainement bien pire que ça en réalité, mais c'est un client qui nous rapporte environ cent mille euros par an depuis cinq ans.

— Je sais, je…

— Vous me direz à juste titre qu'il n'est pas le seul de nos clients et pas celui qui paie le plus, toutefois, il convient de rester professionnels jusqu'au bout des ongles et… des oreilles. Ne vous laissez pas piéger pour si peu. Fermez-les, ne choisissez d'écouter que ce qui vous intéresse. Il a des exigences qui nous ulcèrent ? Oui, mais c'est son choix de client et nous n'avons pas à discuter de ses certitudes ni de l'image qu'il veut donner de sa société. Nous avons pris un engagement contractuel pour les trois prochaines campagnes, et je tiens à ce que nous allions jusqu'au bout. Au moins pour ne pas avoir à payer les « pénalités indécentes » dont il a fait écho, le paraphrase-t-elle en se moquant un peu.

Je hoche la tête. Dans les faits, elle a raison, mais dans mon monde, les gens comme lui ne méritent pas de travailler avec des gens comme moi. Et quelque part, j'avoue que je suis déçue qu'Ana montre davantage son engagement à l'égard de Giulia Venetta qu'à ses convictions. Mais bref, c'est elle le patron.

— C'est entendu, je ferai quelques efforts supplémentaires, dis-je en me levant.

— Je n'en attendais pas moins de vous, Marnie. Et vous êtes une excellente professionnelle, quoi qu'il en dise, et vos goûts ne sont pas à remettre en cause.

— Merci, Ana.

Je m'apprête à passer la porte de son bureau quand elle m'arrête.

— Je vous trouve quelque chose de différent, dit-elle. L'air de la mer semble vous avoir fait beaucoup de bien. Oh, mais… vous avez mis un tee-shirt à manches courtes ?

Je regarde mes bras. Oui, car même s'il pleut des cordes depuis que je suis rentrée du *road trip*, j'en avais envie.

— Vous êtes perspicace, Ana.

Je me moque, et c'est de bonne guerre.

— Ça vous va très bien.

Au bureau, les compliments ce n'est pas souvent, et j'avoue que même si je viens de me faire remonter les bretelles, j'apprécie. Il faut dire qu'il est chouette ce tee-shirt, l'imprimé représente une Shiva toute colorée. Ce que je suis un peu, aujourd'hui, avec tout ce que j'ai à faire.

— Eh bien, merci !

Je retourne dans mon coin près de la fenêtre et soupire en ouvrant le book pour Giulia Venetta.

Et si je lui trouvais une hôtesse de caisse de chez Carrefour ?

***

Jeudi soir, je retourne chez ma psy. J'ose à peine le dire, mais elle m'a presque manqué. Pour preuve, j'arrive au cabinet trempée comme une soupe – j'ai oublié mon parapluie –, mais totalement à l'heure, ce qui est un exploit.

Elle me reçoit avec son sourire habituel, sa tenue décontractée chic et son regard bienveillant.

— Bonjour, Marnie, installez-vous.

Elle disparaît derrière une porte et revient avec une serviette-éponge.

— Pour vos cheveux.

— Oh, merci !

Au contact de la pluie, ma tignasse frise et devient incontrôlable en séchant. Je l'essore autant que je peux et vais m'installer dans le confortable fauteuil en rotin.

— Je suis ravie de vous revoir, Marnie, avez-vous passé de bonnes vacances ?

— Excellentes et inattendues. C'est presque passé trop vite.

— Ah ! Vous qui ne saviez pas trop à quoi vous attendre, votre enthousiasme fait plaisir à voir. Qu'avez-vous fait de si spécial ?

— Hum… J'ai dormi dans une tente au beau milieu d'un champ et croisé le regard d'un sanglier fouineur, j'ai fait de la rosalie, couru dans le sable, fait une bataille de boue sur un terril, participé à un lancer de tongs, gagné cent onze kilos de chouchous…

Plus j'énumère, plus je raconte et plus ses yeux s'ouvrent grands.

— Et cerise sur le gâteau, j'ai expérimenté la pole dance !

— Vraiment ? Racontez-moi ça.

— C'était une expérience aussi surprenante qu'enrichissante. On a un peu l'impression que notre corps défie l'attraction terrestre, c'est très plaisant. Mon amie Fran était prête à tout, c'était bien sûr son idée.

Elle sourit.

— Vous en parlez désormais comme d'une amie ?

— C'est ce qu'elle est devenue en très peu de temps, oui. C'est une personne formidable, motivante et valorisante. Je vous ai dit que je l'avais rencontrée dans l'association que vous m'avez conseillée ?

— Oui, vous l'avez évoqué. Vous avez l'air de beaucoup l'apprécier.

— Je l'admire. Elle ne s'interdit rien, semble n'avoir aucune limite si ce n'est celle de savoir dire non quand elle n'a pas envie de faire quelque chose. C'est une femme courageuse, j'aimerais avoir son cran.

— Vous l'êtes aussi, Marnie, à votre façon. Avez-vous pu faire la liste que je vous ai suggéré de faire ?

— Tout à fait, et durant ce séjour, j'ai coché un certain nombre de cases que je ne pensais pas pouvoir cocher un jour.

— Ça vous a rendue fière ?

— Très. Je crois que j'étais sous bonne influence.

Hélène ne note jamais rien sur un carnet, mais je sais quand son cerveau est en train d'enregistrer une information importante, elle hoche toujours la tête.

— Est-ce que vous diriez que ça a changé votre vision des choses ? Que ça vous a fait évoluer ?

— Ma vision des choses a évolué, oui, et ça m'a bien sûr donné des perspectives, mais… j'ai encore mes démons et je ne suis pas certaine que le changement soit pour maintenant. J'ai encore beaucoup de craintes et d'a priori.

— Vous pensez être toujours sous l'emprise du regard des autres ?

Je soupire.

— Pouvons-nous nous débarrasser aussi vite de ce qui nous enchaîne depuis des années ?

— Nous le pouvons si nous allons chercher le problème à la source et que nous lui faisons face.

Bizarrement, je sens ma respiration accélérer et je pense à ma mère. Je n'aime pas quand Hélène m'emmène sur ce sujet parce que, après, j'y réfléchis pendant des heures. Je me décide pour une pirouette habile.

— Certes… à commencer par évacuer tout le stress qui m'entoure.

— Vous êtes stressée ?

— Par le travail oui, j'ai l'impression d'avoir cumulé des millions d'années de retard.

— C'est ce qu'on vous fait ressentir ?

Ouf… elle me suit dans ma tentative d'évitement.

— Un peu. Mais d'un autre côté, ça fait du bien de se sentir indispensable.

— Vous pensiez que vous ne l'étiez pas ?

— Non, mais parfois on s'en rend davantage compte.

Elle hoche encore la tête.

— Pourrions-nous revenir à votre voyage avec votre amie ? Si vous ne deviez retenir qu'une seule chose, ce serait quoi ?

Je réfléchis. Sa question n'est pas évidente, j'ai envie de me souvenir de tout, des folies de Fran, de ses larmes, de la façon dont elle m'a dévoilé sa vulnérabilité, de nos rires, notre courage, notre complicité, de notre solidarité et de la manière dont on s'est encouragées à chaque instant. Sans elle, il est évident que je ne serais jamais allée aussi loin.

Je hausse les épaules et lui offre un grand sourire.

— Et… *viva la vida !*

— C'est ce que ce voyage vous inspire ?

— Oui ! C'était une ode à la vie.

Et je lui offre quelques anecdotes qui montrent combien c'était vrai. C'est même un peu curieux, je n'ai pas l'impression d'être avec ma psy, mais d'être en train de prendre le thé avec une copine. Hélène boit mes paroles et ne pose plus aucune question. Puis, quand je lui ai tout raconté, elle décroise les jambes et pose les mains sur ses genoux, signe que notre séance est terminée. Un peu plus tôt que prévu, mais je sens moi aussi que cette fois, le timing est parfait.

— On se revoit dans quinze jours ?

— Sans faute.

— Et pensez à prendre un parapluie, la météo annonce une fin d'été exécrable.

Elle me raccompagne vers la porte d'entrée pour fermer à clé. J'étais sa dernière cliente.

— Marnie ?

Je me retourne avant de sortir.

— Vous avez peut-être l'impression que ce voyage n'a pas encore eu beaucoup d'impact, vous avez peut-être raison et il vous faudra du temps et d'autres expériences de ce type, mais sachez que c'est la première fois que vous ne parlez pas de votre poids. Et votre sac est resté par terre. Bonne soirée, Marnie et à bientôt.

La nuit était tombée depuis une bonne heure, Paquita et Armand étaient enlacés.

— Je suis bien avec toi…

— Moi aussi, mais il va falloir que j'y aille.

Paquita grogna et essaya de le retenir, alors qu'Armand se levait déjà pour quitter le lit.

— Pas encore…

— Il est bientôt 18 heures, et je suis avec toi depuis midi. Ça fait un bon moment, non ?

Elle soupira. Elle n'aimait pas quand il prenait ce ton sévère et sans appel. Elle n'arrivait jamais à le convaincre de rester un peu plus.

— Oui…

Elle avait pris sa plus petite voix.

— Tu sais que j'ai des obligations et que je dois rentrer chez moi si je ne veux pas que ça paraisse louche.

— Oui, je sais… C'est juste que ça va faire presque deux ans et on n'est jamais sortis de chez moi. J'aimerais que nous puissions aller déjeuner, voir un film, nous promener un peu à la campagne, nous voir ailleurs qu'ici.

— Ça ne va pas recommencer… On ne peut pas. Tu sais ce qui passerait si quelqu'un que je connais nous voyait ensemble ? On se poserait des questions et ça viendrait aux oreilles de ma

femme. Notre relation doit rester secrète, parce que le jour où elle ne l'est plus, toi et moi ce sera terminé.

Paquita en eut un haut-le-cœur violent, comme chaque fois qu'il appelait sa compagne « ma femme » alors qu'ils n'étaient pas mariés.

— Rester chez toi, c'est nous préserver, ajouta-t-il en enfilant son pantalon. On regarde des films, on se commande des repas chez le meilleur traiteur, c'est encore mieux que sortir. Et puis de toute façon, si on faisait ce que tu dis, tu ne serais pas contente parce qu'on ne pourrait pas faire l'amour. Quoi qu'il arrive, je suis piégé et suis voué aux reproches.

— Mais non ! Je ne te fais aucun reproche, j'exprime juste ce qui me ferait envie.

— C'est ton droit, et c'est légitime, mais on ne peut pas. Pas la peine d'insister.

Paquita déglutit.

— Pourquoi tu dis que notre relation serait terminée si ta compagne apprenait pour nous ?

— Mais tu le fais exprès ? s'emporta-t-il.

— T'énerve pas, je cherche juste à comprendre…

— Ce n'est pourtant pas difficile, je ne veux pas la blesser. Si elle apprenait pour nous, elle ne s'en remettrait pas, et s'il lui arrivait quelque chose, je ne pourrais plus envisager qu'on soit ensemble, je nous détesterais trop.

— Mais… tu m'aimes.

— C'est justement parce que je t'aime que je veux nous préserver. Je n'ai pas envie que ça se termine.

Paquita refoula ses larmes.

— Tu n'as jamais envisagé de faire ta vie avec moi…

Elle avait dit ça pour elle-même, parce qu'elle connaissait déjà la réponse.

— Et c'est reparti ! Je m'en vais, je n'ai pas envie de me disputer avec toi.

Les sanglots n'étaient pas loin, Paquita les retint autant qu'elle put. Armand avait fini de mettre ses chaussures. Il attrapa son manteau trois-quarts et sortit de la chambre. Elle ne voulait pas qu'il s'en aille comme ça.

— Attends !

Elle s'éjecta du lit et s'entortilla dans la couette pour courir vers lui.

Elle enroula ses bras autour de sa taille et posa la tête sur sa poitrine.

— Je suis désolée…

Son regard était froid. Implacable.

— Si tu ne revenais pas sans arrêt à la charge, tu n'aurais pas besoin de t'excuser.

— Je sais… Je peux t'embrasser ?

Il hocha la tête et se pencha pour déposer sur ses lèvres un baiser. Dur, sec, sans âme.

— À mardi prochain.

— Oui… Rentre bien.

Il sortit de l'appartement sans un regard et referma la porte derrière lui.

Paquita se laissa tomber sur le sol et pleura.

Elle savait qu'elle devait mettre un terme à cette relation, mais elle en était incapable.

CHAPITRE 18

SAMEDI SOIR, je reçois un coup de fil de Fran. Elle s'excuse de ne pas m'avoir donné de nouvelles plus tôt, elle avait beaucoup de travail en retard. Comment lui en vouloir ? Je ne l'ai pas appelée non plus et pour les mêmes raisons. Piazzi est en train de me rendre littéralement folle avec son ultimatum à la con. J'ai l'intime conviction que, quoi qu'il arrive, il discutera tous mes choix uniquement pour me faire chier. Notre relation professionnelle semble impossible à récupérer, je me tue à dire à Ana qu'elle ferait bien de prendre la main, elle ne veut rien savoir et pense que je peux largement venir à bout de la situation. Elle a plus la foi que moi.

Bref, Fran m'explique qu'elle a un déplacement imprévu, qu'elle doit partir lundi et qu'elle n'a trouvé personne pour nourrir son chat.

— Pas de problème pour moi, je peux passer chez toi en ton absence. Tu pars combien de jours ?

— Quatre, tout au plus. Indigo se gère tout seul, mais il faut quand même lui rendre une petite visite par jour pour nettoyer sa litière et lui faire un ou deux gros câlins. C'est un amour, tu verras.

— Indigo ? Comme c'est joli !

— C'est à cause de ses yeux. C'est un siamois croisé porte et fenêtre, mais c'est le plus beau chat du monde. On se voit demain matin chez moi ? Je te donnerai un double de mes clés et te présenterai à mon fauve.

— Oui bien sûr, avec plaisir.

On ne s'attarde pas, on était sur le point de se faire un plateau télé avec Eliott.

— Tu vas jouer les nourrices ? demande-t-il en me passant un bras autour des épaules.

— Miaou !

— C'est un mâle ou une femelle ?

— Indigo est un monsieur.

— Il va en avoir de la chance, d'être dorloté par quelqu'un comme toi… Si je me transforme en chat tu t'occupes de moi aussi ? demande-t-il avec un regard mutin.

Je lève les yeux au ciel.

— Tu ne penses qu'à ça, ma parole !

— T'as pas idée, trésor…

Il se penche sur moi et… adieu, veau, vache, cochon, couvée et… plateau télé.

***

Dimanche matin, c'est ma mère qui me téléphone. Elle non plus je ne l'ai pas appelée depuis que je suis revenue du *road trip*. Je n'étais pas trop pressée, il faut dire, elle allait vouloir que je lui raconte tout et j'étais sûre que ses questions m'agaceraient, et ça ne loupe pas.

— Mais alors dis-moi, tu l'as rencontrée où, cette Fran ? Je n'ai pas bien compris.

— Je te l'ai dit, dans un groupe de discussion.

— Oui, d'accord, mais de discussion de quoi ?

Je suis vraiment tentée de lui mentir pour avoir la paix, mais ce n'est pas du tout mon genre.

Je soupire et prends mon courage à deux mains.

— C'était lors d'une conférence donnée dans une association, sur l'acceptation de soi. Que des femmes qui souffrent d'obésité.

— Mais enfin, ce n'est pas ton cas !

— Si, maman... Je pèse quatre-vingt-douze kilos pour un mètre soixante.

Je l'entends claquer la langue.

— Oui, mais toi tu les portes bien, ça ne se voit pas, tu es très bien proportionnée. Il ne faut pas croire tout ce que disent les médecins, tu sais. On nous bassine avec les IMC, mais toi, par exemple, tu as une toute petite ossature, alors la balance dit une chose, mais ton apparence une autre.

Et c'est reparti...

— Et puis tu sais, continue-t-elle, chaque fois que je montre une de tes photos à mes amis, ils te trouvent magnifique.

Comme s'ils allaient dire le contraire... Ma mère veut être encourageante, j'ai compris, mais ça me fatigue, non, ça m'énerve, parce qu'elle nie la réalité après m'avoir tant écrasée à ce sujet. Au moins, quand j'étais ado et qu'elle voulait me faire maigrir, ses standards étaient très clairs et je savais exactement ce qu'elle pensait. Là, j'ai l'impression qu'elle en fait des caisses et s'efforce d'oublier que j'ai vraiment un problème de poids. Mais elle veut oublier quoi ? Qu'elle a raté quelque chose avec moi ?

Je sens que je m'irrite un peu trop, j'essaie de me calmer.

— Et papa, comment ça va ?

— Oh, toujours pareil. Il ne fait plus grand-chose depuis qu'il est à la retraite. Il lit son journal, il fait un peu le jardin. J'aimerais bien qu'on parte quelques jours en vacances mais, pour le décrotter, c'est mission impossible. Quand est-ce que vous venez nous voir, avec Eliott ?

— Deuxième semaine de septembre, sur la route des vacances, avant de nous rendre dans le Sud-Ouest.

— Oh, vous n'allez pas faire que passer, quand même ? Vous resterez un peu ?

Je souris alors que c'est triste. Ma mère a envie de nous voir, c'est certain, mais elle saute aussi sur la moindre occasion pour rompre avec la monotonie de leur vie de retraités.

— Oui, trois ou quatre jours, par contre, pour le retour on fera le voyage d'une traite.

— Oui, oui, bien sûr. Je suis contente que vous veniez, je cuisinerai le plat préféré d'Eliott.

Parce que Eliott est son dieu, mes parents l'adorent.

— Merci, maman. Je dois te laisser, il faut que j'aille récupérer les clés d'une amie, je vais m'occuper de son chat quelques jours. Tu feras un gros bisou à papa pour moi ?

— Je n'y manquerai pas.

— Bisous, maman.

— Bisous, ma fille, bisous.

Je raccroche encore plus mal à l'aise que lorsque j'ai décroché, parce que les mots d'Hélène Rubins me reviennent en tête quand je lui ai dit qu'on ne pouvait pas se débarrasser aussi vite de ce qui nous a emprisonnés toute une vie. Elle a dit : « Nous le pouvons si nous allons chercher le problème à la source et que nous lui faisons face. »

Je sais quel est mon problème, mais j'ai l'impression que jamais je ne serai capable de l'affronter. Et si j'étais prête à le faire, je ne saurais même pas comment. Cette situation est injuste pour ma mère, parce qu'elle n'en a pas conscience et qu'elle fait des efforts pour que je me sente bien, et moi, je suis incapable de les accepter à leur juste valeur parce que je n'ai pas réglé certaines choses de mon passé.

Ça me rend émotive, alors je me réjouis qu'Eliott soit allé faire quelques courses, ça lui évitera de s'inquiéter en voyant que j'ai les yeux humides.

Je respire un grand coup et me décide à aller prendre une douche. Ensuite, je filerai chez Fran, ça me fera du bien.

Je n'ai pas été prévoyante et je me suis encore pris la pluie sur le trajet. On est à peine à un quart d'heure l'une de l'autre, mais ça a été suffisant pour que je sois trempée. Mes cheveux vont encore friser, tant pis.

— Oh, un petit mouton ! s'amuse-t-elle en me faisant entrer. Entre dans le salon, je vais aller te chercher une serviette.

J'obtempère et découvre son appartement en pénétrant dans l'immense pièce qui lui sert de salon. C'est un vieil immeuble datant peut-être du XVIIIe siècle, mais ici, tout a été refait du sol au plafond, et ça ne lui ressemble pas du tout à Fran. C'est moderne, homogène, aseptisé, froid. On se croirait presque dans un showroom tant c'est pensé et… sans vie. Pas une photo, pas une plante, pas un plaid, un livre ou un verre qui traîne quelque part, tout semble avoir été choisi et disposé au millimètre près pour être coordonné sans le moindre défaut ni couleur. C'est gris, blanc, beige, ultra propre et brillant, à tel point qu'on pourrait manger et dormir par terre sans aucun problème. J'avoue en ressentir une drôle d'impression. C'est comme si cette maîtrise absolue de l'intérieur de Fran venait se heurter à son impossibilité de contrôler son propre corps. Et pour une raison que j'ignore, je suis certaine de ne pas me tromper.

— Tiens, dit-elle en me remettant une serviette-éponge avant de se baisser avec une serpillière pour essuyer les gouttes tombées de mes cheveux. Tu veux boire quelque chose ?

— Oui, je veux bien. Un thé vert ?

— Je t'apporte ça, installe-toi.

J'ose à peine m'asseoir sur le canapé en cuir retourné. Même la peau a été soigneusement lissée dans le même sens. Bon sang, elle ne m'était pas apparue aussi maniaque pendant notre *road trip*. Je ne me colle pas au dossier, serre les jambes et pose les mains sur mes genoux. Je l'attends.

— Oh, ben ! s'amuse-t-elle en revenant. Tu en as une posture de première de la classe. Qu'est-ce que tu as, tu es constipée ?

Mais !

— Non, c'est juste que… tout est tellement propre et rangé chez toi. J'ose pas bouger une oreille.

— Oh, tu sais, quand on vit seule, on ne dérange pas beaucoup les choses, et j'avoue aimer l'ordre.

— Quand c'est épuré aussi.

— Tout à fait ! Daniel Pennac a écrit que l'architecture est un art de suggestion. Quand je suis chez moi, j'aime revenir au minimum pour en suggérer l'essentiel et éliminer le superflu.

Je n'ai rien compris à part que c'est un truc d'artiste.

— Tu me présentes Indigo ?

— Je vais le chercher, il est dans ma chambre.

Quand elle revient, elle tient un énorme matou au poil blanc-gris et dont chaque extrémité tire presque vers le noir. Il semble même porter un masque. Ses yeux bleus n'en sont que plus saisissants.

— Je te présente Indigo, le chat le plus fainéant que la Terre ait créé. Tu vas voir, il adore les câlins.

Elle me le colle sur les genoux, et aussitôt, monsieur se couche et attend que je le papouille. En le caressant, je me souviens combien j'aime les chats et combien il est dommage qu'Eliott y soit terriblement allergique.

— Tu as bonne mine, dis-je à Fran.

— Ça va plutôt bien.

— Tu pars où, exactement ?

— En Bretagne. Je vais en profiter pour faire le plein de soleil, ironise-t-elle.

— Tu sais, j'ai l'impression que le temps est dégueulasse dans toute la moitié nord...

Et je gratouille toujours le chat.

— Toi, par contre, tu n'as pas l'air d'être dans ton meilleur jour, je me trompe ? me demande-t-elle.

Pendant une semaine, s'il y a bien un truc que j'ai appris sur Fran, c'est qu'on ne peut pas la lui faire à l'envers. Elle est d'une clairvoyance à toute épreuve.

— J'ai un problème avec ma mère.

— On y vient...

— Comment ça ?

Elle soupire et sourit.

— C'est ce qui te ronge, bien plus que d'hésiter à avoir un enfant. Que tu auras, du reste, j'en suis certaine. Mais pour une raison que j'ignore, ta mère semble être à la convergence de bien des angoisses chez toi.

C'est direct. Une larme dans les poils du chat. J'essuie vite la deuxième avant qu'elle ne quitte mes cils.

— Parce que c'est ma mère et que je l'aime en dépit de tout ce que je lui reproche. Parce que je m'en veux d'être constamment agacée contre elle et de lui en vouloir autant pour quelque chose dont elle ne se rendait pas compte.

Elle me regarde avec une tendresse infinie.

— Si c'est si difficile pour toi, essaie de prendre le taureau par les cornes.

— Je ne me sens pas capable de lui parler.

— Je ne crois pas que ce soit la priorité. La priorité est de savoir comment abandonner ces grosses valises que tu traînes avec toi depuis des années. Ensuite, tu pourras prendre des décisions, calmement, et sans te ronger les sangs à l'idée de blesser ta mère. Tu sais, à l'asso, il existe des groupes de discussion qui se réunissent chaque semaine. Lundi soir, parmi les thèmes proposés, il y a « Et nos parents dans tout ça ? ». Pourquoi tu n'irais pas ?

— Je ne sais pas… Et puis il y a ton chat à nourrir.

— Pas besoin, je ne pars qu'en fin de matinée, tu pourras y aller mardi matin. Et concernant les groupes, tu n'es pas obligée de parler, tu peux juste écouter, et ça te permettrait peut-être de déculpabiliser un peu ou de mieux comprendre, à travers les autres, les mécanismes qui se sont créés entre vous.

Je prends une profonde inspiration.

— Je préférais une discussion sur « comment démultiplier ses orgasmes ».

Fran éclate de rire.

— Ça, c'est une idée à creuser !

Elle s'assoit à côté de moi et me passe la main autour des épaules.

— Ça va aller. Et dis-toi que si ça te travaille, c'est parce que tu es sur le point d'en faire quelque chose.

Et comme pour lui donner raison, Indigo pousse un miaulement strident.

— Ça, ça veut dire qu'il a faim ! Allez viens, je vais te montrer où se trouve sa nourriture.

CHAPITRE 19

J'ai cogité longtemps avant de me décider à y aller. Fran m'a même laissé un message pendant qu'elle était sur la route ce matin pour me rappeler que le groupe de discussion avait lieu ce soir. Toute la journée au bureau, l'idée de m'y rendre ressemblait à une mouche qui nous vole devant le nez, qu'on essaie de chasser et qui revient sans arrêt à la charge. En plus, Eliott est parti en déplacement ce matin voir son client avant l'audit, je suis seule pendant deux ou trois jours. Je fais signe à ma cheffe que je m'en vais et me rends à pied dans les locaux de Rondes et solidaires. Au moins, il ne pleut pas.

Je me présente à l'accueil, la dame m'indique où ça se passe, et je frappe à la porte.

— Bonsoir ! me salue une femme d'une bonne cinquantaine d'années. Vous êtes là pour le groupe de discussion ?

— Oui, bonsoir, c'est Fran Buissonnier qui m'a conseillé de venir, je ne me suis pas inscrite, par contre.

— Elle a bien fait, et ne vous inquiétez pas, il y a suffisamment de place. Tout le monde n'est pas encore arrivé, mais entrez dans la salle et installez-vous, c'est juste là. Il y a du café, du thé des biscuits, servez-vous.

Du doigt, elle me montre une porte grande ouverte. J'entre.

Il y a deux personnes qui sont en train de discuter devant la machine à café.

— Bonsoir…

Elles se retournent de concert et sourient en me voyant.

— Oh, je me souviens de toi, dit l'une d'elles, tu es venue il y a quelques semaines.

— Ah oui, dit l'autre, je me rappelle. Tu étais tout au fond de la salle.

— Je me suis fait remarquer à ce point ?

— Pas du tout ! s'amuse la deuxième, mais il y avait une femme devant toi qui n'arrêtait pas de parler, tout le monde se retournait.

Je souris.

— C'est vrai, je m'appelle Marnie, enchantée.

— Et moi Fanny.

— Et moi Rose !

Fanny doit avoir mon âge, doit bien mesurer un mètre quatre-vingts, et, à en croire la peau de ses bras anormalement distendue, elle est en phase d'amaigrissement. Rose est plus âgée, les cheveux grisonnants et des difficultés à marcher, elle s'aide d'une canne.

— Est-ce qu'on est nombreuses pendant ces groupes de discussion ?

Fanny attrape une madeleine sur la table et la trempe dans son café.

— Ça dépend des thèmes, mais je crois que ce soir, on sera en petit comité, vacances d'été obligent.

— Ça se passe comment, chacune prend la parole ?

— En général, une modératrice lance le sujet. Les participantes témoignent si elles le veulent. L'idée est d'échanger, de se sentir moins seules ou de mieux comprendre certains mécanismes auxquels nous sommes confrontées. Mais si tu n'as pas envie de parler, tu n'es pas obligée.

Je hoche la tête en souriant, Fran me l'avait dit.

— Tu verras, Hélène est super sympa.

Je n'ai pas le temps de lui demander qui est Hélène, ma psy entre dans la salle avec deux autres personnes. Pourquoi ne suis-je pas plus étonnée que ça ? En me conseillant de venir chez Rondes et solidaires, elle ne m'avait pas officiellement dit qu'elle faisait partie du staff, mais ça me semble très logique.

— Ah, bien, nous serons quand même six, c'est chouette ! s'enthousiasme-t-elle.

Puis elle me remarque enfin, bloque et me sourit.

En bonne professionnelle, elle évite de faire remarquer qu'on se connaît déjà, tout le monde en aurait certainement déduit qu'elle est ma thérapeute.

— Bonjour, je suis Hélène.

— Bonjour, moi c'est Marnie.

— Eh bien, installez-vous, je crois que plus personne ne nous rejoindra, nous allons pouvoir commencer. On fait un petit tour pour se présenter, même si certaines d'entre nous se connaissent déjà ? ajoute-t-elle avec un regard de connivence à mon attention.

— Fanny, trente-cinq ans, cent douze kilos et je viens d'en perdre trente.

Ah, merde, c'est comme ça qu'on se présente ?

— Rose, soixante-deux ans, cent dix kilos et des genoux en vrac.

— Émeline, vingt-deux ans, quatre-vingt-seize kilos, étudiante en droit.

— Diane, vingt-sept ans, cent quatorze kilos, mère au foyer.

Il ne reste que moi.

— Marnie, trente-cinq ans, quatre-vingt-douze kilos de chouchous, je travaille dans le marketing.

Hélène est la seule à comprendre, elle sourit. Les autres ne comprennent bien sûr pas l'allusion et se contentent de hocher poliment la tête.

— La semaine dernière, commence-t-elle, vous avez toutes désiré parler de nos rapports avec nos parents et des éventuelles conséquences sur notre poids.

Je tique. « Nos parents ? » « Notre poids ? » De quoi elle parle ? Elle doit peser cinquante-cinq kilos toute mouillée. Je ne vois donc pas très bien où se situe ce « nous ». Attendons de voir.

— Quelqu'un veut commencer ?

Fanny lève la main.

— D'aussi loin que je me souvienne, ma mère a toujours été angoissée par mon poids. Elle contrôlait tout ce que je mangeais, et quand je n'étais encore qu'une toute petite fille, elle pesait tout, veillait à ce que mes assiettes soient idéalement composées. Je n'avais jamais le droit de manger un biscuit industriel. Elle les faisait elle-même, s'assurant du taux de glucides, de sel… Alors, en primaire, j'ai demandé à manger à la cantine, parce que, parfois, il y avait des aliments interdits, des desserts auxquels je n'avais pas droit, du pain presque à volonté. Il n'y en avait jamais à la maison. J'ai développé une véritable fixation sur tout ce que ma mère m'interdisait de manger, et j'ai commencé à grossir en arrivant au collège. Je me goinfrais de pains au chocolat qui étaient vendus pendant la récré et, chaque fois que j'avais de l'argent de poche, c'était pour acheter des sucreries, des sodas. Au lycée, les troubles alimentaires étaient définitivement installés, je mangeais sans pouvoir m'arrêter, je mangeais pour combler et oublier que ma mère considérait mon corps comme un échec, elle me faisait des réflexions tous les jours. J'ai pris vingt-cinq kilos en deux ans, et à dix-neuf ans, j'en pesais quatre-vingt-quinze.

Je ne sais pas à quoi je m'attendais exactement, mais j'ai l'impression qu'une chape de plomb vient de s'abattre sur la pièce. Je cherche le regard d'Hélène, elle est concentrée sur Émeline qui s'apprête à prendre la parole.

— J'ai presque vécu la même chose que toi, mais ça a commencé plus tard, quand je suis rentrée au collège. J'avais une puberté précoce, des seins, des poils, j'étais réglée et mon corps s'est transformé. J'ai grossi, mais pas beaucoup grandi. Ma mère m'en voulait, même si elle ne le disait pas, même si ce n'était pas ma faute, j'avais une alimentation relativement normale et je faisais du sport. Elle m'en voulait parce que les filles de ses copines étaient plus minces que moi et s'habillaient mieux que moi. Je crois qu'elle avait honte. Quand je voulais mettre une jupe courte, un tee-shirt un peu décolleté, elle m'en dissuadait. Elle me fagotait comme si elle voulait me cacher. Tous mes vêtements étaient larges et difformes. Comme moi.

— Ma mère se pesait tous les jours, embraye Rose alors que je suis littéralement en train d'étouffer à les écouter. Mon père avait décrété qu'il n'aimait pas les grosses. C'était surtout lui le problème. Elle se pesait et si elle avait pris ne serait-ce que cinq cents grammes, elle se mettait au régime pendant des jours, elle s'affamait. Moi, j'ai été maigre pendant très longtemps, convaincue que c'était comme ça qu'il fallait être. Mon père me disait toujours que les gros n'arrivaient à rien, et à l'adolescence, quand il a quitté ma mère parce qu'elle avait pris un peu de ventre et qu'il ne la trouvait plus désirable, je me suis dit que je ne voulais pas que ça m'arrive. Je me suis perdue dans l'anorexie, la boulimie, l'hyperphagie et je suis devenue obèse alors que je voulais être tout le contraire. Après ça, mon père ne m'a plus parlé, et ma mère a grossi aussi.

Puis Diane raconte à son tour son expérience, tout aussi terrible. Les regards finissent par se poser sur moi, je me contente de sourire pour faire comprendre que je n'ai pas trop envie de parler. Alors Fanny reprend le fil de son histoire et j'ai l'impression que ça ne s'arrêtera jamais.

Je me racle la gorge, elle est toute sèche, puis j'ai soudain l'impression d'avoir avalé un insecte. Je tousse, encore et encore, ça ne passe pas.

— Marnie, ça va ? me demande Hélène.

— J'ai dû avaler ma salive de travers. Excusez-moi, je vais aller boire un verre d'eau.

Mais au lieu de le prendre sur la table, je sors de la pièce, mon sac sur l'épaule, et file tout droit dans les toilettes pour aller me rafraîchir le visage. Je crois que tous ces témoignages, c'est un peu trop pour moi… Je ne sais pas pourquoi ça me met aussi mal à l'aise, ma mère ne m'a pas fait vivre le quart de ce que ces filles ont vécu.

En fait, c'est peut-être bien ça le problème. Je suis là, alors que j'ai eu une mère maladroite, mais aimante, je l'ai toujours su, et en dépit de ses propres névroses, elle n'a jamais cherché à me détruire, contrairement à ce que je viens d'entendre.

Je ferme les yeux et les rouvre devant le miroir. Face à face avec moi-même.

— Qu'est-ce que tu fous ici ? Ces filles-là ont de vrais problèmes, pas toi. Tu vas arrêter de te plaindre et de te regarder le nombril ?

Je baisse la tête et me presse l'arête du nez. Je suis ridicule.

— Vous êtes dure envers vous...

Je sursaute en me retournant sur Hélène.

— Oh, je ne vous ai pas entendue entrer.

— Ne vous excusez pas. Vous voulez en parler ?

Ah... le côté professionnel ressort.

Je regarde loin derrière son épaule, une séance de psy dans les toilettes, j'aurai tout fait !

— Je crois que je suis terriblement égocentrique.

— Pourquoi dites-vous ça ?

— Pourquoi ? C'est évident. Une fille qui pèse au moins trente kilos de plus que moi me propose de partir en voyage pour m'aider à me sentir mieux. J'y vais défaitiste, je me plains sans arrêt et alors qu'elle aurait toutes les raisons du monde de faire pareil, elle me console.

— C'est comme ça que vous avez ressenti votre voyage ?

— Rétrospectivement, oui. Regardez, elle est célibataire, rêve de rencontrer quelqu'un et fonder une famille, elle se sent seule, et moi, je suis en couple avec un homme qui m'aime, et je me torture l'esprit en me disant que je suis trop grosse pour avoir un gamin ? Et je lui dis ça, à elle ? Mais quel genre de copine je suis ? Quant aux filles qui ont témoigné aujourd'hui, elles ont vraiment vécu l'horreur. Moi, non. Mais je viens quand même à ce genre de groupe ? Oui, je crois que je ne suis centrée que sur mon nombril.

Hélène a le visage grave.

— Que de colère contre vous-même... Il n'a jamais été question de mettre les souffrances des uns et des autres sur une échelle de comparaison. Quand vous avez mal, c'est vous qui comptez et personne d'autre, il est donc normal que vous viviez les choses avec intensité. Votre remise en question vous honore, mais vous êtes aussi légitime que les quatre personnes dans la salle d'à côté. Aussi légitime que moi dans cette situation.

C'est certainement le plus important de sa phrase, mais je fronce les sourcils.

— Je ne voudrais pas être indélicate, mais ça fait deux fois que vous insinuez que vous êtes concernée par le surpoids. Déjà tout à l'heure quand on a commencé la discussion.

Elle me sourit.

— Bon, on ne va peut-être pas avoir cette conversation dans les toilettes. Si nous rejoindre est au-dessus de vos forces, je vous suggère de m'attendre dans le hall, nous irons boire un verre après, si vous êtes libre ?

— Dans ce cas, je vais peut-être directement vous attendre dans un café. Au *Caramel* ?

— Excellente idée, on se voit dans une heure.

Quand Hélène me rejoint dans le centre-ville, il est presque 20 heures et le soleil perce enfin les nuages. Il fait très bon, je me suis mise en terrasse avec un café, même s'il m'empêchera de dormir à coup sûr.

— Asseyez-vous, vous voulez boire quoi ?

— Pour être honnête, j'ai surtout très faim. Vous n'avez pas encore dîné, je suppose ?

— Non, on peut prendre quelque chose ici, si vous voulez.

Elle me sourit. Avec Hélène, j'ai l'impression qu'il est plus facile de dépasser les limites de la relation patient/thérapeute.

On commande toutes les deux une salade. Je ne sais pas si c'est parce que Hélène fait attention à sa ligne, mais moi, j'en avais juste envie, celle avec une tonne de croûtons à l'ail et un œuf mollet.

— J'ai été très surprise en vous voyant arriver ce soir, m'avoue-t-elle.

— Et moi de vous voir, mais c'est assez logique finalement, vous ne m'avez pas envoyée chez Rondes et solidaires au hasard.

Elle sourit.

— Non, c'est vrai. J'ai aidé à fonder cette association il y a une dizaine d'années, mais je ne suis plus un membre très actif, je ne viens que de temps en temps, quand un sujet m'intéresse. Je ne connais même pas tous les intervenants, c'est pour dire. Votre amie Fran, par exemple.

— Dix ans ! Je ne pensais pas qu'elle était aussi vieille que ça.

Puis je fais une bouche en cul-de-poule quand je réalise ce que je viens de dire.

Hélène éclate de rire.

— Détendez-vous, Marnie, je suis plus âgée que vous, nous le savons toutes les deux. Dites-moi plutôt ce qui vous a fait venir, ce soir ?

— Le fait est que j'ai écrit « Parler à ma mère » dans ma liste, mais que j'en suis incapable.

— Pourquoi ?

— Parce je crois que je réalise que je cherche juste un exutoire. Ma mère a fait des erreurs, mais nous en faisons tous.

— Eh bien, c'est la soirée des grandes remises en question, on dirait que vous avez appuyé sur le bouton rouge. Jusqu'à présent, vous ne m'aviez pas beaucoup parlé de votre mère, c'est bien que ça sorte enfin.

— Je sais… Je ne supporte pas d'être agacée contre elle en permanence, je ne supporte pas de lui en vouloir de m'avoir prétendument rendue incertaine de moi.

— Pourquoi prétendument ? On peut avoir été la cause d'un état sans l'avoir fait exprès. Vous voulez mon avis ? La vraie question est de savoir à qui vous en voulez le plus, à votre mère, ou à vous ? Parce que tout ce que je vois, c'est quelqu'un qui se culpabilise beaucoup.

Le serveur nous apporte déjà nos salades. Je pique aussitôt un croûton, je n'y résiste jamais, mais je le mange sans appétit.

— Vous allez trouver la solution, Marnie, j'en suis certaine, elle est à l'intérieur de vous. Vous en êtes toute proche.

Je lève la main et croise les doigts. Il est temps qu'on change de conversation.

— Et donc, vous ? J'ai eu le sentiment que vous disiez être concernée par les problèmes de poids.

Je ne veux pas avoir l'air de la juger, si ça se trouve, elle est mince parce que sa mère l'a harcelée pour qu'elle le soit.

Hélène lâche un profond soupire.

— Exceptionnellement, je vais mettre de côté ma casquette de thérapeute. Je pense que mon expérience vous aidera à comprendre que rien n'est jamais aussi évident qu'on le croit.

Je hoche la tête, tout ouïe.

— J'ai été grosse, obèse, commence-t-elle. Je suis née bien au-dessus des courbes et je le suis restée jusqu'à ce que j'aie… votre âge.

Alors là, elle m'en bouche un coin ! Quand on la voit comme ça, pas un seul instant on se dit qu'elle a pu entrer dans autre chose que dans un 38.

— Mes parents sont des gens formidables et gentils, mais ma mère m'a gavée comme une oie et mon père détestait qu'on me fasse remarquer que je devais faire attention. Chez nous, c'est culturel, il faut bien manger à table. Non, il faut beaucoup manger à table, c'est un signe de bonne santé, de respect et de reconnaissance.

Je grimace de compassion.

— Mes parents n'ont jamais voulu voir que j'étais en détresse, je n'ai même jamais osé leur dire combien on n'était pas gentil avec moi à l'école. La primaire, le collège, le lycée... c'était un enfer. Je suis arrivée à la fac, les brimades étaient loin d'être terminées. J'avais atteint l'obésité massive et je n'en suis sortie qu'après une grande déception amoureuse des années plus tard.

— Je suis désolée de l'apprendre.

— Ne le soyez pas, je crois profondément que chaque épreuve n'existe que pour nous faire rebondir. Je me suis fait opérer, j'ai perdu du poids, connu de nombreuses interventions chirurgicales, j'ai quitté la clinique dans laquelle je travaillais, et j'ai décidé d'ouvrir mon cabinet pour aider les gens qui étaient dans la même situation qu'avait été la mienne. Aujourd'hui, je ne regrette rien.

— Et vos parents, vous leur avez pardonné ?

— Pardonné d'être restés eux-mêmes ?

Elle sourit et se penche vers moi comme pour empêcher quiconque d'entendre ce qu'elle a à me dire, ses yeux bruns brillent d'un éclat particulier.

— Si vous devez retenir une seule chose de toutes nos conversations, ne retenez que celle-ci : Marnie, pardonnez-vous à vous-même et vous trouverez l'apaisement que vous cherchez.

Je gobe un autre croûton et bats des cils.

Amen.

Ce jour-là, ils avaient joué au Uno, regardé un film, fait l'amour, et cuisiné des arepas *ensemble.*

Paquita et Armand s'étaient aussi un peu disputés. Un sujet idiot. Elle aurait aimé lui offrir un cadeau et il trouvait ça inapproprié. Il n'y avait que lui qui pouvait lui en faire. Des souvenirs d'Armand, elle en avait des tas et lui ne possédait rien d'elle. Ça la rendait triste, mais lui disait qu'il n'avait besoin d'aucun objet pour penser à elle et se rappeler les moments qu'ils avaient partagés.

Il enfila sa veste et se passa les doigts dans les cheveux pour se recoiffer. Il était sur le point de partir.

— Je t'aime, Paquita… Je ne suis pas le meilleur des hommes ni même le plus facile à comprendre, mais je t'aime. N'en doute pas.

— Je t'aime moi aussi…

Armand la serra contre lui et lui embrassa les cheveux. Puis il quitta l'appartement.

Demain, ils fêteraient leurs trois ans de relation. Et comme toujours, ce jour-là, elle serait seule. Sans lui.

CHAPITRE 20

— Tu es rentrée tard hier ? me demande Eliott au téléphone.

Six heures trente. Mon portable à l'oreille, je me traîne jusqu'à la cuisine, les yeux à peine ouverts, et m'affale sur une chaise aussi lourdement que si j'étais tombée de quinze étages. C'est Eliott qui m'a réveillée en m'appelant, il a dû se prendre pour une poule.

— Vingt-deux heures trente.

— C'est quoi cette petite voix ? Tu as mal dormi ?

Je grogne un « hum... » parfaitement clair : il vaut mieux éviter de m'emmerder avant que je n'aie pris mon café. Cette nuit, mon cerveau a fait des heures supp, ça plus le café de la veille, je n'ai presque pas fermé l'œil, faut pas trop me secouer. Je raconterai ma soirée à Eliott une autre fois.

— Ce matin j'ai une réunion super importante, ça va être chaud, embraye-t-il. Le client n'est vraiment pas content, on lui a demandé des modifs en prévision de l'audit, je crois qu'il va m'arracher les yeux. Je ferais peut-être bien d'y aller avec un casque de moto.

Moins vite, j'ai mal au crâne…

— Tu m'écoutes ?

J'essaie de me concentrer.

— Bien sûr. Tu n'as qu'à foutre le feu aux locaux, comme ça plus d'audit et pas de modifs.

— Ouais, d'accord, je vais faire ça. Prends le temps de te réveiller, surtout, hein. Parce que dans ton état, si tu croises quelqu'un, il va prendre cher. Je file, je dois être chez le client à 7 heures. Et n'oublie pas que tu dois aller nourrir le chat de ta copine, ce matin.

Je hoche la tête. Je n'ai pas oublié, je comptais y aller avant de me rendre au boulot dans… une heure et demie. Pitié… qu'on me rende ma nuit.

Je n'ai pas dormi, car je n'ai fait que penser à la journée d'hier, mais qu'est-ce que je croyais ? Évidemment, tout ça m'a chamboulée. Je ne vois plus ma psy de la même façon, je ne vois plus ma mère comme celle par qui tout est arrivé, et je ne me vois plus non plus comme une victime qui se trouve moult excuses pour justifier d'être mal dans sa peau. D'accord, je ne peux pas ignorer les traumas de mon enfance et les mettre au placard, ils ont bel et bien existé, mais je crois que je suis en train d'apprendre à relativiser. Parce que, dans tout ça, Hélène a raison, c'est surtout à moi que j'en veux. Je m'en veux de m'être enfermée toutes ces années dans des sentiments aussi négatifs sur mon physique et sur mes capacités. Je m'en veux de m'être autotractée dans un cercle sans fin. Aveuglée par ma colère, je m'en veux de ne pas avoir vu que, pendant que j'étais comme un hamster dans sa roue, ma mère était toujours là pour moi, là où mon père, souvent très occupé, pouvait être défaillant. La façon d'agir de ma mère pendant mon enfance était sans doute discutable, mais je commence à entrapercevoir que tout ce qu'elle voulait, c'était que j'aie les mêmes chances que tout le monde.

Mais par pitié, ce matin, je ne veux plus réfléchir. Je vais faire un câlin à un gros chat plein de poils, ça ira forcément mieux après.

Je me dépêche de prendre une douche, avise le temps qu'il fait – ciel mitigé –, m'habille et sors de chez moi encore au radar.

Il y a quelqu'un qui est déjà en train de faire le ménage dans le hall quand j'arrive. Tant mieux, je crois que j'ai oublié le papier avec le digicode. Je monte les trois étages sans ascenseur et entre dans l'appart.

— Minou, minou ! Indigo ! C'est tata Marnie qui vient te donner ton petit déjeuner !

L'ingrat ! Pas un miaulement de bienvenue, rien du tout, il ne montre même pas le bout de son nez.

Je commence par ouvrir la fenêtre du salon pour aérer un peu et file dans la cuisine où je récupère une boîte de « mini filets de poisson en sauce ». Je mets tout dans la gamelle d'Indigo, qui a vraiment décidé de me snober, et l'appelle.

— Le repas de Sa Seigneurie Indigo est prêt ! Minou, minou !

Comme il ne vient pas, je me fais une mini angoisse. Et s'il en avait profité pour sauter par la fenêtre ouverte ? Évidemment, je regarde en bas, pas de chat.

— Indigo, si tu ne viens pas, c'est moi qui vais tout manger, je te préviens, j'adooore les…

Je m'interromps en poussant la porte de la chambre de Fran. Indigo est couché tout au bout du lit d'une drôle de façon. On dirait un sphinx, il est totalement immobile, les yeux fixés droit devant lui. Je ne vois pas encore le reste du matelas, le lit est partiellement caché par un genre de paravent fixe en bois.

— Indigo ? Ça ne va pas, mon petit père ?

J'approche et étouffe un cri de surprise. Fran est en train de dormir ! Je me dis que je vais sortir de sa chambre et la laisser, puis je réalise qu'elle est tout habillée, qu'elle porte encore ses escarpins et qu'il y a une bouteille d'alcool sur la table de nuit.

— Fran ?

Je m'approche, elle ne réagit pas.

Je hausse la voix.

— Fran ? C'est moi, Marnie.

Indigo se lève et vient se frotter contre ses jambes en miaulant.

Et là, je le vois, le tube de somnifères vide qui a roulé par terre. Mon sang ne fait qu'un tour quand je comprends ce qu'elle a fait, j'ai l'impression d'avoir pris un seau d'eau glacée sur la tête.

— Fran ! Fran !

Je la secoue comme un prunier, elle ne réagit pas. Le chat se met à cracher, moi à paniquer.

— Putain de bordel de merde, Fran ! Fran !

Je retourne dans le salon en courant et attrape mon téléphone pour faire le 15. Quand le Samu décroche et qu'on finit par me passer un médecin régulateur, je suis dans un tel état de stress que je bégaie, peine à trouver mes mots, à dire ce qui se passe.

— Mademoiselle, restez calme. Vous m'entendez ? Mademoiselle, est-ce que vous m'entendez ?

— Oui… oui…

— La personne est-elle toujours consciente ?

— Non, elle… elle ne réagit pas, je l'ai trouvée comme ça.

— Est-ce qu'elle respire normalement ?

— Je… je ne sais pas…

— Pouvez-vous vérifier, s'il vous plaît ?

Mes jambes sont en coton, j'ai peur de retourner dans la chambre et de réaliser qu'elle est morte. Je tremble comme une feuille en m'approchant de Fran.

— Je suis à côté d'elle. Elle ne respire pas normalement, je ne vois pas sa poitrine bouger ! Elle ne respire pas !

L'angoisse est littéralement en train de me bloquer, je ne sais plus quoi faire du tout et j'ai du mal à respirer normalement.

— J'envoie immédiatement une équipe mobile d'urgence.

— D'accord…

Il m'entend à peine.

— Mademoiselle, vous êtes toujours avec moi ?

— Oui…

— Est-ce que vous savez prendre un pouls ?

— Je… oui, je crois.

— Alors, allez-y.

Je m'exécute et fonds en larmes.

— Je ne sens rien ! Elle ne respire plus, je ne sens rien…

— Restez calme, on va essayer ensemble. Le poignet doit être bien tendu. Placez trois doigts, l'auriculaire, le majeur et l'index, entre le tendon du pouce et le bord de l'os du poignet, et exercez une légère pression, vous sentez ?

Je m'exécute et m'écroule littéralement par terre sans lâcher le poignet de Fran, ma cage thoracique sur le point d'exploser, je n'ai jamais ressenti une nausée pareille.

— Oui, je sens… elle respire encore. Oh, mon Dieu, merci…

— Les secours seront bientôt là. Pouvez-vous veiller à ce que la porte d'entrée et celle du hall soient ouvertes, s'il vous plaît ?

— Je ne peux pas, il y a un chat, il va se sauver. C'est Indigo, il a de beaux yeux bleus.

— Je vous demande pardon ?

Puis je réalise ce que je viens de lui dire et hoquette sans pouvoir me contrôler, je suis en train de faire une crise de nerfs, je ris et je pleure en même temps.

— Mademoiselle... Marnie, c'est bien votre prénom ?

Et voilà que maintenant, je me mets à ronfler comme un cochon.

— Oui... réussis-je à dire.

— Prenez les clés de l'appartement, sortez, allez ouvrir la porte principale, remontez et attendez les secours. Est-ce que vous voulez qu'on fasse ça ensemble ?

— Oui... s'il vous plaît...

Je retrouve mon calme et, pas à pas, je m'exécute. En descendant, je croise bien sûr la dame de ménage et lui demande de ne surtout pas fermer, que les services d'urgence vont arriver.

Elle pose des questions, mais je suis dans un état second, je lui demande juste de faire le piquet pour que personne ne ferme. Elle ne m'a jamais vue, elle doit se demander d'où je sors, mais elle collabore.

— C'est bien, Marnie, est-ce que vous voulez que je reste encore avec vous ?

J'essaie de reprendre mon souffle.

— Je crois que ça va aller, je vais attendre les secours.

— Vous avez fait ce qu'il fallait, les médecins du Samu vont prendre le relais. Marnie ? Allez boire un grand verre d'eau, et essayez de rester la plus calme possible. Maintenant je vais raccrocher, si vous éprouvez la moindre difficulté, vous rappelez, c'est d'accord ?

Je renifle.

— D'accord, merci…

Je raccroche, je rejoins Fran dans sa chambre, la regarde, regarde la bouteille de vodka et le tube de somnifères et me remets à pleurer en lui caressant les cheveux.

— Tu fais chier, Fran… Pourquoi t'as fait ça ?

C'est Indigo qui me répond. Je le caresse aussi.

— Ça va aller, mon petit père, ça va aller…

Une quinzaine de personnes patientent dans la salle d'attente des urgences d'Amiens Sud. J'ai prévenu Ana que je ne serai pas au bureau aujourd'hui, et je suis sortie plusieurs fois pour tenter de joindre Eliott, sans succès. Sa fameuse réunion… Je ne me suis jamais sentie aussi démunie de toute ma vie. À part attendre, il n'y a rien à faire. Les médecins qui ont pris Fran en charge ne m'ont bien sûr pas laissé entrer et, avec le monde qu'il y a, je doute qu'ils puissent prendre le temps de me donner des nouvelles régulièrement. Il faut que je prenne mon mal en patience. Et pas de réseau dans ce putain d'hôpital.

Je me suis rongé la peau autour des ongles, ça faisait des années que ça ne m'était pas arrivé, j'ai le bout des doigts à vif. Je ne comprends pas ce qui s'est passé, Fran devait partir pour un déplacement professionnel. Qu'est-ce qui a fait qu'elle en est arrivée là ? Qu'est-ce qu'elle a bien pu vivre pour décider que ça n'en valait plus la peine ? Un coup de tête ? Quelque chose d'inattendu pour m'avoir demandé de m'occuper de son chat et finalement essayer de mettre fin à ses jours ? Elle qui est tout le temps si joyeuse, si moteur, si pleine de ressources, qui a pu lui faire mal et la plonger dans un tel désespoir ?

L'équipe du Samu a été efficace et très rapide. Le médecin urgentiste m'a dit qu'elle allait s'en sortir mais, dès que je pense à elle, j'ai une furieuse envie de pleurer. Je ne comprends pas, je ne comprends pas...

Je me lève pour aller prendre un expresso à la machine à café. Elle n'accepte pas les cartes bleues. Je fouille dans la poche de ma veste, je me souviens qu'une pièce de deux euros y traînait, mais la première chose que je touche, c'est l'enveloppe que j'ai trouvée chez Fran avant de partir pour l'hôpital. Elle était posée bien en évidence sur sa commode. Je l'avais oubliée...

Je déglutis. Plus envie de café.

Je retourne m'asseoir sans oser l'ouvrir. Je me doute de ce qu'elle doit contenir. Quand une personne qui a tenté de se suicider laisse une lettre, c'est pour s'expliquer. Je ne sais pas si j'ai le droit de la lire et mon cœur bat très fort.

J'hésite, la tourne plusieurs fois entre mes doigts et craque.

Je l'ouvre et commence à lire.

Papá, mamá, María,

Los quiero con todo mi corazón, pero fracasé.

No pude tener la vida que quería. De veras creí que lo conseguiría, pero no soy feliz. Me advirtieron que esta relación me destruiría, y no los escuché.

Ustedes tenían toda la razón.

No estoy hecha para ser amada. No estoy hecha para ser feliz, la muerte será mucho más dulce que esta vida de sufrimiento.

Ahora estoy en paz.

Los quiero a todos.

Je ne comprends pas, pourquoi est-ce que c'est écrit en espagnol ? Pourquoi c'est signé Paquita ? Qui est Paquita ? Fran est Paquita ?

J'essaie de traduire. Bon sang, je ne sais pas lire l'espagnol, je comprends un mot sur dix. « *La muerte será mucho más dulce* ». La mort sera plus douce ? Merde, merde, merde ! C'est forcément Fran qui a écrit cette lettre.

Je me lève comme sur un ressort et vais directement accoster les gens autour de moi.

— Vous parlez espagnol ? Est-ce qu'il y a quelqu'un qui parle espagnol ?

Tout le monde fait non de la tête, c'est bien ma veine.

La dame de l'accueil !

— S'il vous plaît, vous parlez espagnol ?

Elle me regarde, tout étonnée.

— Eh bien, j'ai fait espagnol deuxième langue au collège et au lycée, mais c'était il y a longtemps...

— Est-ce que vous pouvez me traduire ça ?

Et je pose la lettre bien à plat sur le comptoir.

Elle la prend, incertaine, et commence à lire en prenant son temps et en détachant chaque mot, se reprenant régulièrement, mais je comprends en substance.

Je comprends même trop bien.

Papa, maman, Maria,

Je vous aime de tout mon cœur, mais j'ai échoué.

Je n'ai pas réussi à avoir la vie que je voulais. Je suis malheureuse, j'y ai pourtant tellement cru. Vous m'aviez prévenue que cette relation me détruirait, je ne vous ai pas écoutés.

Vous aviez raison.

Je ne suis pas faite pour être aimée. Je ne suis pas faite pour être heureuse, la mort sera tellement plus douce que cette vie de souffrances.

Je suis en paix maintenant.

Je vous aime.

Paquita

— Enfin, conclut la dame de l'accueil, Françoise. Françoise c'est Paquita en espagnol.

Oh, Fran…

Le village était charmant et le gîte magnifique. Des volets bleus, des pierres grises, un toit en ardoise, on aurait dit une carte postale. Paquita trouva l'endroit romantique et isolé, Armand avait fait très fort.

Elle avait garé sa voiture une centaine de mètres plus loin et laissé sa petite valise dans le coffre, elle viendrait la chercher plus tard. Quand elle alla frapper à la porte, son cœur battait aussi fort que les coups qu'elle donnait. Il lui avait tant manqué… Six semaines qu'ils ne s'étaient pas vus, ça n'était encore jamais arrivé. Il avait trop de travail et ne parvenait pas à se libérer. Ils avaient à peine échangé, elle devait toujours attendre qu'il la contacte, alors elle explosait de bonheur à l'idée d'être ici, ailleurs que chez elle, pour la première fois en quatre ans.

Elle attendit quelques secondes en cessant de respirer, puis Armand ouvrit.

Son visage pâlit d'un coup.

— Nom d'un chien, mais qu'est-ce que tu fais là ?

Armand semblait si surpris de la voir… Elle ne comprenait pas. Il avait eu cet air de connivence en lui annonçant qu'il venait seul ici, il lui avait donné les dates précises, l'adresse, lui avait dit que c'était romantique à souhait… Elle n'avait pas pu se tromper à ce point.

— Tu m'as dit que tu partais en déplacement quelques jours en Bretagne, seul, je pensais que…

Son regard était noir.

— J'hallucine ! Mais tu pensais quoi ?

— Que… tu voulais que je te rejoigne.

Il éclata d'un rire si méprisant que Paquita en fut glacée jusqu'aux os.

— Si j'avais voulu une chose pareille, je te l'aurais dit sans qu'il y ait le moindre doute. Bon sang, Paquita, qu'est-ce que tu n'as pas compris quand je dis qu'il faut être prudent ?

— Tu m'as envoyé des photos du logement, montré l'emplacement sur Google Earth, donné le nom du village, l'adresse, j'ai cru que…

— Et tu t'es trompée. Pourquoi faut-il que tu te plonges systématiquement dans des délires romantiques ? Tu cherches vraiment le bâton pour te faire battre ! Tu ne peux pas rester ici, je suis là pour bosser.

Elle était livide.

— Mais je… j'ai fait cinq heures de route.

— Et tu vas les refaire dans l'autre sens ! Je ne veux pas de toi ici, je ne peux pas être plus clair. Merde, j'en ai marre, tu fais des conneries et après tu me donnes le mauvais rôle. Putain… je suis fou de rage.

Elle était pétrifiée.

— Je… je suis désolée.

— Et moi donc ! Entre au moins prendre un café avant de partir. Tu fais vraiment chier !

Il fallait baisser la tête pour passer la porte et descendre une marche. Elle entra dans la petite maison sans même regarder à l'intérieur. Une automate. Elle le suivit jusqu'à la cuisine, plus tremblante que jamais.

Elle s'installa à la minuscule table en bois, et but le café qu'il lui servit, sans un mot. Armand ne parlait pas non plus.

Il était adossé à la cuisinière et attendait qu'elle termine. Il ne voulait qu'une chose, se débarrasser d'elle.

— Armand... je... je pourrais peut-être rester jusqu'à demain matin ? Je suis un peu fatiguée et...

— J'ai dit non !

Si fort, qu'elle sursauta.

— Putain... je te donne ça et tu prends ça ! hurla-t-il en joignant le geste à la parole. J'en ai marre de toi, que tu réclames, que tu chouines, que tu joues sans arrêt les victimes depuis quatre ans, sans voir que tu me fous chaque fois un peu plus dans la merde quand je viens te voir, et pourtant, je viens ! Là, tu as réfléchi à la possibilité que je sois avec un collègue de travail ? À si je connaissais quelqu'un ici ? Non, bien sûr, tu ne penses qu'à toi, il n'y a toujours que toi, ton putain de nombril et ta dépendance affective !

Il était tellement fou de rage qu'elle ne le reconnaissait pas. Ses yeux étaient injectés de haine. L'homme doux et tendre qu'elle aimait tant avait totalement disparu, même si, avec un peu de discernement, Paquita aurait dû comprendre que c'était le cas depuis longtemps.

Elle n'aurait jamais dû venir. Elle n'aurait jamais dû espérer quoi que ce soit.

Paquita se leva et remit son sac sur son épaule le plus dignement possible.

— Je vais y aller, merci pour le café, et désolée d'avoir mal compris.

Elle quitta la cuisine et se dirigea vers la porte.

— Je ne veux plus te voir. C'est fini.

Sa main resta paralysée quelques secondes sur la poignée, puis elle se retourna.

— Quoi ?

— Je sors de ta vie et tu sors de la mienne.

— Mais...

— On est arrivés au bout, Paquita, tout n'est devenu qu'une contrainte, il n'y a plus aucun plaisir.

Elle avala sa salive.

— Il y en a toujours pour moi…

— Sois honnête, il ne te reste plus que des larmes et je ne suis pas capable de te donner ce que tu veux. En dépit de tout, de tout ce qu'elle et moi avons à nous reprocher, j'aime toujours ma femme et je ne la quitterai pas.

Ses mots étaient comme du fer rouge sur sa peau et sur son cœur. Elle aurait voulu hurler de douleur.

Cent fois ils avaient failli se quitter, cent fois ils s'étaient dit des mots durs, s'étaient menacés, mais jamais Armand n'était allé aussi loin. C'était un cauchemar, ça ne pouvait pas se terminer comme ça… Elle l'aimait.

— Armand…

— Va-t'en, c'est mieux pour tout le monde.

Pour sa femme et pour lui…

C'était irrévocable.

Elle n'était plus rien pour lui. L'avait-elle seulement été un jour ?

Mue par l'énergie du désespoir et par le peu de dignité qu'il lui restait, elle sortit du joli petit gîte sans un mot et sans se retourner.

Elle était détruite.

CHAPITRE 21

— Madame ? Madame ?

— Hum ?

Je sursaute en ouvrant les yeux. Je me suis assoupie sur les sièges inconfortables de la salle d'attente des urgences, je me redresse, j'ai le dos en compote.

Une infirmière me regarde en souriant.

— Votre amie vient de se réveiller et nous l'avons transférée dans une chambre du service psychiatrique à l'étage, vous pouvez aller la voir, si vous voulez.

— Quelle heure est-il ? demandé-je d'une voix pâteuse.

— Il est 16 heures. Est-ce que ça va ?

Je bâille sans pouvoir me retenir.

— Oui… merci de m'avoir prévenue.

— Venez, je vous accompagne. Avant, on va juste faire un tour par le bureau des urgences, je vais vous donner les effets personnels de votre amie. Ses vêtements, ajoute-t-elle quand elle voit que je ne comprends pas.

— D'accord.

Je regarde autour de moi, un peu déphasée. Des gens qui sont arrivés bien plus tôt sont encore là. Cet endroit, c'est vraiment une antichambre de l'enfer. On passe des heures à attendre avec l'angoisse et l'incompréhension comme seule compagnie, sans nourriture et sur un fauteuil aussi dur qu'une planche de bois.

Elle nous fait passer par la porte principale des urgences, récupère un genre de sac-poubelle avec les affaires de Fran à l'intérieur, puis je la suis à travers les couloirs.

J'ai le cœur qui bat super fort, je ne sais même pas ce que je vais bien pouvoir dire à Fran, parce que si je lui en veux de m'avoir flanqué une trouille pareille, je m'en veux encore plus de ne pas avoir vu combien elle allait mal.

— Elle se sent très fatiguée, me dit l'infirmière pendant qu'on rentre dans l'ascenseur réservé au personnel, les tentatives de suicide par intoxication médicamenteuse mettent vraiment l'organisme en vrac, et il faudra qu'elle reste ici plusieurs jours avant de sortir, mais elle est hors de danger.

— Merci…

— C'est vous qui l'avez trouvée ?

— Oui, en allant nourrir son chat, elle était supposée être en déplacement. Je ne sais vraiment pas ce qui s'est passé, je n'ai rien vu venir.

— C'est souvent comme ça, me dit-elle avec un regard bienveillant. Il n'y a pas plus habile qu'une personne dépressive pour cacher son état.

Suis-je aveugle à ce point ? Fran ne montrait absolument aucun symptôme de dépression, je n'ai pas vu un seul signe, aucune exagération dans son comportement à part le soir où elle avait un peu trop bu, peut-être… Je me sens tellement nulle. Je ne sais pas si j'aurais pu éviter ça mais, ce soir-là, j'aurais au moins pu lui dire que j'étais là pour elle, qu'elle n'était pas seule.

— Ne vous flagellez pas, me dit l'infirmière comme si elle lisait dans mes pensées.

Elle doit connaître ces situations par cœur.

— Vous avez fait l'essentiel, vous avez été présente exactement au bon moment. Quand votre amie se sentira mieux, elle vous remerciera.

— Je ne veux pas qu'elle me remercie, je...

Ma voix s'étouffe dans un sanglot.

— Je veux juste qu'elle sache qu'elle est une personne extraordinaire.

L'infirmière me sourit puis la porte de l'ascenseur s'ouvre.

— Vous allez pouvoir lui dire vous-même. Venez, c'est par là.

On longe un autre grand couloir. Dans la salle d'attente, j'étais préservée, mais ici règnent les odeurs de médicaments, de Bétadine, d'iode et de produits ménagers qui me prennent au nez, j'en ai la nausée. Je déteste les hôpitaux.

Elle s'arrête devant une porte, frappe et entre.

— Bonjour, madame Buissonnier, votre amie est avec moi et je peux vous dire qu'elle est très heureuse de vous savoir tirée d'affaire. Je vous laisse, si vous avez besoin de moi, n'hésitez pas.

Elle sort, referme la porte derrière elle et me laisse avec Fran.

Elle porte une de ces chemises probablement ouvertes dans le dos, et son bras gauche est sous intraveineuse. Ça me fait un drôle d'effet de la voir comme ça. Elle est si pâle et a l'air si fragile. Je n'arrive toujours pas à croire qu'elle ait fait ça.

On se regarde de longues secondes sans rien dire. Peut-être imagine-t-elle que je suis très en colère contre elle, et je le suis, mais je n'ai aucune envie de lui faire la morale.

— Coucou…

Son visage se plisse et elle se met à pleurer.

— Oh, Marnie, je suis tellement désolée d'avoir fait ça…

— Fran !

Je me rue vers elle pour la prendre dans mes bras et la serrer très fort contre moi.

— Ça va aller, je suis là. Je te promets que ça va aller, je ne te lâche pas.

Elle pleure, je pleure aussi. Pas une pour rattraper l'autre, mais on s'en fout.

— Tu as trouvé la lettre ? me demande-t-elle comme si c'était ce qu'il y avait de plus important.

— Oui…

— Tu l'as lue ?

Je lui souris en repoussant une mèche de ses cheveux mouillée de larmes.

— Je me la suis fait traduire, j'ai fait allemand deuxième langue…

— Paquita, c'est mon vrai prénom.

— C'est ce que j'ai cru comprendre. Tu ne l'aimes pas ?

— Ce n'est pas ça… Paquita, c'est la petite fille qui n'a jamais su dire non, c'est celle qui est devenue grosse parce qu'elle ne savait pas s'arrêter de manger, celle qui voulait juste rendre fiers ses parents et qui n'aurait jamais rien fait pour les blesser, celle qui a été harcelée et moquée très longtemps, celle qui était laissée pour compte, on lui préférait ses copines…

— Oh, ma Franny…

J'observe son visage, ses grands yeux marron, ses cheveux blonds tout emmêlés, elle n'a jamais été aussi touchante. À cet instant, je pourrais tout faire pour qu'elle aille mieux.

— Buissonnier, c'est ton vrai nom de famille ?

— C'était celui de Fred, j'ai demandé à le garder quand on a divorcé. Mon nom de naissance est Contreras.

Je la regarde avec tout l'amour du monde, parce que oui, c'est vraiment ce que je ressens pour elle. Un amour immense, comme celui d'une sœur. Que je n'ai jamais eue.

— Est-ce que tu veux prévenir tes parents, ou tu veux que je le fasse ?

Elle ferme les paupières, comme si elle réalisait un peu plus ce qu'elle avait fait.

— Non... Ils doivent partir pour le Venezuela dans une semaine avec ma sœur, je ne veux pas retarder leur voyage. Ça fait dix ans qu'ils n'y sont pas retournés.

— Je ne me serais jamais doutée que tu avais des origines vénézuéliennes.

— J'ai la peau très claire, et je colore mes cheveux et mes sourcils. L'illusion est presque parfaite... Quand j'étais petite, j'avais les cheveux noir corbeau et je m'étais promis que, plus grande, je ressemblerais à mes poupées Barbie. J'ai juste oublié de perdre quelques kilos...

Je lui souris tristement. Bouleversée qu'elle soit allée jusqu'à renier qui elle était enfant.

— Tu veux me parler de ce qui s'est passé ?

Elle baisse la tête pour se fixer sur nos doigts entrelacés.

— Qui t'a fait du mal à ce point, Fran ?

Elle inspire par saccades, me regarde avec ses grands yeux et semble se demander si elle va me répondre ou pas. Je ne veux pas la brusquer, j'attends.

— Il s'appelle… Armand. C'était l'amour de ma vie… Pour lui, j'étais Paquita et j'aimais qu'il m'appelle comme ça, il me réconciliait avec moi-même… Il ne savait même pas que tout le monde m'appelait Fran.

Je me souviens de la lettre. « *Vous m'aviez prévenue que cette relation me détruirait, je ne vous ai pas écoutés.* »

— Comment pouvait-il ne pas savoir ?

— On ne sortait jamais de chez moi, Marnie… On ne se voyait que là.

— Pourquoi ?

— Parce que… j'étais sa maîtresse. Pendant quatre ans.

Sa voix se brise.

— Pardon, Fran… tu n'es pas obligée d'en parler maintenant. Tu n'es pas obligée d'en parler tout court… Essaie de te reposer si tu veux.

— Non ! Non… je te dois des explications, je te les dois… Je ne veux plus rien te cacher.

Et de nouveau, elle éclate en sanglots. Je ne sais plus quoi faire.

— Je ne suis pas une bonne personne, Marnie… Je ne suis vraiment pas une bonne personne…

— Qu'est-ce que tu racontes ? Tu es l'un des plus beaux êtres humains que j'ai rencontrés. Tu es généreuse, altruiste, encourageante, bienveillante, lumineuse et talentueuse. Je ne sais pas qui t'a mis pareilles conneries en tête, mais tu *es* une bonne personne, Fran. Définitivement.

— Non… Il a trompé sa compagne avec moi pendant quatre ans et je le savais. Je voulais qu'il la quitte pour moi, je voulais qu'elle meure parfois, je voulais qu'un marabout lui jette un sort et qu'elle se transforme en chèvre.

C'est nerveux, je lâche un hoquet de surprise.

En chèvre ? Mais pourquoi en chèvre ?

Fran lève sur moi des yeux d'une infinie tristesse. Une tristesse aussi forte que sa culpabilité.

— Je voulais tellement être à sa place, avoir sa vie, être aussi heureuse qu'elle, être aimée et ne plus rentrer seule chez moi... Mais je ne le mérite pas, j'ai tout raté, tout raté... je ne vaux rien.

— Bien sûr que si tu le mérites ! Et tu n'as rien raté, tu n'es juste pas tombée sur la bonne personne il... n'aurait pas dû te faire espérer.

Elle sanglote, a des spasmes.

— Il n'a jamais fait ça, il m'a toujours dit qu'elle comptait et... je la détestais pour ça. Hier soir il... il m'a dit qu'il l'aimait et qu'il ne la quitterait jamais pour moi...

— Je suis désolée...

— Ça fait tellement mal...

Je n'ai aucun pouvoir, mais comme j'aimerais faire disparaître son chagrin d'un seul geste, d'une seule pensée.

— Tu n'as jamais dû partir en déplacement, n'est-ce pas ?

— Non... Je le savais seul en Bretagne, je voulais juste le rejoindre et il m'a dit des choses horribles...

Et d'une traite, elle me raconte tout ce qui s'est passé. Quand elle termine la rétrospective de ces quatre dernières années, j'ai envie de vomir.

— Il ne voulait jamais qu'on sorte, on se cachait, alors il m'a accusée de le mettre en danger, d'en attendre trop de lui, de lui pourrir la vie. Il m'a détruite... mais je l'aime, je l'aime encore. Je n'en peux plus de cette vie, je n'en peux plus d'avoir mal tout le temps... Tout est ma faute.

Je prends un air sévère, je déteste qu'elle se dénigre à ce point.

Il a toujours eu ce qu'il voulait et pas elle, et malgré tout, il la fait culpabiliser. Je le déteste.

— Non, ce n'est pas ta faute, tu es là parce qu'il t'a mal traitée, mal considérée, mais tu vas te relever, Fran, je suis là pour toi, et je suis tellement désolée de ne pas avoir compris plus tôt que tu souffrais, que tu montrais une façade pour cacher combien tu étais en détresse, j'ai été une piètre amie...

— Non, la meilleure que j'ai jamais eue, et toi non plus je ne te mérite pas...

Je sors de l'hôpital complètement en vrac. Fran a besoin de se reposer et moi aussi.

À peine à l'extérieur, mon téléphone, qui est resté sans réseau, se met à biper presque en continu. J'ai plein de messages d'Eliott, très inquiet que je ne réponde pas après avoir autant essayé de l'appeler. Je compose son numéro, il décroche tout de suite.

— Marnie ? Nom d'un chien, j'étais fou ! Est-ce que tout va bien ? J'ai vu tous tes appels en absence et impossible de te joindre. Il y a un problème ?

— Je suis désolée... C'est Fran, elle est à l'hôpital, elle a tenté de se suicider hier soir. Je l'ai trouvée chez elle ce matin en allant nourrir son chat.

— Oh merde ! Et ça va ? Je ne comprends pas, elle n'était pas partie ?

— Si, mais elle est revenue, et elle est tirée d'affaire. Hé, mais... tu es en voiture ?

— Je suis en train de rentrer.

— Quoi ? Tu ne devais revenir que dans deux jours.

— Je m'inquiétais, Marnie, tu ne répondais pas et je me suis demandé ce qui se passait. Je serai là dans trois heures.

J'hésite entre fondre d'amour et m'excuser platement. Je préfère fondre, je suis tellement contente qu'il rentre, j'aurais détesté rester seule ce soir.

— J'ai hâte de te voir…

— Moi aussi, ma poulette, moi aussi. Tu vas quand même aller travailler, aujourd'hui ?

— Non, j'ai prévenu Ana. Je vais faire un saut chez Fran pour lui rapporter quelques affaires, puis je rentre à la maison. Et toi, sois prudent sur la route.

— Sans faute, à tout à l'heure, mon cœur.

— À tout à l'heure.

Il raccroche, je m'enferme dans ma voiture et me mets à pleurer, pour Fran, pour moi, pour toutes les femmes qui ne savent pas à quel point elles sont précieuses, et pour toutes celles qui ont eu le malheur de rencontrer quelqu'un qui leur a fait croire le contraire.

Je n'ai jamais autant détesté un mardi.

CHAPITRE 22

J'ai longtemps regardé les photos et selfies qu'on a pris de nous pendant notre *road trip* et j'ai décidé que la vie était trop courte pour attendre d'aller mieux, et rien n'a le droit de nous empêcher d'être heureux. La tentative de suicide de Fran m'a mis une claque retentissante. C'est comme si on m'avait retiré le tapis sous les pieds et que je m'étais pris une gamelle prodigieuse. Ça m'a mise K.-O. J'ai passé la moitié de mon existence à me maltraiter, à m'interdire ce que j'aurais vraiment eu envie de faire. Je me suis programmée pour être dans la retenue, pour me cacher, pour ne pas me faire remarquer, puis je me suis convaincue de ne pas avoir droit aux mêmes avantages que celles que je jugeais plus adaptées que moi. Fran a changé ma vision des choses, quoi que j'en dise. Elle a fait de moi, en l'espace de quelques semaines, une personne différente, elle m'a ouvert les yeux et aujourd'hui, malgré elle, elle m'a fait comprendre que tout pouvait s'arrêter d'un coup, et que je n'ai plus de temps à perdre à réfléchir, à me torturer l'esprit pour savoir si ce que j'ai envie d'accomplir va donner une mauvaise image de moi ou non.

Alors il y a un paquet de colère en moi. Je crois que je pourrais arracher les couilles de ce type qui lui a fait croire que, sans lui, la vie ne valait pas la peine d'être vécue. Oh oui, je suis vulgaire, mais il n'en mérite pas moins. Je suis sûre que Fran ne m'a pas tout raconté et je ne lui demanderai pas de le faire, mais je me doute de la toxicité de leurs quatre années de relation, de la manipulation qu'il a dû exercer sur elle pour parvenir à ses fins. Elle n'a fait que s'excuser en me parlant de lui, sans l'accabler une seconde, prétendant ne pas avoir été à la hauteur, persuadée que c'était sa faute. Elle, pas à la hauteur ? Cette bonne blague ! Elle a sûrement été ce qui a le plus valorisé au monde ce connard prétentieux. Pauvre type ! À quel point lui a-t-il tourné la tête pour qu'elle en arrive là, avant de la jeter comme une vieille godasse inutile ?

Je jure que si un jour je le croise, je lui vomirai tout mon mépris au visage et le ferai descendre en moins de deux de son échelle moisie. Je ne le laisserai pas s'en tirer comme ça.

Eliott doit arriver dans une heure et jamais je n'ai eu autant envie de le serrer contre moi, parce que Fran avait raison quand elle m'est tombée dans les bras à Ambleteuse en me disant que j'avais tout pour moi et que je ne m'en rendais même pas compte. Eliott fait partie de ma chance d'avoir la vie que j'ai et ce soir, je veux qu'il le sache.

La liste des choses que je n'ose pas faire est pliée en quatre et un peu abîmée de l'avoir traînée avec moi de chambre d'hôtel en chambre d'hôtel. Je l'ouvre et la relis attentivement. Puis je prends un stylo pour cocher deux nouvelles cases avant même de les avoir accomplies parce que, c'est certain, ce soir, Eliott saura que je ne veux plus avoir peur de rien.

La porte de l'appartement vient de claquer. Eliott est rentré.

— Je suis là !

Volontairement, je ne lui réponds pas. Je l'entends poser sa valise, jeter ses clés sur la table demi-lune dans l'entrée et ouvrir le placard mural pour ranger sa veste et ses chaussures.

— Marnie, tu es là ? Je suis rentré !

Muette comme une tombe.

— Marnie ?

Je retiens mon souffle, il vient d'entrer dans la chambre.

Il s'approche et pénètre dans la salle de bains.

— Mais...

J'ai allumé des bougies, j'ai fait couler un bain dans notre immense baignoire à remous, j'ai mis une musique d'ambiance sur l'enceinte connectée, et je suis entièrement nue, au grand jour, assise sur le bord de la baignoire, les jambes croisées.

Eliott est bouche bée.

— Ouah...

Je lui souris.

— Qu'est-ce que tu attends pour me rejoindre ?

CHAPITRE 23

En allant donner à manger à Indigo, le lendemain matin, je me suis rendu compte que le portable de Fran était toujours dans sa chambre. Je l'ai mis dans mon sac et j'ai attendu ma pause déjeuner pour aller la voir à l'hôpital, puisque les visites ne sont pas admises en matinée.

Elle vient juste de finir de manger quand j'arrive. Je lui trouve déjà meilleure mine que la veille, et quand elle me voit, elle m'offre un vrai sourire.

— Merci d'être revenue.

Je l'embrasse et m'assois à côté d'elle sur le lit.

— Si tu crois que tu vas te débarrasser de moi comme ça, tu te mets le doigt dans l'œil. Comment te sens-tu ?

— J'ai fait une crise d'angoisse, hier soir, ils m'ont donné des tranquillisants. J'ai dormi d'un trait, et aujourd'hui, je me sens plus calme.

Je lève la tête sur la télé éteinte et fronce les sourcils.

— Tu as demandé l'option ?

— Non.

— Tu dois trouver le temps long…

— Une infirmière m'a donné un livre qu'elle n'a pas le temps de lire, dit-elle en montrant sa table de chevet.

Je regarde la couverture avec la tête de Leonardo Di Caprio, et grimace.

— *La Plage* ? Ça devait être dans sa pile à lire depuis plus de vingt ans.

— J'ai vu le film il y a des années, ça me passe le temps.

Je fouille dans mon sac et en ressors son téléphone portable.

— Tiens, j'ai pensé que tu en aurais peut-être besoin.

Elle le regarde sans réagir.

— Je préfère ne pas l'avoir avec moi, sinon je… je suis sûre qu'il va essayer de m'appeler, il fait toujours ça. Je ne veux pas lui parler et je ne veux pas lire ses messages.

— Tu penses qu'il va essayer de te contacter ?

— Il… le fait toujours…

— Mais il t'a dit que c'était fini.

Elle respire avec un spasme.

— Je ne veux pas prendre de risque, ramène-le…

— D'accord.

Je le remets dans mon sac. Je me sens bête, j'aurais dû y penser.

— Tu as besoin de prévenir un client ou… quelqu'un d'autre de ton absence ?

Elle hoche la tête.

— Je ne m'en sens pas la force.

— Fran… tu peux compter sur moi, tu sais. Je peux le faire à ta place, il suffit que tu me dises de quoi il s'agit.

Elle regarde le mur en face d'elle, les yeux un peu dans le vide.

— Tu ne devrais pas être aussi gentille avec moi.

— Je ne vois pas pourquoi tu dis ça. Tu as été très gentille avec moi aussi.

— Parce que toi, tu en vaux la peine…

— Eh bien, toi aussi ! À chaque minute, à chaque seconde. Je te le répète, Fran, quoi qu'on ait pu te faire croire, quoi qu'on ait essayé de te mettre dans le crâne, c'est faux : tu es une merveilleuse personne, d'accord ?

Elle acquiesce plus pour me faire plaisir. Elle est encore emprisonnée avec ses démons, ça va être long.

Elle ouvre le tiroir de sa table de nuit et en ressort une feuille et un crayon qu'on a dû lui donner. Elle griffonne quelque chose dessus et me le donne.

— Tu trouveras leurs coordonnées dans les contacts de mon téléphone, il n'y a pas de code de déverrouillage.

— Oh, je… tu es sûre ?

— Oui… Et si Armand essaye de me contacter, ne me le dis pas.

— Je ne vais pas lire tes messages, Fran.

— J'aimerais que tu les supprimes.

Elle est en train de se battre, je la trouve admirable. Comment pourrais-je refuser ?

— D'accord, je le ferai.

— Merci… J'ai vu une psychiatre, ce matin.

— Oui ?

Fran esquisse l'ébauche d'un sourire.

— On a été très pragmatiques.

— C'est-à-dire ?

— Elle dit que je devrais faire un vrai break pour essayer de me retrouver. Seule, sans donner de nouvelles à personne. Juste moi et des gens qui vont faire attention à ma santé mentale.

Un centre psychiatrique, c'était prévisible…

— Elle me propose d'aller dans une maison de repos spécialisée pendant trois semaines, dans le sud de la

France. Ce serait complètement pris en charge s'ils en font la demande.

— Tu as envie d'y aller ?

Elle ferme les yeux, elle va se remettre à pleurer.

— Je dois m'éloigner d'Amiens.

— Je comprends... Tu dois penser à toi avant tout, rien n'est plus important que ça.

Puis elle cache son visage entre ses mains et éclate en sanglots.

— Fran...

— Je dois l'oublier, mais c'est tellement dur. Je ne fais que penser à lui, je ne fais que ressasser ces quatre années, je veux qu'il sorte de ma tête ! J'ai fait tellement d'erreurs, mes parents m'avaient prévenue quand je leur ai avoué notre relation, ma sœur ne cessait de me dire que c'était une connerie et je ne les ai pas écoutés. C'est ma punition...

Je la prends dans mes bras, elle a le cœur en miettes, et le mien l'est aussi de l'entendre répéter encore et encore que tout est sa faute. Ce type l'a brisée.

— Tu vas y arriver, le centre va t'aider à panser tes blessures, j'en suis certaine. Tu prends une bonne décision.

Elle s'essuie les yeux

— En vérité, je n'ai pas le choix, c'est la seule option pour m'en sortir.

— Tu pourrais y aller à partir de quand ?

— La semaine prochaine, une place va se libérer. Je vais accepter, prendre le taureau par les cornes et le mettre à terre. Tu pourras t'occuper d'Indigo ?

— Bien sûr. Tu crois qu'il supporterait d'être chez moi, pour ne pas être seul ? Trois semaines, c'est long.

— Mais... Eliott est allergique. Tu ferais ça ?

Elle s'en souvient. Je lui souris.

— Ne t'inquiète pas, ce n'est pas un chat-minou qui va effrayer un ours des cavernes. On va s'arranger. Toi, tu ne t'occupes que de toi. Le reste, j'en fais mon affaire.

— Merci, tu es une vraie amie. Je vais me battre et m'en sortir.

Je la regarde droit dans les yeux, comme pour lui donner ma force.

— Je n'en doute pas un seul instant.

***

Fran est en maison de repos depuis hier. Je l'ai ramenée chez elle pour qu'elle prépare sa valise, puis je l'ai accompagnée à la gare, elle a pris son train dans la foulée.

Je n'étais pas rassurée de la savoir sans téléphone pour traverser la France, j'ai voulu lui donner un portable prépayé qu'elle puisse appeler en cas d'urgence, elle a refusé. Pour elle, il n'y a rien de plus important que jouer le jeu et n'avoir aucune tentation sous les yeux. Elle se sait extrêmement fragile. C'est le centre qui m'a appelée pour me dire qu'elle était bien arrivée. Ça veut dire qu'elle connaît mon numéro par cœur… Ça m'a touchée qu'elle soit si prévenante.

Il y a quelques jours, j'ai appelé ses clients comme elle me l'a demandé. J'ai prévenu que son état de santé ne lui permettait pas d'être contactée, mais qu'elle serait de retour dans trois semaines. Une chose est sûre, Fran n'a pas les mêmes interlocuteurs que moi chez Causeries ! J'ai eu affaire à trois personnes absolument charmantes et pleines de compréhension. Je devrais peut-être changer de voie.

J'ai aussi supprimé les derniers messages WhatsApp de ce tocard d'Armand tout en ayant le privilège d'en lire les premières lignes chaque fois, et ça ressemblait à « J'espère que tu es bien rentrée », « Pas de nouvelles, est-ce que ça va ? », « Tu pourrais au moins répondre ! », « OK, tu veux jouer à ça ? ». J'étais en rage, ce type n'a vraiment honte et peur de rien. J'étais à deux doigts d'écraser tout le fil de leur conversation, mais je ne me suis pas permis de le faire. Même si elle ne veut plus aucun contact avec lui, je sais combien de souvenirs on stocke là-dedans, j'ai sept années d'échanges avec Eliott sur mon portable, et je détesterais en perdre un seul, les bons comme les mauvais. Je me suis contentée de le bloquer, il finira bien par comprendre que ce n'est plus la peine de contacter Fran.

J'ai attendu de sortir du bureau pour aller récupérer Indigo.

Ça fait une semaine qu'il est tout seul, il n'a vu Fran qu'une petite heure, le temps qu'elle fasse ses valises. Il se frotte à mes jambes, tout content d'avoir de la visite.

— Ben alors, minou, tu te sens un peu seul ? Ça te dit de venir à la rencontre d'un autre poilu ? Bon, pas autant que toi, mais lui aussi il aime les caresses et les moments de solitude. Tu es partant ?

Les ronronnements valident la proposition. Allez, on se bouge !

Je me dépêche de réunir les affaires d'Indigo, sac de litière, bac, boîtes et croquettes, couverture et panier, puis je vais dans le cellier pour récupérer sa caisse de transport.

La vache ! Le truc high-tech de la mort avec roulettes et trolley rétractables. Sauf que roulettes ou pas, le mettre à l'intérieur s'avère une aventure épique. J'écope de trois griffures, d'un pet intempestif qui manque littéralement de m'asphyxier, et d'une succession de crachats qui, en langage de chat, doivent bien valoir une paire d'insultes bien gratinées, mais c'est fait !

Je suis en train de réfléchir à la façon dont je vais pouvoir prendre tout ça en même temps pour éviter de faire plusieurs trajets quand on frappe à la porte. Surprise, je vais ouvrir et reste muette quelques secondes. Grand, blond, sportif, élégant, le nouveau venu semble aussi étonné que moi. Il me dévisage sans trop savoir quoi dire, comme pris au dépourvu.

— Bonsoir, est-ce que Paquita est là s'il vous plaît ?

Je plisse les yeux. C'est lui, j'en suis sûre.

C'est donc à ça qu'il ressemble, le briseur de vie de Fran ? Un gars à qui on donnerait le bon Dieu sans confession, mais qui cache un gros tas d'ordures à la place du cœur ? Il a le teint terne, j'espère que c'est parce qu'il se rend compte de la connerie monumentale qu'il a faite en la jetant comme une crotte. Il n'a pas fini de la regretter, ma Franny.

— Non, elle est en voyage.

Ma voix est aussi glaciale qu'un hiver sibérien, pas moyen d'espérer le moindre réchauffement et encore moins que je lui donne des détails, ce n'est pas par moi qu'il saura que Fran a failli se foutre en l'air à cause de lui. Il chercherait forcément à la revoir.

— En voyage ?

— Vous êtes Armand, n'est-ce pas ?

Il écarquille d'abord les yeux, puis fronce les sourcils.

— On s'est déjà vus ?

— Non, vous ne me connaissez pas, mais moi je vous connais. Vous êtes le sale type qui a pris Fran pour un paillasson.

Il est de plus en plus surpris.

— Fran ?

Je laisse échapper un rire cynique.

— Vous vous êtes tellement intéressé à elle que vous n'avez même jamais su que tout le monde l'appelait comme ça.

— L'appelait ? répète-t-il avec un tremblement dans la voix et en insistant sur le temps du passé que j'ai volontairement employé.

— Exactement, parce que vous ne la reverrez plus, parce qu'elle ne veut plus de vous dans sa vie, parce que vous lui avez fait assez de mal comme ça et que vous allez dégager vite fait avant que je vous mette un pied au cul.

Là, je l'ai définitivement perdu. D'accord, je me suis peut-être un poil senti pousser des ailes, il me dépasse de bien trente centimètres, mais voir sa tête d'ahuri est jouissif à un point !

— Pardonnez-moi, mademoiselle, mais qui êtes-vous ?

— Celle qui vous empêchera de l'approcher. Vous comprenez ce que je viens de dire ? Elle ne veut plus de vous dans sa vie, et vous allez respecter ça.

Je guette la moindre de ses réactions. Son visage se ferme, mais avant qu'il n'ouvre la bouche pour dire quelque chose, je continue.

— Je vais vous donner un avertissement que vous avez tout intérêt à prendre au sérieux. Je sais qui vous êtes, où vous habitez, où vous travaillez, et surtout, qui est votre femme. Si j'apprends que vous avez essayé de joindre Fran une seule fois, je vais la voir et lui raconter tout de vos quatre années de galipettes dans son dos. Et si elle ne me croit pas, je lui montre les photos de vous avec Fran, suis-je bien claire ?

C'est du pipeau, je ne connais rien de tout ça, je n'ai aucune photo, mais lui ne le sait pas.

Il pâlit. Ça, il ne l'avait pas du tout vu venir, bien fait !

— Où est-elle ?

— Loin de vous et vous resterez loin d'elle. Vous avez entendu ce que j'ai dit ? Vous resterez loin d'elle ou je balance tout à votre femme.

Cette fois, il hoche la tête.

— Vous devez l'aimer infiniment pour la protéger ainsi… Vous n'aurez pas à aller jusque-là.

— C'est plus sage pour vous. Maintenant, je ne vous retiens pas et vous conseille d'oublier cette adresse. Au revoir, monsieur.

Je m'apprête à lui claquer la porte au nez, mais du pied, il m'en empêche et plonge son regard dans le mien, son regard tout brillant de… colère ? Je ne sais pas, mais là, c'est moi qui sens mon cœur faire un aller-retour jusque dans mes chaussures. Parce que bon, il est quand même imposant, je l'ai jouée grande gueule, mais je n'aimerais pas qu'il s'énerve.

— Je l'ai aimée, non… je l'aime toujours, plus que vous ne le pensez.

Il libère la porte, fait demi-tour et disparaît dans l'escalier.

Je m'empresse de la refermer et m'adosse au battant.

Il m'a flanqué une de ces trouilles à me regarder avec ses yeux de merlan frit écorché vif ! Il l'a aimée ? Soit, mais beaucoup trop mal, ça ne mérite aucun retour en arrière.

Je prends une profonde inspiration et vais me mettre devant la fenêtre pour le voir sortir. Je patiente deux minutes, il est dehors et prend la direction du centre-ville. Je vais attendre un peu avant de partir, on ne sait jamais.

Je m'approche de la caisse d'Indigo et lui parle à travers les barreaux, il me regarde d'un air de chien battu, c'est la meilleure !

— Tu ne sauras jamais ce que c'est qu'avoir le cœur brisé toi, pas vrai ? Fais-moi plaisir, si par hasard cet individu devait repasser la porte de cet appartement, crève-lui les yeux !

Indigo me répond dans un long miaulement rauque.

Je prends ça pour un oui !

CHAPITRE 24

Sitôt les portes de Causeries franchies, je devine que l'ambiance est tendue. Tout le monde se regarde en chien de faïence depuis son bureau, c'est tout juste s'il n'y a pas des nuages noirs au-dessus de la tête de mes collègues. J'arrive avec une heure de retard à cause d'Indigo dont le jeu favori est de déterrer toutes mes plantes vertes pendant la nuit, alors je me fais toute petite et marche jusqu'à mon espace de travail.

Bernie vient aussitôt me voir avec une tasse de café. Je le regarde, un peu effarée. Il a mis une veste à carreaux en tweed sûrement piquée à son grand-père, et un pantalon à pinces remonté trop haut sur le ventre. Un jour, il faudra vraiment qu'on lui dise que ses tenues, ce n'est plus possible…

— Tiens, dit-il en posant la tasse sur mon bureau, tu vas en avoir besoin, tout le monde est d'une humeur de dogue aujourd'hui.

— Il y a un problème ?

— À peine arrivées, Sandrine et Ana se sont engueulées comme du poisson pourri à propos d'une facture impayée. Sandrine s'en est pris plein la tête, et maintenant, bonjour l'ambiance ! Je te préviens, c'est pas le moment de marcher de travers.

— Eh bé... j'ai bien fait d'arriver en retard.

Il prend son air de *drama queen*.

— Si ça continue, je vais faire comme Marjorie. Je vais tomber enceinte et habiter Paris juste pour faire du télétravail, clame-t-il en retournant s'asseoir.

Je pouffe de rire et allume mon PC.

Allez... la journée va être chargée. Mais pas de panique, ce soir, j'irai raconter mes malheurs à ma psy.

Je vais sauter la pause du déjeuner, j'ai du travail par-dessus la tête, au point que j'en oublie mon rendez-vous téléphonique avec le délicieux Sergio Piazzi de Giulia Venetta. Depuis quelques jours, je lui ai attribué la sonnerie de la *Marche impériale*, même si je suis convaincue que, à côté de lui, Dark Vador était un enfant de chœur. Quand il appelle, je décroche en me forçant à sourire.

— Monsieur Piazzi, j'attendais votre appel (mensonge !), bonjour.

— Où en êtes-vous ? J'ai validé les nouveaux modèles, mais j'attends toujours les résultats du shooting photo. Où sont-ils ?

J'ai bien une réponse à lui donner, mais il risque de ne pas apprécier.

— *Buongiorno, signor Piazzi!*

Il y a un blanc, je l'ai pris de court.

— À quoi vous jouez ? finit-il par dire, d'une humeur pire que d'habitude.

— Eh bien, comme vous ne me répondez jamais lorsque je vous salue, je me suis dit que c'était parce que vous ne connaissiez peut-être pas le mot en français.

— Vous comptez me faire perdre mon temps encore longtemps ?

— Voyons, voyons, monsieur Piazzi, un petit bonjour ne fait jamais de mal à personne et ça permet d'installer une bonne énergie.

Si moi, j'essaie de conserver mon humour, lui ne fera jamais l'impasse sur son humeur. Il ne me répond pas, il aboie.

— J'en ai rien à cirer de vos formules de politesse toutes faites, je vous l'ai déjà dit, comme je vous ai dit aussi que si vous n'étiez pas capable de faire ce qu'on vous demande, il fallait changer de métier ! Je crois que vous êtes nulle, mademoiselle Cendret, que vous n'avez rien organisé du tout et que vous essayez de gagner du temps !

Je viens de passer dix jours exécrables, j'ai pris sur moi pour donner le change, je me suis noyée dans le travail pour arrêter de penser à Fran et au mal-être qui a failli la foutre en l'air, je me suis coupée en quatre, en dix même, je me suis oubliée et j'ai tâché d'être, tour à tour, une bonne amie, une bonne compagne, une bonne collègue et une bonne gratouilleuse de chat, alors je ne vais pas me laisser emmerder par un bouffeur de spaghettis qui, contrairement à ses compatriotes, a oublié d'être sympa ! Je pars au quart de tour.

— Monsieur Piazzi ? Vous êtes, et de loin, l'individu le plus narcissique, grossier, pédant, inintéressant, sexiste, et peigne-cul que je connaisse. J'en ai ras la touffe de vous et de votre comportement d'homme des cavernes incapable d'évoluer. Le problème ce n'est pas moi, c'est vous. Alors vous savez où vous pouvez vous la carrer, votre campagne de merde pour vos produits cosmétiques de merde ? Oui, exactement : dans le fondement. Trouvez-vous quelqu'un d'autre !

Et je lui raccroche au nez.

Dans l'open space, Bernie, Janine et la stagiaire me regardent, effarés. Ils n'en reviennent pas, et moi non plus à vrai dire. Mais que dire de l'expression d'Ana qui, bien sûr, n'en a pas perdu une miette depuis son bureau ?

— Tu as viré le client… murmure Bernie, 40 % admiratif, 60 % catastrophé.

Et moi, je suis 100 % dans la merde. Ana ne me lâche pas des yeux, elle les plisse même, et me fait signe de la rejoindre. Elle était de mauvais poil ce matin ? Les pots cassés seront pour moi, ça ne va pas faire un pli…

Je regarde mon coin travail, mes petites affaires personnelles, ma tasse *Women Are Universe*, les autocollants en forme de cœur sur mon ordinateur portable, le mini cactus que j'ai acheté quand je suis arrivée, et soupire… Je sens que je vais bientôt devoir dire au revoir à tout ça, mais tant pis, j'assume ! Je sais ce qu'Ana m'a dit à propos de Piazzi, de l'argent qu'il nous faisait gagner et du devoir de Causeries, mais moi, je refuse de travailler avec un connard pareil. Allez, ma vieille, tu gardes la tête haute et tu défends ton steak !

J'entre dans son bureau et attends debout devant la porte. Ana a les mains croisées sur la table et tapote les doigts sur le bois. Ça va barder…

— Fermez la porte et prenez place, s'il vous plaît.

Je m'exécute, j'ai le cœur qui bat à vingt mille.

— Vous pouvez m'expliquer ?

— Avant toute chose, sachez que je ne regrette pas un mot de ce que j'ai dit à cet insupportable bonhomme.

Vous pouvez me virer, si vous voulez, mais je ne m'excuserai pas. Sergio Piazzi ne mérite pas de travailler avec Causeries, il ne me mérite pas, moi !

Elle s'apprête à dire quelque chose, mais son téléphone se met à sonner, elle décroche.

— Monsieur Piazzi, bonjour…

Et elle met le haut-parleur.

— C'est intolérable, inacceptable, honteux ! J'exige des excuses de la part de la grosse vache incompétente qui travaille pour vous.

Je manque m'étouffer en l'entendant.

— Expliquez-moi ce qu'a fait ma collaboratrice pour provoquer une telle colère, lui répond Ana avec un calme olympien.

— C'est une idiote grasse, moche et inintéressante qui n'a rien à faire dans une agence aussi prestigieuse que la vôtre. Elle s'est adressée à moi de façon inexcusable. Je veux que vous la foutiez dehors sur-le-champ, sans quoi je vous garantis des dommages et intérêts dont vous ne vous remettrez pas !

Ana lève la tête pour me regarder.

— Que vous a-t-elle dit ?

— Je n'ai plus les mots exacts.

— C'est dommage…

— Qu'importe, c'était absolument inqualifiable, vous pouvez me croire !

— Loin de moi l'idée de remettre votre… sensibilité en doute, monsieur Piazzi, mais je suppose que vous n'avez aucune preuve.

J'écarquille les yeux.

— Je vous demande pardon ? dit Piazzi. Je n'ai pas besoin de preuve, cette imbécile heureuse m'a insulté, ma parole suffit !

Ana prend quelques secondes avant de répondre.

— Vous avez entièrement raison, les choses ne peuvent rester ainsi. Je vais sévir.

Et voilà… On y est. L'espace d'une seconde, j'avais espéré qu'Ana prendrait ma défense, mais non. *Business is business!*

— Je n'en attendais pas moins de vous, Ana, la félicite-t-il. Contrairement à cette grosse dinde sans cervelle, sans goût et sans attrait esthétique, vous êtes quelqu'un d'intelligent.

— Je suis même *très* intelligente, monsieur Piazzi, sans doute un peu trop pour vous.

Il y a un blanc.

— Je n'ai pas compris ce que vous venez de dire ? Vous pouvez répéter ?

— Bien sûr, je vais être plus claire : allez vous faire foutre.

Et elle raccroche, j'en reste bouche bée. Puis elle me sourit.

— Savez-vous que l'injure et le harcèlement sont passibles de sanctions pénales ?

— Euh… oui.

— Il se trouve que Sergio Piazzi en est coutumier. Je viens d'apprendre qu'il était sous le coup d'une plainte pour harcèlement et agression sexuelle. Aujourd'hui, il vous a humiliée et j'en ai été témoin. Causeries ne sera plus associé à un tel personnage.

— Mais… le contrat, les pénalités ?

— Ne vous inquiétez pas des détails, j'en fais mon affaire.

— Je vous remercie pour votre soutien, Ana, mais je l'ai insulté moi aussi.

Elle fait mine d'être surprise.

— Vraiment ? Je n'ai rien entendu. Et si vous vous inquiétez pour Bernie, Janine et Sophie, notre stagiaire, je suis prête à parier qu'ils n'ont rien entendu non plus.

Elle fait claquer le parapheur devant elle et se lève en attrapant sa veste.

— Bien ! Je ne sais pas vous, mais moi je meurs de faim. Je vous emmène déjeuner au *Sept* ?

Ce soir, Hélène m'a écoutée parler sans ouvrir une seule fois la bouche tant j'avais de choses à raconter. La tentative de suicide de Fran, son amant, Piazzi, la réaction d'Ana… Je l'ai vue écarquiller les yeux, les plisser, battre des cils d'étonnement. Stupéfiant pour quelqu'un qui sait habituellement garder une neutralité à toute épreuve.

— Eh bien, quelle période vous avez passée… Comment vous sentez-vous après tout ça ?

— Un brin fatiguée, préféré-je répondre avec le sourire.

— On le serait à moins… Vis-à-vis de votre amie Fran, qu'est-ce que vous ressentez ?

— Beaucoup de colère, mais aussi beaucoup de reconnaissance…

— Envers elle ?

— Envers elle, envers la vie, envers l'Univers qui l'a mise sur ma route. Tout se mélange en réalité, je suis en colère de voir qu'elle a tant souffert, reconnaissante d'avoir la chance de la connaître.

Hélène hoche la tête.

— C'est votre conclusion ?

— Oui… j'ai un drôle de sentiment, celui que notre rencontre, notre voyage n'ont existé que pour m'enseigner la liberté, que je finirai par mettre en application après la tentative de suicide de Fran. Comme si tout était écrit et que ça m'avait ouvert l'esprit. Notre rencontre, son geste désespéré. Fran a changé ma vie, vous savez. J'ai presque coché toutes les cases de ma liste, mais je ne les ai pas seulement pointées, je crois que je les ai intégrées. Parce que Fran a failli mourir et que j'ai réalisé combien la vie méritait d'être vécue. J'ai compris que je ne voulais plus jamais passer à côté de ce que j'avais envie de faire.

Je sens qu'Hélène est un peu émue.

— Vous avez beaucoup progressé, Marnie, c'est certain. Peut-être que maintenant, nous pourrions nous voir un peu moins souvent ?

J'acquiesce, parce que je me sens plus forte et sûre de moi.

— Vous m'avez beaucoup aidée, Hélène.

— Non, je vous ai guidée et vous avez fait tout le reste.

Elle regarde sa montre et se lève pour me raccompagner, la séance est terminée.

On se dit au revoir et, au moment où elle s'apprête à refermer la porte derrière elle, Hélène se ravise.

— Oh, Marnie, juste pour savoir. Vous disiez que vous aviez coché presque toutes les cases de votre liste. Il y a quelque chose que vous pensez faire bientôt ?

Je souris et souffle fort par le nez.

— Oui, parler à ma mère.

— Vous avez une idée de ce que vous allez lui dire ?

Je n'ai pas besoin de réfléchir pour répondre à cette question.

— Oui, je le sais déjà.

Hélène me sourit.

— Et je suis sûre que tout se passera très bien. Bonne soirée, Marnie.

— Bonne soirée !

CHAPITRE 25

Cette année, le jour de la rentrée scolaire c'est aussi le jour où Fran rentre chez elle après trois longues semaines passées dans son centre de repos. Je n'ai pas eu une seule fois de ses nouvelles à part hier soir, un message du centre pour me dire que Fran serait bien à la gare aujourd'hui en fin de journée. J'ai le cœur qui bat tellement fort à l'idée de la revoir. Est-ce qu'elle va mieux ? Est-ce qu'elle a réussi à faire le vide ? Est-ce qu'elle a trouvé un peu de force et de courage pour continuer à vivre sans Armand ? Autant de questions que je ne lui poserai pas, mais qui vont assurément me brûler les lèvres !

Je lui ai fait une surprise, je suis venue la chercher avec Indigo qui miaule dans sa caisse de transport comme un pauvre malheureux qu'on emmènerait prendre un bain dans une piscine pleine de chiens. Sur le quai, il voit passer tout un tas de gens qui s'arrêtent pour le regarder, le toucher un peu. Monsieur est grognon, il n'aime pas le contact et crache à tout-va.

— Tu as intérêt à être gentil avec Fran, lui dis-je en fronçant les sourcils. Et si tu es gentil, je ne lui dirai pas que tu as saccagé chaque nuit mes plantes vertes et fait pipi deux fois sur mon pouf préféré.

Ces trois semaines ont été folkloriques. Eliott s'est gavé d'antihistaminiques, mais une chose est sûre, s'il a réussi à dépasser ses allergies, les bêtises du chat ont fini de le dissuader d'en prendre un, un jour. Si je veux le faire changer d'avis, mon esprit de persuasion va devoir sacrément se muscler !

Soudain, les petites notes de musique qui précèdent les annonces de la SNCF retentissent.

— Le train en provenance de Paris Nord va entrer en gare, veuillez rester sur la bordure du quai, s'il vous plaît.

Bon voilà, on est y est.

Ce train ressemble à un suppositoire bleu. C'est ce que je me dis chaque fois que je vois les wagons Hauts-de-France défiler.

Bref, le train vient de s'arrêter et Fran en descend. Elle me voit, fend la foule et arrive vers moi avec un sourire banane. C'est bon signe !

— Hé ! Comme je suis contente de te voir, dit-elle en me serrant dans ses bras.

— Et moi donc ! Et regarde qui est là ?

Elle baisse les yeux, voit la caisse d'Indigo et s'accroupit pour lui parler et le toucher à travers les barreaux, mais le monstre la snobe puissance dix.

— Il a toujours eu très mauvais caractère, dit Fran, il me fait le coup chaque fois que je m'en vais trop longtemps.

Je la regarde un peu mieux, elle a l'air en pleine forme et, si j'en crois ce que je vois, elle a même perdu quelques kilos, mais je ne demande pas, ce n'est pas ce qui m'importe le plus.

— Tu sembles aller bien.

— Je vais bien ! Je viens de me faire six heures de train, j'irais bien boire un verre quelque part. Me dégourdir les jambes, même. Parc Saint-Pierre ? On est juste à côté, et Indigo sera content de voir de la verdure.

— Bonne idée, c'est parti !

Le temps de récupérer la voiture et on y sera dans vingt minutes, circulation oblige…

Tandis qu'on marche le long du lac, Indigo roulant tranquillement à côté de nous, Fran propose de s'arrêter sur un banc. Pour le moment, nous n'avons échangé que des banalités, le temps qu'il a fait dans le Sud, à Amiens, les voitures qui envahissent de nouveau la ville après les vacances, les repas délicieux qu'elle a pris dans le centre de repos, le mauvais sandwich club que j'ai mangé à midi… Je n'ai pas cherché à forcer, mais là, j'ai compris qu'on allait entrer dans le vif du sujet.

Fran s'assoit, ferme les yeux et respire un grand coup.

— Je vais mieux, mais je ne suis pas guérie. Je l'aime toujours.

Ce n'est pas une révélation, hélas, c'était plus que prévisible.

— Si je le revoyais et qu'il s'excusait, je craquerais en moins d'une minute.

— C'est normal, quatre ans de partage ne s'effacent pas en un claquement de doigts.

— Non…

Elle se penche pour attraper un caillou et le jette dans l'eau.

— Ce que m'a appris cet isolement de trois semaines, c'est que si mes faiblesses sont très fortes, mes décisions peuvent tout changer.

— Que comptes-tu faire ?

— Je vais tout mettre en œuvre pour ne jamais le revoir… Tout faire pour ne pas craquer en sachant qu'il est à deux pas de moi. Je vais quitter Amiens.

La nouvelle me met un coup, mais je ne crois pas qu'il y ait vraiment d'autres solutions.

— Où comptes-tu aller ?

Elle se passe une main dans les cheveux, ses racines brunes commencent à se voir, mais elle s'en fout et je trouve ça génial.

— Il y a un mois, juste avant qu'on fasse notre *road trip*, on m'a proposé un poste dans un cabinet d'architecte à Montréal.

— Montréal, au Québec ?

Elle acquiesce.

Ouah, là ça fait vraiment loin…

— Tu vas accepter ?

— J'ai déjà accepté, je pars dans un mois et demi.

— Oh… c'est rapide.

— Non, c'est urgent. Pour moi.

Elle se tourne et me prend les mains en me regardant droit dans les yeux.

— Je dois partir, Marnie. Si je reste, je replongerai, je le sais, et je souffrirai et… je pourrais de nouveau me dire que vivre ne sert plus à rien.

— Tu as déjà mis tes parents au courant ?

— On a fait une visio hier soir, je ne leur avais pas donné de nouvelles depuis trois semaines, je leur ai tout raconté. Ça a été très dur, ma mère voulait rentrer tout de suite et ma sœur m'a engueulée comme ça ne m'était encore jamais arrivé.

— Et ton père ?

— Il s'est mis à pleurer.

— Oh, Fran… Ça faisait beaucoup à digérer.

— Trop… Mais ils me soutiennent.

Une larme coule sur sa joue.

— Comment ai-je pu renier qui je suis toutes ces années ? Mes parents m'ont donné tellement. Ils ont fait celle que je suis et j'ai toutes les raisons du monde d'en être fière.

Je la serre fort contre moi.

— Les meilleures !

Puis je me recule pour la regarder.

— Il faut que je t'appelle Paquita ?

— Mais quand tu m'appelles Fran, tu m'appelles Paquita !

Je lève les yeux au ciel.

— Allemand deuxième langue, hein ?

Soudain, un jeune jogger tenant en laisse un golden retriever aux poils beiges maculés, fait irruption devant nous. Le chien repère Indigo et vient renifler la caisse. Réaction immédiate : Indigo grogne, crache, le chien aboie et aucune caravane ne passe.

— Garonne ! On se calme, c'est juste un chat, allez, on s'en va. Allez !

Il tire sur la laisse, mais la chienne veut avoir le dernier mot et met un coup de patte sur la caisse qui tombe sur le côté. Indigo devient fou. Il se met à tourner dans sa cage et parvient à sortir. Il pousse la grille et s'éjecte à l'extérieur. La chienne tire de toutes ses forces, son maître lâche prise et tombe sur les fesses pile à nos pieds.

— Indigo ! hurle Fran en courant derrière eux.

— Garonne ! hurle le maître en courant derrière Fran.

— Merde ! m'écrié-je en courant derrière tout le monde.

On est à la queue leu leu à essayer de rattraper chien et chat, le gars passe devant Fran, Fran se dépêche de le rejoindre et moi… ben je suis tout le monde. Benny Hill ne s'y prendrait pas mieux que nous !

Indigo revient dans ma direction, je hurle.

— Il est là !

Et hop ! Demi-tour ! Je me retrouve devant, Fran juste derrière et le maître en bout de file. La chienne et le chat loin devant. Et c'est reparti… Ça va s'arrêter, oui ?

Mais ils nous font courir comme ça pendant plusieurs minutes, c'est pas humain ! Puis soudain, Indigo grimpe à un chêne. Garonne pile et aboie de frustration au pied de l'arbre. Son maître récupère la laisse tandis qu'Indigo fait son malin et crache tout ce qu'il peut depuis son perchoir. Et nous, deux mètres en dessous, on se demande comment on va bien pouvoir le tirer de là. Il a les poils tellement hérissés qu'on jurerait qu'il vient de sortir d'une machine à laver, le pauvre.

— Tu vas te calmer, oui ? dit le gars à sa chienne. Je suis vraiment désolé, ça ne lui était encore jamais arrivé…

J'étais au bout du bout.

— À nous non plus !

Fran est toute rouge. Elle essaie d'appeler Indigo pour qu'il descende, l'amadoue avec des « viens, mon minou », mais tu parles ! Autant demander à un mouton de se jeter dans la gueule du loup. La chienne n'a qu'à ouvrir la sienne pour le choper. Alors son maître s'éloigne et attache son fauve autour d'un bouleau avant de revenir vers nous.

— Je vais aller le chercher, ne vous inquiétez pas.

Je hausse un sourcil.

— C'est un peu haut, non ?

— Je vais quand même essayer !

Et voilà qu'il se prend pour Tarzan et tente d'escalader le tronc. Bien sûr, c'est beaucoup plus facile dans les films. Tout ce qu'il parvient à faire, c'est se retourner les ongles et s'écorcher les genoux. J'admire son flegme, cela dit.

— Je n'ai aucune prise. Je vais vous faire la courte échelle !

Fran et moi on se regarde, on le regarde, on se regarde encore. Soixante-dix kilos, fringues comprises, et des mollets de coq, il est sérieux, lui ?

— Euh… vous devriez éviter, lui dit poliment Fran.

Enfin, il réalise.

— Ah, je… oui… On pourrait appeler les pompiers ?

Lesquels ne se déplacent plus pour ce genre de choses depuis longtemps…

— Bonjour, je peux vous aider ? demande une jeune fille catégorie poids plume.

— Le chat est coincé, répond le gars, et personne n'arrive à le récupérer.

— Je peux peut-être essayer de monter sur vos épaules ? propose-t-elle.

J'ai presque envie de siffler tant je suis impressionnée. Quand on dit qu'un chat a le pouvoir de rapprocher n'importe qui.

Toujours est-il que c'est ce qu'ils font, Fran et moi en spectatrices psychopathes. La fille est assise sur les épaules du gars, il lui bloque fermement les jambes et essaie de se relever alors qu'il tient à peine debout. Il se met sous Indigo, elle lève les bras, réussit à l'attraper et le serre contre elle, mais le dénouement est toujours incertain.

La chienne aboie de plus belle, son maître tangue méchamment, il menace de s'écrouler. Quant à Fran, elle se retient tellement de rire qu'elle en oublie d'aller récupérer Indigo.

— Ça commence à être dur… dit le gars à bout de souffle, les jambes tremblantes. Dépêchez-vous…

— Ça vient !

Le rire au bord des lèvres, je m'élance pour récupérer Indigo et c'est là que le drame arrive.

La pyramide humaine s'effondre. La fille fait un plongeon en avant, le gars, emporté par le mouvement, se retrouve la tête à moitié sur ses fesses.

Fran et moi on en reste bouche bée.

— Ça va ? finis-je quand même par leur demander.

Ce sont leurs fous rires qui me répondent et le moins qu'on puisse dire, c'est qu'ils sont communicatifs ! Tout le monde est hilare.

Son chat dans les bras, Fran s'en va en gloussant pour le remettre dans sa cage. Et quand elle revient, nos deux sauveurs sont en train d'échanger leurs numéros de téléphone. Je note qu'ils ne nous demandent pas les nôtres. Tant pis pour eux, ils ne savent pas ce qu'ils perdent.

— Tu sais ce qui va le plus me manquer quand tu seras au Canada ? dis-je à Fran quand la situation est revenue à la normale.

— Non ?

— Ça. Ce genre de moments que je ne vis qu'avec toi.

Indigo au calme dans sa caisse, elle s'arrête pour me regarder droit dans les yeux, et me sourit.

— Tu viendras me voir là-bas ?

— Évidemment ! Et on verra comment Indigo fait fuir les grizzlys.

— Oh, Marnie, je crois que tu es la meilleure amie que j'ai jamais eue !

On ne se connaît pas depuis longtemps, Fran et moi, mais elle aura marqué ma vie autant que j'ai marqué la sienne. Ne dit-on pas que l'amitié, c'est ce qui vient du cœur quand on fait ensemble des choses aussi belles que difficiles ? Ce que nous avons vécu, on ne l'oubliera jamais.

On est Fran et Marnie et… *Viva la vida !*

ÉPILOGUE

Eliott rentre à la maison plus tôt que d'habitude. Il a donné sa lettre de démission il y a trois semaines, il a enfin décidé de lâcher prise et de se lancer dans l'inconnu. Dans deux mois, il découvrira les joies d'être chef de projet dans une autre boîte, et dans six mois… il vivra sa première grande aventure.

— Tu as du courrier ! lance-t-il en déposant une enveloppe sur la table basse.

Je l'attrape, intriguée, et regarde le cachet : États-Unis, Arizona.

Je me dépêche de l'ouvrir et découvre un selfie de Fran et d'un homme que je n'ai encore jamais vu. Ils se tiennent par le cou et sourient à l'objectif comme si tout le bonheur du monde se tenait derrière l'objectif.

Je sais, je sais, j'ai fait des cachotteries, c'est pas bien ! Lui c'est Diego, il est mexicain. On s'est rencontrés… hum… tu ne me croirais pas, je te raconterai en vrai ! On est amoureux, enfin… je crois, et en ce moment, on est sur la route 66, un autre road trip plus exotique et carrément mythique ! J'ai pas rencontré de sanglier, mais des araignées grosses comme ma main, tu adorerais. Quand tu recevras cette lettre, on aura encore parcouru au moins mille kilomètres.

Vous faites quoi cet hiver ? Rendez-vous au Canada ?

Diego et moi on t'embrasse, mais moi plus que lui.

Miss you!

Fran

Je souris. Je suis heureuse pour elle, parce qu'elle mérite plus que personne de retrouver le bonheur. Ça fait neuf mois que Fran est partie au Canada et elle me manque aussi, chaque jour.

À mon tour, je vais récupérer une enveloppe dans un tiroir, vais chercher un cliché un peu particulier que j'ai gardé juste pour elle, un stylo et griffonne derrière.

Moi aussi je t'ai fait des cachotteries. Cet hiver, je serai très certainement enterrée sous les couches et la layette. Alors, c'est moi qui pose la question : vous faites quoi cet hiver ? Rendez-vous à Amiens ? Ce bébé aura besoin d'une marraine digne de ce nom.

Miss you too.

Marnie.

PS : ça fera trois mois demain !

PPS : pas de Dr Cuisssard Toupabeau

Je retourne la minuscule échographie et caresse la main d'Eliott qui vient de se poser sur mon épaule. Je l'ai fait, j'ai coché toute ma liste.

Ou presque…

LA LISTE DES CHOSES ~~QUE JE N'OSE PAS FAIRE~~ QUE J'AI FAITES

~~Porter une jupe, une robe courte ou un short~~ → Je n'arrive pas à croire que je l'ai fait…

~~Oser un haut à bretelles et des manches courtes~~ → Ouais, je le vaux bien !

~~Mettre des porte-jarretelles (le ridicule tue, je le sais)~~ → Plus jamais ! Never, ever, ever !

~~Porter des vêtements transparents~~

~~Me faire prendre en photo en maillot de bain~~ → Je me déteste sur cette photo, mais ce sera l'un de mes meilleurs souvenirs.

~~Aller à la piscine sans paréo~~ → Je m'en fous, ça compte quand même, je suis rentrée dans l'eau sans !

~~Faire l'amour en plein jour~~ → Pourquoi on n'a pas fait ça plus tôt ?!

~~Prendre un bain ou une douche avec Eliott~~

~~Essayer des vêtements devant une copine~~ → J'avoue, c'était plus facile que je le croyais.

~~Parler à ma mère~~ → Je lui ai dit "je t'aime ❤"

~~Manger un truc gras ou trop sucré en public~~ → Ma vésicule biliaire s'en souvient encore.

~~Me mettre en maillot de bain deux pièces~~ → T m'affaler devant ut le monde à ause d'un transat rossophobe. Check !

~~Danser en soirée~~ → C'est comme la pole dance, ça, non ? Check !

~~Aller dans une salle de sport~~ → J'ai fait de la pole dance ! J'ai fait de la pole dance !!!

~~Chanter devant des gens~~ → J'ai adoré… J'avais de nouveau 20 ans…

Faire un bébé… → Work In Progress ❤

~~Dormir dans une tente et affronter un sanglier~~ → C'était pas sur ma liste, mais je le mets quand même !

~~Faire un concours sur la plage et remporter 111 kg de chouchous !~~ → 111 kg !!! Je peux mourir en paix !

REMERCIEMENTS

Celles et ceux qui me connaissent le comprendront après l'avoir lu, ce livre a été en quelque sorte un défi, une revanche et un apprentissage par l'humour, le cœur, et la sincérité. Ce livre a été mille raisons d'aimer ce que je suis.

Fran et Marnie ont été mes copines pendant plusieurs mois et je vais les garder longtemps dans un coin de ma tête, le sourire aux lèvres et le cœur léger.

C'était un défi donc, de donner la parole à deux femmes qui avaient tant à dire et à vivre alors que moi-même je n'avais osé le faire, mais je dois rendre à César ce qui est à César, je n'aurais pas pu le relever sans la présence de plusieurs personnes que je veux remercier.

Magali et Karen, pour votre relecture au pied levé, et pour m'avoir encouragée en me disant que cette histoire n'était pas passée à côté et qu'elle était à l'image de la sensibilité et de l'énergie de millions de femmes dans le monde. Vous êtes extraordinaires et méritez bien un cœur ! ♥

Amparo, pour m'avoir offert un peu de ta culture vénézuélienne, pour m'avoir donné envie de goûter à tous les plats de ton pays et pour avoir traduit du français au vénézuélien les quelques échanges entre Paquita et ses parents. Je suis très heureuse de te connaître !

Carène avec un C (inutile de te cacher, tout le monde sait qui tu es !), pour m'avoir inspiré cette histoire par qui tu es, par ton énergie et ton incroyable solarité. Partante pour un *road trip* ?

Virginie, pour ton expérience et pour avoir partagé tous tes souvenirs précieux pour aider ce texte à être encore plus proche de la réalité.

Charlotte, pour cette journée mémorable touquettoise en balnéo, et cette chaise grossophobe qui t'a fait dégringoler. Je t'avais dit que ce serait dans l'histoire !

Laura, de Laura et les Mots, tu ne sais pas à quel point tu es étonnante, belle et inspirante (c'est le mot juste). Tu ne te doutais sûrement pas que tu allais te retrouver dans ces remerciements, et pourtant. La scène de la pole dance, je te la dois !

Maxime, pour avoir lu les premiers chapitres et donné l'avis masculin qui me manquait.

Et toi, Sandy… Toujours là, énergique, encourageante, parfois tranchante aussi, j'adore te détester ! Mille kilomètres nous séparent, des heures au téléphone nous ont rapprochées, des fous rires, des coups de gueule pour refaire le monde. Tu es bien trop humble pour le dire, mais tu sais ce que je te dois et je le sais aussi. Ma crevette de Marseille, ce roman ne sera jamais un Goncourt mais, grâce à toi, il est devenu l'un de mes préférés. Merci d'avoir compris combien il était important pour moi de l'écrire.

Oh, et à vous toutes qui vous reconnaîtrez dans cette histoire, n'oubliez pas : Et… *Viva la vida* !

La communauté Charleston a aimé !

Chez Charleston, nous sommes convaincus que loin d'être une aventure solitaire, la lecture est une invitation au partage. Nous échangeons constamment avec nos lecteurs et lectrices, et nous sommes fiers de la belle communauté d'amoureux des livres que nous formons tous ensemble. Chaque année, nous choisissons au sein de cette communauté vingt lectrices et lecteurs qui nous accompagnent tout au long de l'année et découvrent nos romans en avant-première. Voici leurs avis !

« Coup de cœur pour cette histoire emplie d'humour et d'humanité ! Merci pour ce roman qui déculpabilise, qui rappelle l'essentiel et l'importance de l'acceptation de soi. »

@strabissime

« Sophie Jomain a un don pour proposer des héroïnes attachantes, douces, pétillantes et profondément humaines. Ce roman est un hymne à l'amitié, l'amour, la tolérance et la solidarité. »

@djustinee

« Cette lecture est une parenthèse de bienveillance et de tolérance. Une ode à la solidarité féminine et au dépassement de nos pensées limitantes. »

@unlivreabordeaux

« J'ai été touchée par cette lecture, un vrai coup de cœur pour moi. Sophie Jomain aborde les thèmes de la grossophobie, de l'acceptation de soi, des blessures émotionnelles et de l'amitié avec brio. »

@yasmine.aufildesmots

« Une bouffée d'air frais ! Un tourbillon de sentiments ! Cette ode à l'acceptation, à la bienveillance et à l'amour devrait être mise entre toutes les mains ! »

@les_lectures_parisiennes

« Quel roman positif, drôle, mais tout de même très touchant ! On salue le courage, et surtout la force, de ces personnages très attachants. »

@mapetiterevolutionlitteraire

« Ce roman bonbon se lit avec une facilité déconcertante, les petits et grands rebondissements nous poussant à tourner les pages encore et encore. »

@clarine_bouquine

« Quel coup de cœur ! La plume de l'autrice, fluide, sensible et imprégnée d'humour, m'a captivée dès les premières pages. »

@carnet_litteraire

DÉCOUVREZ AUSSI, DE LA MÊME AUTRICE

À travers le hublot de l'hydravion, Abigail Lompré admire son Alaska natale. Cela fait dix-sept ans qu'elle n'a pas posé les yeux sur ces étendues verdoyantes balayées par le vent, ces lacs argentés, ces sommets enneigés… Isolée du monde, l'île du Prince-de-Galles est enchanteresse, brute et sauvage.

Mais elle peut aussi être hostile et impitoyable. Si Abby revient aujourd'hui, c'est pour sa mère, Emma. Désormais veuve, elle ne peut plus y vivre seule.

Après toutes ces années d'absence, les deux femmes vont devoir réapprendre à vivre ensemble. Mère et fille sauront-elles se pardonner le temps perdu ?

« Touchant et bouleversant. »
20 Minutes

« *Julien est parti il y a trois mois. Il ne nous a pas quittées, il a démissionné de lui-même. L'annonce de son départ a été un cataclysme. Il s'en est allé un matin, laissant une longue lettre dans laquelle il expliquait que tout était sa faute, qu'il nous aimait, mais qu'il nous rendait malheureuses, Pauline et moi. Dix-neuf ans de mariage, comment a-t-on pu en arriver là ?* »

Une nouvelle vie commence pour Claire, et c'est grâce à sa fille qu'elle avancera pas à pas, dans son regard qu'elle puisera une force insoupçonnée.

Avec tendresse et émotion, *M'asseoir cinq minutes avec toi* nous plonge dans la réalité d'une famille que seul l'amour saura renforcer.

« Un roman courageux et bouleversant. »
Public

Cet ouvrage a été imprimé en utilisant des papiers composés de fibres naturelles, renouvelables, recyclables et fabriquées à partir de bois issus de forêts qui adoptent un système d'aménagement durable. En outre, les fournisseurs de papier s'inscrivent dans une démarche de certification environnementale reconnue.

Achevé d'imprimer en février 2024
par CPI Bussière
À Saint-Amand-Montrond (18)
Deuxième tirage
Dépôt légal : février 2024
N° d'impression : 2076665
Imprimé en France